# UNA MENTIRA PERFECTA

Planeta Internacional

JO SPAIN

# UNA MENTIRA PERFECTA

Traducción de
Pilar de la Peña Minguell

Obra editada en colaboración con Editorial Planeta – España

Título original: *Dirty Little Secrets*

© 2019, Joanne Spain

Publicado de acuerdo con Bent Agency UK Ltd. a través de International Editors' Co.

© Traducción: Pilar de la Peña Minguell

© 2022, Editorial Planeta, S. A. – Barcelona, España

Derechos reservados

© 2023, Editorial Planeta Mexicana, S.A. de C.V.
Bajo el sello editorial PLANETA M.R.
Avenida Presidente Masarik núm. 111,
Piso 2, Polanco V Sección, Miguel Hidalgo
C.P. 11560, Ciudad de México
www.planetadelibros.com.mx

Primera edición impresa en España: julio de 2022
ISBN: 978-84-08-26158-2

Primera edición en formato epub en México: enero de 2023
ISBN: 978-607-07-9593-0

Primera edición impresa en México: enero de 2023
ISBN: 978-607-07-9556-5

Impreso en los talleres de Impresora Tauro, S.A. de C.V.
Av. Año de Juárez 343, Colonia Granjas San Antonio, Ciudad de México.
Impreso en México | *Printed in Mexico*

# PRÓLOGO

La muerte acechaba Valle Marchito.
En cada rincón, en cada susurro.
Solo que aún no lo sabían.

El moscardón no tenía ni idea de que iba a morir. Ascendió zumbando hacia el cielo azul, con el cálido sol brillándole en las alas y su refulgente vientre metalizado a reventar de células y sangre humanas. No vio que el mirlo descendía en picado, con el pico abierto. Tampoco oyó el crujido de satisfacción que puso un fin prematuro a su vida corta y gozosa.

El mirlo prosiguió su descenso. Allí, al otro lado del sicomoro, saliendo en bandada de la chimenea de la casita, había más aperitivos en pleno vuelo. Cientos de ellos, insectos alados, gorditos y jugosos. No vio al niño con su supermetralleta ni las balas de goma EVA que había modificado para causar el máximo daño posible con lo que debía ser un juguete de mínimo impacto. Cuando el misil le acertó, saltaron en todas direcciones plumas de color pizarrón. La muerte y la gravedad arrojaron al pájaro sobre las ramas altas del árbol, desde las que fue cayendo los treinta metros, pun-pun-pun, hasta un trocito de pasto blando que había debajo.

El niño, que corría sin aliento hacia la presa abatida, no vio a su madre salir de pronto por la puerta de la cocina e ir por él; el graznido del ave y el chillido del niño la habían hecho olvidar de golpe la ausencia de su amante. Vio enseguida lo que había hecho su hijo, pero, antes de que pudiera regañarlo, el niño señaló al cielo y dijo, con un pasmo aún mayor que el que le había producido el ave muerta: «¡Demooonios!», y pese a las ganas de castigarlo el doble, la madre alzó la vista hacia el nubarrón que veía con el rabillo del ojo, una masa zumbante, negra y amenazadora de moscardones que escapaba por la chimenea de la casa de la vecina.

La madre se tapó la boca con la mano. Aquel enjambre solo podía significar una cosa, y no era buena. Lo que fuera que hubiera ocurrido en casa de su vecina, desde luego, ella no lo había visto venir.

En otro tiempo, todos habían procurado ser buenos vecinos, y hacía apenas un par de años ese esfuerzo se había materializado en una fiesta al aire libre.

Nadie recordaba quién la había propuesto: Alison, que era nueva por entonces, aseguraba que había sido idea de Olive; Chrissy pensaba que había sido cosa de Ron; Ed suponía que de David. Nadie imaginó que pudiera habérsele ocurrido a George, no porque no fuera un tipo simpático, sino porque era supertímido y no se lo imaginaban diciendo: «¡Oye!, ¿hacemos una fiesta para celebrar las vacaciones de verano?».

Sin embargo, había sido precisamente George el que más se había esmerado. Su casa, la del 1, era la más grande de la colonia, y él, claro, el que más dinero tenía (bueno, su familia, porque todos sabían que la finca era de su padre). Aquel día, George, muy generoso, sacó cuatro botellas de champán, una caja de cerveza de verdad y unos recipientes inmensos de tofes y gomitas que se añadieron al surtido aleatorio de aperitivos dulces y salados dispuesto ya en la mesa de tijera. Las empalagosas gomitas se encontraban entre los grandes cuencos de arroz *jollof* con plátano frito que David había aportado.

Los adultos habían deambulado nerviosos unos alrededor de los otros, a pesar de que la mayoría eran profesionales acostumbrados a socializar y ser diplomáticos: Matt era contador, Lily era profesora en una escuela, David trabajaba en inversiones, George era maquetador, Alison tenía una tienda, Ed era jubilado de no se sabía qué sector, pero con lo que fuera se había hecho rico. En realidad, todos tenían dinero, o al menos lo aparentaban. Su estatus social era equivalente y hacía años que vivían cerca.

Aun así, los adultos de Valle Marchito no estaban a gusto unos con otros. En un entorno doméstico, sin trajear y lejos de sus despachos, a metros de distancia de sus propios domicilios, todos ellos experimentaban una extraña incomodidad, como si tuvieran que estar más relajados de lo que estaban, conocerse más de lo que se conocían.

Los niños, obligados a ser el centro de atención y con mucha más responsabilidad a pesar de ser poquísimos, jugaban al futbol para entretenerse. Los mellizos no tenían ni idea. Wolf pateaba fuerte, como si el balón le fuera a contagiar alguna enfermedad y tuviera que quitárselo de en medio cuanto antes. Lily May, su hermana, en vez de defender la portería, se defendía del balón, retorciéndose cada vez que apuntaba hacia ella y chupándose sin parar las puntas de las trenzas. Cam, un par de años mayor y mucho más bruto, era un niño superviolento que reaccionaba con la indignación de John McEnroe cada vez que le llamaban la atención. Y Holly..., bueno, se quedaba un poco al margen, cohibida, aburrida y muerta de vergüenza, porque, aun teniendo edad para ser niñera, era demasiado joven para estar con los adultos.

Por alguna razón, a pesar del alcohol, las raciones generosas de comida, el calorcito del sol y el empeño de Ron en que los mayores jugaran también un partido, la fiesta no cuajó. De haberle preguntado a cualquiera de ellos por qué, todos se habrían encogido de hombros, incapaces de explicarlo con convencimiento. Pero si se les hubiera obligado a pensarlo bien...

Olive Collins había ido de grupo en grupo, platicando con las mujeres, coqueteando inocentemente con los hombres, intentando entretener a los niños..., siendo, en definitiva, una «anfitriona» sociable y simpática.

De las siete viviendas que componían la privilegiada colonia de Valle Marchito, la de Olive era la más pequeña y, sin duda, la más distinta, y, de todos los vecinos, ella era probablemente la que menos encajaba. Tampoco es que lo pensara nadie o, si lo pensaban, no lo decían. La calle en forma de herradura era una zona común. Además, salvo Alison, nadie pensaba que Olive hubiera propuesto la fiesta (ella era más de tú a tú), pero se había puesto al mando. Al ser la vecina más veterana, tenía la horrible manía de actuar como si la colonia fuera suya.

Poco a poco, fueron retirándose. Chrissy, que ni siquiera había querido ir, se llevó a casa a Cam agarrándolo fuerte del hombro; Matt se escabulló fiel detrás de los suyos. Alison le enhebró el brazo a su hija, Holly, y ambas se marcharon sonriendo y dando las gracias a todo el mundo. Ron, el donjuán, se largó con dos botellas de cerveza y un guiño pícaro. Ed insinuó que podían continuar la fiesta en su casa, hasta que su mujer, Amelia, le recordó en voz muy alta que tomaban un vuelo a primera hora del día siguiente. David, impaciente por volver a sus dominios, se llevó a casa a los mellizos, Wolf y Lily May, que siguieron a su padre como patitos detrás de mamá pata.

Lily le dijo a David que enseguida iba y se ofreció a ayudar a George a recoger lo que quedaba de la caja de cerveza. De todos los vecinos, aquellos dos habían logrado entablar una amistad insólita pero sincera, algo de plática en la puerta de casa y poco más, pero al menos tenían trato en una colonia donde no abundaba.

Solo se quedó Olive doblando los manteles de cuadros que había llevado ella.

—Olive parece algo triste —comentó George cuando ya no los oía.

—¿Sí? —dijo Lily volteándose a mirar con disimulo a su vecina y barriéndose los hombros desnudos con la coleta de rastas que llevaba aquel día.

Olive juntaba los extremos del mantel decaída, el flequillo por los ojos y el saco de punto abotonado hasta arriba. Una figura solitaria.

—Bueno, tú eres un soltero interesante, George —le dijo Lily.

—Y tú la santa del barrio —replicó él.

—Tengo que acostar a los mellizos.

—Y yo que acostarme a mí mismo. Solo.

Sonrieron nerviosos. A ninguno de los dos le gustaría invitar a Olive a una copa en su casa. La vecina era siempre amabilísima, pero ambos sabían lo acertado que era el dicho: «Quien contigo de otros chismorrea con otros chismorrea de ti».

—Igual Alison... —comentó Lily al ver a la madre de Holly salir de su vivienda en dirección a Olive.

Alison aún no conocía a todo el mundo, pero todo el mundo creía conocerla a ella. Era una persona muy buena, un pan de Dios.

—Ah —contestó George.

Se habían librado. Alison empezó a platicar con Olive y la otra asintió contenta. Luego se fueron juntas a casa de Olive.

Menos mal que estaba la encantadora Alison.

Pobre Olive. Le costaba tanto relajarse. Aun entonces.

Aun antes de empezar a sembrar de verdad el caos en la vida de sus vecinos.

*1 de junio de 2017*

Según un portavoz de la policía, el cadáver de una mujer hallado ayer en su domicilio podría llevar allí casi tres meses.

El espantoso descubrimiento se hizo después de que una residente de la lujosa colonia en la que vivía la mujer se pusiera en contacto con los servicios de emergencias alegando preocupación por la finca de su vecina.

Los agentes de la zona tuvieron que entrar por la fuerza en el domicilio de la mujer para comprobar dónde se encontraba y si estaba a salvo. Tras hallar su cadáver, se presentó en el lugar de los hechos una unidad de la policía científica.

Aún no se ha revelado la identidad de la mujer, únicamente que la fallecida tenía cincuenta y tantos años, y vivía sola. La causa de la muerte sigue siendo un misterio y se determinará cuando se le practique la autopsia, prevista para hoy.

La vivienda se encuentra situada en una tranquila zona residencial a las afueras de la localidad de Marwood, en Wicklow. Esta mañana sus vecinos se han mostrado horrorizados al saber que su muerte había pasado inadvertida tanto tiempo.

De momento, nadie de la propia colonia ha querido hablar con los medios.

# OLIVE
## LA DEL 4

Al principio estaba sola. Antes de que mi casa tuviera número. Antes de que llegaran los otros.

No era mi intención vivir a las afueras del pueblo yo sola. Terminé allí por casualidad. No podía permitirme ninguna de las casas que se vendían en la calle mayor del pueblo. Ni en las perpendiculares. Ni en las perpendiculares de las perpendiculares. El sueldo de la consejería de salud, donde trabajaba como logopeda infantil, no estaba mal, pero no me alcanzaba.

Como los precios no me permitían adquirir una vivienda donde me había criado, un día de 1988 crucé en coche el puente y dejé atrás el precioso bosque que salpicaba buena parte de mi condado natal. Justo al lado, y antes de llegar a las tierras de John Berry, vi la casita. El dueño había muerto hacía meses y todos sabíamos que su hijo, por entonces inmigrante ilegal en Estados Unidos, no pensaba volver. Un hogar no servía de mucho si no encontrabas un trabajo que te gustara, además de darte de comer, y nadie se iba de Estados Unidos cuando conseguía entrar. Era cuestión de que el de la inmobiliaria lo llamara y le dijera que había una persona dispuesta a librarlo de la casa. La compré a precio de ganga bajo promesa de enviarle algunos efectos personales.

—¿En Valle Marchito? —me preguntó mi madre sorprendida y horrorizada—. ¿Cómo se te ocurre buscar nada ahí?, ¿te has vuelto loca?

—Ha venido a buscarme ella a mí —reí yo—. Es lo único que me puedo permitir.

Mis padres solo conocían Valle Marchito por su historia. A comienzos del siglo XX, un agricultor impetuoso y seguramente borracho decidió acabar con las plagas de sus tierras rociándolas de arsénico a lo loco. Al hacerlo, envenenó todas sus cosechas, que marchitaron y murieron en los campos.

—Pero está muy lejos —protestó mi madre—. ¿Qué voy a hacer sin ti?

—Está a unos minutos en coche —contesté yo—. Y ya tengo veintiséis años, mamá. ¡No me voy a quedar en casa eternamente!

En realidad, habría dado igual que me hubiera mudado a la Luna. Tuve que seguir yendo a ver a mis padres todas las noches al salir del trabajo, camino de casa, hasta que murieron los dos, con un año de diferencia, diez años después.

Tras el periodo inicial de duelo, descubrí que me alegraba poder ir directa a casa todas las noches. Que estuviera apartada y tuviera que vivir sola no me importaba al principio. Estaba cansada de andar de aquí para allá, antes de que mis padres enfermaran y durante su enfermedad. No se me ocurría nada más agradable que llegar del trabajo a una casa limpia y solitaria, con algo de comida para llevar, una película, una botella de vino..., sin tener que ir a ningún lugar ni atender ninguna obligación. Estuve así tan contenta..., no sé..., por lo menos un año.

Es cierto eso de que lo inusual es gozoso, pero mi rutina no tardó en convertirse en eso, una rutina, y según fue pasando el tiempo empecé a sentirme sola. No tenía hermanos ni amigos íntimos, ni había previsto convertirme en una solterona: no tuve una epifanía ni decidí de pronto que me entusiasmaba tanto mi vida que me iba a quedar sola. En todo caso, estaba convencida de que iba a llevar una vida convencional. No era precisamente una mujer hermosa y delicada, pero, desde luego, no era fea y nunca tuve problema para encontrar novio. Sin embargo, por lo que fuera, jamás conocí a nadie con quien quisiera sentar la cabeza, o por quien quisiera hacerlo. Estaba destinada a formar una unidad.

Pero sí que disfrutaba de la compañía. Por eso, cuando en 2001 John Berry me dijo de pronto que las tierras en las que se había construido mi casita le pertenecían y que se las había vendido a una promotora para que edificara en ellas, solo me preocupó si mi hogar seguiría en pie.

—¡Por supuesto! —me aseguró—. No tiene la propiedad absoluta, pero pagó por la casa y es suya. Ese tipo tendría que comprársela, pero no tiene intención de hacerlo. Va a construir alrededor de su vivienda, pero tampoco mucho, solo unas cuantas casas para ver qué tal. Será una colonia de lujo con fincas grandes y caras para gente rica e importante, de esos a los que les gusta preservar su intimidad. Valle Marchito al lado mismo de Marwood, un pueblo entero a la puerta de su casa. Se van a vender muy bien.

—¿Va a conservar el nombre? —pregunté espantada.

Con el nuevo milenio, se habían ido levantando colonias de ese tipo por todo el país, idénticas a aquellas mansiones americanas para privilegiados, solo que esas tenían nombres sacados directamente del manual de Los Ángeles: Las Colinas, Los Altos, La Ribera...

—Sí, sí, lo va a mantener —contestó Berry—. Le encanta. Piensa que le da un atractivo único. Cree que va a dinamitar la cotización de las fincas de la zona.

Vi construir una a una las casas a mi alrededor, en un semicírculo. Aun siendo grandes, cada una era distinta y todas tenían un diseño de calidad. Además, como no había dos iguales, la mía, mucho más pequeña, no desentonaba demasiado. De

13

hecho, cuando el promotor trajo a los paisajistas, cercaron las otras con el mismo seto que yo tenía en la mía, para darle a Valle Marchito cierta homogeneidad.

Por desgracia, le quedó un poquitín más elegante de lo que pretendía. Se le fue de las manos y nos convirtió en comunidad «cerrada». Colgó un rótulo grande de hierro forjado en el centro de la reja por si a alguien le costaba encontrar Valle Marchito, el único enclave en kilómetros a la redonda entre Marwood y el pueblo siguiente, al otro lado del bosque. Pasé de vivir en una casita perdida en los límites de la civilización a formar parte de un club de élite.

Según iban mudándose mis vecinos, fui dándoles la bienvenida de forma sincera y generosa. Las viviendas se numeraron del 1 al 7, y mi casita, tras un pequeño debate con el promotor sobre qué lugar debía ocupar yo en su complejo, recibió el número 4. Justo en medio de todo.

Algunos vinieron para quedarse; otros se mudaron allí y al poco tiempo se fueron y llegaron nuevos vecinos. A mí todos me parecían intrusos. Procuraba ser simpática con todo el mundo. Confío en que se acuerden de eso, de que me esforcé.

Los policías, ellos y ellas, que andan rondando mi cadáver ahora mismo aún no saben nada de mi historia. No saben nada de nada, en realidad. Se han pasado las últimas veinticuatro horas intentando deshacerse de moscas, gusanos y otras plagas que saben que asolan la casa aunque no las vean, como ratas y ratones. Los mordiscos que tengo en los dedos de las manos y los pies son prueba de su existencia. Lo asombroso es que quede algo de mí.

Es por el calor. Después de una primavera inusualmente fría y un verano adelantado, no la pasaba mal, ahí sentada, descomponiéndome en silencio en el sillón, el mismo sobre el que Ron, el del 7, me tuvo doblada durante tres minutos y medio de sexo desaforado la víspera de mi muerte para luego largarse con mis calzones en el bolsillo. Espero, por su bien, que se haya deshecho de ellos. A finales de mayo, el tiempo se volvió loco y las temperaturas subieron muchísimo y trajeron a mi sala toda clase de porquerías.

Es increíble la cantidad de tiempo que me dejaron tirada mis vecinos. Ni uno, ni uno solo, vino a verme. Ni siquiera Ron. Y Chrissy solo llamó a la policía cuando creyó que mi casita podía convertirse en un riesgo para la salud pública.

¿Tanto me odiaban?

Esos pobres inspectores... casi me dan pena. Van a tardar una eternidad en averiguar quién me asesinó.

# FRANK

Frank Brazil nunca había presumido de tener buen estómago. Y no iba a hacerlo ahora, en presencia de aquel cuerpo..., de aquel cadáver. Cada vez que posaba los ojos accidentalmente en aquella figura informe, licuada y ennegrecida le daba una arcada. Hasta a su compañera, Emma, se le veía algo menos anaranjada de lo habitual porque su piel, de natural claro, palidecía varios tonos bajo la plasta del maquillaje.

—Es absolutamente repulsivo —dijo con rotundidad.

No había parado de hablar desde que habían llegado. Frank se enorgullecía de ser un hombre moderno: defendía que no había diferencia entre hombres y mujeres, que el llamado «sexo débil» era igual, superior, de hecho, al hombre en casi todos los aspectos. Primero su madre y luego su queridísima Mona lo habían educado bien en ese sentido. Pero lo de Emma... ¡Dios! No acababa de entender a aquella chica. ¡Tan joven, con tantas opiniones y todas tan inamovibles!

—Pobre mujer. ¿Qué fue del espíritu de vecindad? ¿Cómo es posible que sus vecinos no la hayan extrañado? Lo lógico habría sido que al menos uno hubiera ido a verla y dado la voz de alarma. Tendrías que ver lo que están diciendo en las redes sociales de los que viven aquí. ¿Y su familia dónde está?

Frank se encogió de hombros. No es que no estuviera de acuerdo. Él vivía en un antiguo barrio de vivienda municipal gentrificado y, aunque últimamente muchos de sus vecinos eran universitarios o jóvenes profesionistas, seguía habiendo buena relación entre los vecinos. La semana anterior, sin ir más lejos, habían organizado en el pasto comunal una especie de campeonato de futbol al que se habían apuntado todos: papás, ejecutivos, estudiantes y niños por igual. Si moría uno de sus vecinos, él se daría cuenta de su desaparición, y eso que en su barrio había más de siete casas.

—Me parece muy mal que dejen así de solos a los ancianos —prosiguió Emma—. Espero que el Gobierno vuelva a poner esos anuncios en la televisión, esos en los que piden que se esté al tanto de los pensionados vulnerables. Está claro que hace falta.

—¿Ancianos? Emma, ¡tenía cincuenta y cinco años! Dos más que yo.

—Bueno, no es por nada, Frank, pero tú te jubilas dentro de tres meses —repuso Emma, y Frank se llevó la mano a la frente.

¿Cómo le explicaba a una mujer de veintiocho que uno no era anciano a los cincuenta y tres, que él se jubilaba porque estaba cansado, triste y le daba todo igual? Llevaba haciendo aquello más años de los que ella había vivido, y había visto demasiadas cosas. Había perdido la capacidad de empatizar. Cuando esa desaparecía, tenías que desaparecer tú también. Eso lo sabía cualquier policía sensato.

Se apartó de Emma y miró por la ventana. Alguien había corrido las cortinas para que hubiera luz en la estancia. Gracias a la reja de entrada, había sido fácil aislar la escena del crimen: no había hordas de periodistas dentro del perímetro, solo la policía y los vehículos de emergencias. Y los vecinos, que seguían encerrados en sus casas después de haberse despertado en medio de un problema de proporciones épicas.

Los de Científica habían tomado las primeras muestras de

ADN de la escena. Había muchos restos. Demasiados, de hecho. Si aquello no había sido una muerte accidental o un suicidio, si resultaba que a Olive Collins la habían asesinado, iban a tener toneladas de muestras que examinar. Hasta habían recogido posibles restos de semen del piso, junto al cadáver, según los técnicos forenses.

—Debía de estar con un tipo —dijo Frank en voz alta, para sí y para la nada.

—¿Tú crees? —preguntó Emma. Se puso los guantes y tomó de la cómoda una fotografía enmarcada. Los técnicos ya habían terminado en la sala, habían pasado las brochas y los cotonetes por todas las superficies, fotografiado hasta el último centímetro, pero los inspectores aún llevaban bolsas protectoras en los pies y guantes de vinil azul en las manos. En la foto se veía a una Olive mucho más joven con una blusa de cuello grande y un suéter de rayas, vistos por última vez allá por 1985, y un corte de pelo de cazo—. No era especialmente atractiva. Además, estaba... —Emma se interrumpió, como pensándose mejor la siguiente frase.

Él se encogió de hombros.

—Con que estuviera dispuesta... A la mayoría de los hombres les basta con eso. En cualquier caso, yo no juzgaría su aspecto por una foto de hace treinta años: en los ochenta todo el mundo tenía un aspecto horrendo. Hay que encontrar una más reciente.

Apareció por la puerta el ayudante del forense.

—Vengo a levantar el cadáver.

Merodeaba a su espalda la directora de Científica, la agradable y campechana Amira Lund. Frank siempre tenía tiempo para Amira y le gustaba pensar que no era solo porque fuera una mujer muy atractiva, de ojos grandes y almendrados, piel oscura y pelo largo, negro y exuberante (que él rara vez veía, la verdad, dado que todas sus interacciones se producían cuando ella traía una bata blanca).

—Frank, ¿tienes un minuto? —preguntó.

—Están a punto de levantar el cadáver —espetó Emma.

—Por supuestísimo que tengo un minuto —contestó él. Ni de broma se iba a quedar a ver cómo trasladaban el cuerpo sin vida de Olive Collins del sillón a una bolsa para cadáveres. Quién sabe lo que habría debajo de aquel ser descompuesto. Se le puso la carne de gallina solo de pensarlo—. Te quedas al mando —informó a Emma, que se esforzó por disimular su deleite, hasta que cayó en la cuenta de lo que estaba a punto de presenciar y se le borró la sonrisa de la cara.

Frank abandonó la estancia detrás de Amira, agachando la cabeza para no darse con el marco, y salió a un pequeño pasillo que separaba la sala de la cocina. Ya sabía que conducía a las dos recámaras y al baño. Aunque la casita solo tenía un piso, era bastante espaciosa.

—Por aquí —dijo ella llevándolo a la cocina. Frank se apartó para dejar salir primero a uno de los técnicos con las manos grandes llenas de bolsas de pruebas—. ¿Dios dijo algo ya? —preguntó Amira señalando con la cabeza hacia la sala.

—Cuando llegué, se dignó a decirme que va a ser difícil sacarle algo a un cadáver en semejante estado, una revelación de proporciones bíblicas, ya ves, pero no hay heridas de bala ni de arma blanca, ni manchas de sangre seca. Nada que tú no sepas ya. Fuera cual fuera la causa de la muerte no hubo violencia. A lo mejor le dio un infarto. O se tomó un frasco de pastillas, se sentó a ver la televisión y se quedó traspuesta. Los que la han visto primero dicen que tenía la televisión en *stand by*, como si se hubiera apagado solo al cabo de un tiempo pero pudiera volver a encenderse con el control.

Amira negó con la cabeza.

—Dudo que ocurriera eso.

Frank suspiró. La muerte repentina siempre se consideraba sospechosa. Había que valorar todas las opciones, tenerlo todo en cuenta. Pero, a la larga, no era más que papeleo para la policía. Muchísimo papeleo. No le había importado ir allí aquella mañana porque las labores administrativas eran las únicas que se le daban bien. Emma quería casos complejos e importantes, interrogatorios interminables, juicios sensacionales... Era joven, tenía energía para eso. Alguien que parecía haberse levantado al alba para maquillarse tenía energía para lo que fuera.

Frank, en cambio, solo quería un turno de ocho horas en el que no sucediera nada destacable para poder irse a casa después, cenar una pizza congelada, ver a David Attenborough en la televisión y dormir de un tirón y sin pesadillas.

—¿Qué pasó? —preguntó tímidamente.

—La caldera estaba bombeando monóxido de carbono a la casa.

Frank la miró pensativo, ladeando la cabeza y sobándose el matojo de vello rojizo que le poblaba el labio superior.

—Muerte por inhalación accidental de gas venenoso. Qué pena. Los detectores de monóxido de carbono deberían ser obligatorios.

Amira volvió a negar con la cabeza.

—Nop. No fue accidental. Ven conmigo.

Cansado y resignado, la siguió a la entrada de la cocina y vio que se subía a una silla y pasaba los dedos enguantados por el marco de la rejilla de ventilación de encima de la puerta.

—¿Qué es eso? —preguntó.

Se subió él a la silla.

—Cinta adhesiva —contestó con el estómago de pronto revuelto.

—Cinta adhesiva —repitió ella—. En todas las rejillas de ventilación. Las puertas y las ventanas están bien aisladas; ahí no hacía falta nada.

—¿Y en la puerta de la calle? ¿No dijo la vecina que el buzón de correo tenía cinta adhesiva?

—Solo es una ranura para el correo y estaba tapada con cinta de carrocero, no con cinta adhesiva. Y había huellas en ella, un par de juegos: uno seguramente de la vecina que la encontró; el otro, si especulamos, podría ser de la víctima. Tenía un buzón de correo instalado en la pared; a lo mejor no usaba la ranura de la puerta o no quería que le metieran el correo en casa.

Frank, medio ahogado, se agarró fuerte al salvavidas.

—O sea que o Olive Collins tenía aversión al aire fresco o planeó su muerte. Buscaba un método eficaz. Sabía que la caldera tenía una fuga o manipuló las tuberías. ¿Es antigua?

—No, bastante nueva. Está en el mueblecito de tu espalda. No hace mucho que la revisaron, según la etiqueta del frente, pero la válvula estaba abierta y el tiro atiborrado de cartón, a mano.

—Pues suicidio, entonces. Puso cinta adhesiva en las rejillas de ventilación. Me extraña que no taponara también la chimenea. Eso fue lo que llamó la atención a la vecina: los moscardones que salían por ella.

—No había nada en la chimenea, pero habría dado igual —aclaró Amira—: es estrecha y no habría bastado para vaciar una vivienda entera de monóxido de carbono. Además, ella había puesto un cuadro delante. Hemos encontrado cenizas, de papeles que debió de quemar, pero no la usó para calentarse.

—Perdona, Amira, ¿qué me quieres decir? Algo te da mala espina.

—Te voy a contar lo que me desconcierta, Frank. La casa está repleta de restos de ADN. Para ser una mujer a la que han

21

dejado muerta en su sala durante casi tres meses, parece que tuvo un montón de visitas en los días previos. El único lugar donde no hemos encontrado huellas es la cinta adhesiva con la que están tapadas las rejillas de ventilación. Tampoco había ninguna en las tuberías de la caldera. Esas zonas las limpiaron.

—Maldicióóón...

—Sí.

—Pero sigue siendo más probable que lo hiciera ella. ¿Cómo iba a tapar las rejillas otra persona sin que ella lo viera?

—No es tan difícil, Frank. Además, como comprobaste, la cinta adhesiva no se ve. Yo no me di cuenta hasta que examiné la caldera y observé detenidamente.

—No sé, Amira. Como forma de asesinar a alguien, es bastante retorcida, incluso demasiado imaginativa para los tiempos que corren, diría yo.

Amira se encogió de hombros.

—A algunos no les gustan los cuchillos ni las pistolas, Frank, y no todo el mundo tiene la fuerza ni la capacidad necesarias para estrangular, por mucho que se empeñen en las películas —titubeó—. Y hay más.

—Estás consiguiendo inquietarme —suspiró Frank.

—Espera... Cuando llegamos, tenía el celular al lado. Marqué el último número: ¡nos llamó a nosotros!

Frank palideció.

—No.

—Sip. Te ahorré el trabajo: llamó a emergencias, el 3 de marzo a las 19:00 horas. Mejor siéntate para lo que viene ahora.

—Creo que sí.

Frank apartó una de las sillas de polipiel café de la mesa de la cocina y se dejó caer en ella.

—Se registró como llamada de auxilio. Se envió una patrulla

con dos agentes. Pasaron la reja de entrada a la colonia y llamaron a la puerta de la vivienda.

—¿Llamaron a la puerta? —preguntó él, que comenzaba a sentirse como Alicia al caer por la madriguera del conejo.

—Las cortinas estaban corridas. No contestaba nadie. No había indicios visibles de emergencia. Iban a dar la vuelta al edificio cuando se les acercó el vecino de al lado. Platicaron un rato los tres. Les dijo que no había visto ni oído nada raro y que, si las cortinas estaban corridas, seguramente no estaba en casa, así que dieron por falso el aviso y se fueron. Y las cortinas siguieron corridas otros tres meses, hasta que llegamos nosotros. Y te voy a contar otra curiosidad: había partido de la Champions la noche en que ella llamó. Empezó a las 19:45. Igual los agentes tenían prisa por volver, ¿no crees?

Frank rio. Fue una risa nerviosa e involuntaria.

—Nunca me he alegrado tanto de estar a punto de jubilarme. Otra metida de pata de la policía de pueblo. Ahí tienes el titular. ¿Qué dijo la víctima cuando llamó?

—Dijo, muy agitada, literalmente: «Creo que está pasando algo horrible», y colgó. De repente.

—Un falso aviso, claro. ¡Imbéciles!

—Sí —contestó Amira. Apartó la silla de al lado y se desplomó en ella—. Te han fastidiado, ¿verdad? Lo siento. De haberlo sabido antes, te habría avisado para que llamaras y dijeras que estabas enfermo. ¿Te gustaría una copa después? Invito yo.

Frank negó con la cabeza. Como si eso fuera a arreglarlo. Tres meses, solo le quedaban tres meses. Y ahora Emma se iba a poner como una furia. Mandarían a un equipo de Homicidios: habría ruedas de prensa, semanas de interrogatorios, horas extra sin pagar... Salvo que... Su única esperanza era que sus superiores no quisieran considerarlo homicidio de momento. Andaban justos de recursos, las estadísticas lo eran todo y la ausencia de huellas en la cinta adhesiva no constituía un indicador absoluto de intención criminal. Emma y él podían dedicar un par de días a investigar la vida de la muerta, hablar con los vecinos..., cosas así, mientras esperaban los resultados de la autopsia y de la inspección de la Científica. Intentar averiguar si alguien tenía motivos para querer asesinarla.

Con suerte, el cadáver estaría impoluto y el forense dictaminaría la muerte por suicidio.

Su desesperación era tal que casi le hizo gracia.

# GEORGE
## EL DEL 1

Wolf Solanke estaba otra vez en el jardín trasero de George Richmond. George veía subir y bajar su cabecita de negros rizos afro mientras trabajaba en la parcela de tierra que había decidido transformar esa mañana.

Lily les había regalado a los mellizos unas herramientas de jardinería la Navidad pasadas, pero George sabía que el padre de Wolf, David, era muy quisquilloso con su pasto. Aunque todo lo que había en el jardín trasero de los Solanke pareciera tirado allí a la buena de Dios, se trataba de un caos cultivado. David no iba a dejar, ni loco, que sus hijos anduvieran haciendo destrozos por allí con sus minidesplantadores y sus palitas. Así que a Wolf le gustaba jugar en los carísimos parterres de George y a él no le importaba en absoluto. Venían los jardineros, hacían su trabajo y él se mostraba al mismo tiempo agradecido e indiferente.

Le gustaba tener compañía, aunque fuera la de un niño de ocho años.

Cruzó despacio el jardín hasta donde estaba Wolf, tan concentrado en lo que estuviera haciendo con el rastrillito que no reparó en su presencia.

—Qué calor hace hoy, ¿verdad?

Wolf dio un respingo. Miró a George con sus enormes ojos

pardos y siguió en lo suyo, rascándose la mejilla morena con las uñas llenas de tierra.

—Bastante, sí —contestó el niño—. La del tiempo dijo que veintiocho grados a mediodía.

—Uau, una ola de calor.

—Eso no es una ola de calor —replicó Wolf.

—Bueno, en teoría, no... —George no terminó la frase. Hacía tiempo que había llegado a la conclusión de que no tenía sentido discutir los detalles con Wolf—. ¿Quisieras beber algo?

—No, gracias. Señor Richmond, tiene que echarles algo a estas begonias. Las babosas se las están comiendo.

George, aunque impresionado por el conocimiento que Wolf tenía de sus plantas, se limitó a encogerse de hombros.

—Así es la vida, colega. Las babosas tienen tanto derecho a comer como tú y como yo.

Wolf lo miró horrorizado.

—Pero se va a quedar sin flores.

—Le diré a mi jardinero que plante alguna que no les guste tanto a las babosas. Claro que entonces tendré otros bichos. En el fondo, las babosas me dan igual. He oído decir que la mosca blanca es como la langosta: se come todo lo que ve. Condenados insectos, ¿no?

Le sorprendió ver que a Wolf se le empañaban los ojos.

Se acuclilló para ponerse a la altura del niño.

—Eh, colega, ¿qué pasa?

Wolf no contestó. Se frotó furioso los ojos, recogió sus herramientas y se fue por el boquete abierto en el seto que usaba para volver a casa.

George se quedó allí parado, perplejo.

De nuevo solo, dio media vuelta, entró en casa y subió las escaleras. Su destino era la ventana del descansillo, la que ofrecía mejores vistas.

La colonia solía estar tranquila. Allí nunca pasaba nada, al menos nada de lo que se hablara. Sin embargo, en aquellos momentos, parecía una casa de locos. No había en la calle ni una sola persona a la que conociera. Solo montones de policías.

Apoyó la cabeza en el cristal frío, dejando que el tejido del visillo se le marcara en la frente, y cerró los ojos. Aquella ansiedad que tan bien conocía empezó a bullirle por dentro, una sensación que solo sabía abordar de una forma. Se oyó un portazo fuera y George abrió de golpe los ojos, justo a tiempo para apreciar un hervidero de actividad en el número 4. Estaban sacando el cadáver.

Movió la cabeza. Era ella. Era ella de verdad. Estaba viendo cómo sacaban de su casa a la vecina muerta en una camilla y ¿qué sentía? Nada. Claro que nunca se le habían dado bien los sentimientos oportunos. Eso le había dicho su padre cuando se había quedado en paro, cuando lo habían despedido del periódico. Stu Richmond había tenido que hacer uso de todo su poderío para ocultar lo ocurrido. George, en cambio, ni se había alterado, ni alegrado, o eso le dijo su padre.

Casi había acertado. George se había sentido sobre todo aliviado. No porque lo hubieran salvado, sino porque ya no tenía que mantener la mentira. Cualquiera de sus amigos periodistas se habría ido de la lengua sin pensarlo, le había dicho su padre. Seguramente tenía razón. Por suerte, a la dirección le aterraba la posibilidad de enemistarse con Stu Richmond. El padre de George era el principal magnate de la música del país, el Simon Cowell irlandés, y un pez gordo en Estados Unidos. Si sus artistas boicoteaban la sección de cultura del periódico..., bueno... Les pareció que el que George perdiera su empleo era castigo suficiente.

Su padre le había hecho ese único favor y luego prácticAmente se había desentendido de él. Salvo por la casa y los cheques mensuales.

—No vuelvas a avergonzarme —le advirtió.

George lo había intentado. Había ido al psicólogo cuando lo habían despedido y procurado llegar al fondo de lo que lo convertía en semejante desastre. Pasó semanas sin salir de casa, sin querer entretenerse con la computadora o la televisión, meditando incluso con la intención de curarse.

En cierto momento de su triste e insignificante existencia, se había planteado instalarse una app de citas en el celular e intentar encontrar novia. No estaba mal y, a sus treinta y cinco, todavía era más o menos joven. El psicólogo le había dicho que tenía que dejar de evitar la proximidad física. Aún podía encarrilarse.

Pero, hiciera lo que hiciera, siempre terminaba volviendo a su ser.

La gente no tenía ni idea.

A su juicio, lo suyo era peor que la adicción al *crack*.

Solo ver toda aquella actividad fuera era demasiado para él.

La maldita Olive Collins.

Sintió que lo inundaba aquella necesidad imperiosa. El estrés, la desesperación. No podía pensar en otra cosa que en hacer lo de siempre. Allí mismo, en aquel preciso instante. Agarró las toallitas que tenía en el alféizar.

«¡A la mierda!», se dijo mientras sacaba brillo al manubrio.

# OLIVE
## LA DEL 4

Cuando Stu Richmond se mudó al número 1, fue muy emocionante. En un país de celebridades deslumbrantes, él era una estrella fulgurante: ¡había conseguido triunfar en Estados Unidos! El hombre, que se había hecho millonario lanzando a montones de artistas, era más famoso que la mitad de las bandas que había financiado, probablemente porque aquellas se estrellaban en cuanto aterrizaban los egos.

Yo me empeñaba en llamarlo señor Richmond, en parte porque soy una anticuada, pero, sobre todo, lo reconozco, por fastidiar. Era una de esas personas que te despiertan la rebeldía que llevas dentro. «Stu» cuadraba más con la imagen que quería dar, la de un hombre que no desentonaba con una novia más joven que su propio hijo; que tenía un Porsche rojo a la puerta de casa; que volaba periódicamente a Estados Unidos; y que, Dios lo bendiga, disponía de entrenador personal y se había hecho implantes capilares.

Primero se fue la novia y luego el señor Richmond volvió a su residencia estadounidense. La preciosa campiña y el fabuloso Valle Marchito perdieron su atractivo durante un húmedo invierno.

Le tocaba a George vivir en la minimansión.

George era mucho más tranquilo que su padre, un verdadero lobo solitario, casi huidizo, se podría decir. Nuestra comuni-

29

dad de vecinos era tan pequeña que resultaba un desperdicio tremendo.

Al principio pensé que a lo mejor era gay y le daba un poco de vergüenza. Un cliché, lo sé, pero era joven, guapo, tenía el exterior de su casa inmaculado y nunca lo vi entrar en ella con una chica ni una mujer del brazo.

Aquel verano puse una calcomanía del Orgullo en la ventana de la sala para mostrar mi solidaridad. Quizá no necesitaba más que eso: un poco de solidaridad.

Estuve atenta por si hacía lo mismo. Pero no.

Resultó que George no era gay.

George era algo muy distinto.

# LILY Y DAVID
## LOS DEL 2

Lily Solanke no podía pensar en lo que estaba pasando fuera. No tenía energía para eso.

Estaba agotada, exhausta. Siempre se sentía así en vísperas de las vacaciones de verano. Hacía falta muchísima energía para entretener a los niños y tener a la clase más o menos tranquila en esas últimas semanas en que ya habían acabado el temario, hacía un sol espléndido y escaseaba la paciencia, tanto de los profesores como de los alumnos.

Hasta los dedos se notaba doloridos mientras repasaba un montón de informes que esperaban su firma en la mesa de la cocina. Ya había redactado uno por cada alumno de su clase, pero, como tutora de ese año, debía refrendar también los del señor Delahunt. Se detuvo en uno que declaraba que la alumna en cuestión estaba por debajo de la media en todos los aspectos de la Lengua Inglesa: lectura, escritura, ortografía, pronunciación... Su compañero había garabateado «Delsia debe esforzarse más» en el recuadro de comentarios, amén de otras observaciones igual de desagradables que Lily sabía malintencionadas. Tuvo que contenerse para no añadir debajo: «El señor Delahunt debe esforzarse más».

Delsia era una malauí de diez años que había entrado en la escuela a principios del curso anterior; una criatura preciosa, simpática y feliz, que no mostraba indicio alguno del trauma sufrido con su traslado a Irlanda.

31

Lily anotó en su agenda la solicitud de financiación de refuerzo lingüístico para el próximo curso y dejó el informe a un lado. Le dieron ganas de llamar al señor Delahunt para reprenderlo por hacer comentarios tan insensibles y desconsiderados. Sería rotunda pero diplomática. Aun así, sabía que no lo haría, porque, por lo visto, no se podía ser negra y objetiva sobre el racismo.

Estaban a punto de nombrarla directora de la escuela. Lo único que tenía que hacer era no equivocarse. Y eso era complicado a final de curso, cuando escaseaba la energía y los nervios estaban a flor de piel. Todos los años, cuando llegaba junio y la asaltaba el cansancio, se preguntaba por qué no habría elegido secundaria, los de doce a dieciocho años. Tenían más horas lectivas durante el curso, pero acababan a finales de mayo. ¡Tres meses enteros de vacaciones!

Pero no le gustaría reciclarse. Le encantaban los pequeños. Adoraba la imaginación de sus alumnos de siete años, aquellas personalidades tan particulares ya, tan involuntariamente divertidas, ingenuas y francas. Se le daban demasiado bien los niños para renunciar a todo eso a cambio de un mes más de vacaciones.

Su trabajo era, además, una de las razones por las que se negaba a mudarse... a ninguna parte. Al principio de su relación con David, este solía bromear con hacerle un palacio en su pueblo natal de Calabar, en Nigeria, donde podría comprar y dirigir cincuenta escuelas si quería sin tener que trabajar ni la mitad.

—La vida sería facilísima —le decía—. Somos ricos, allí seríamos aún más ricos, y el resto da igual. No tendrías que demostrar nada. En Nigeria no hay problemas de color. Seríamos la norma, no la excepción.

Ella no acababa de entender ese concepto. Había vivido toda la vida en un país mayoritariamente blanco y el color la definía.

Además, sabía que no lo decía en serio. David había huido

de Nigeria después de que su padre se viera implicado en un golpe militar fallido, por lo que su familia había estado amenazada un tiempo. Al ser el mayor de los hermanos, había emigrado con visado de estudiante, lo habían mandado al extranjero para que sustentara a la familia. Y lo había conseguido con creces. Aun teniéndolo todo en contra, se había hecho rico y respetable con su esfuerzo.

Su familia ya hacía tiempo que estaba fuera de peligro, pero no había recuperado sus privilegios. Los ingresos semanales que David hacía en la cuenta bancaria de su padre los ayudaban a sobrevivir, pero la vergüenza que le producía a su progenitor aquella dependencia económica tensaba mucho su relación.

Nigeria era el pasado de su marido, un sueño imposible, una tierra que Lily probablemente jamás conocería. Y no le importaba. Su trabajo y sus hijos eran su vida. Ocupaban todo su tiempo, con lo que no le quedaba ninguno para otros dramas.

Al enterarse de lo ocurrido en el número 4, se había tomado el día libre. Pero tenía trabajo pendiente y debía continuar con sus cosas. En realidad, solo estaba allí por Wolf. Su hijo la necesitaba ese día y Lily era así de buena con sus hijos.

Era buena. Eso se decía a sí misma.

Sonó el teléfono.

# EMMA

—Los vecinos se están reuniendo a la entrada de la casa.
—Emma había encontrado a Frank en una de las recámaras, la
de la muerta, por lo visto. El tocador estaba hasta arriba de per-
fumes, cremas y lacas de uñas: Anaïs Anaïs, crema facial Pond's,
rosa claro de Rimmel. En la mesita de noche había un libro
abierto: *La piedra lunar,* uno de los favoritos de Emma—. Se ha
levantado el cadáver. Los otros residentes han debido de ver
que había actividad. Dios, ha sido horrible. Han tenido que volver a traer al entomólogo.

—No sigas. —Frank andaba hurgando entre la ropa del clóset—. No hay prendas de hombre —dijo.

—¿Y por qué iba a haberlas?

—Por el semen. Si hubiera tenido una relación estable, habría algo aquí: una camisa, unos calzoncillos, otro cepillo de
dientes en el baño... No hay nada.

—Igual fue una relación de una noche.

—¿A su edad? —repuso Frank. Tomó otra cosa y la estudió
con detenimiento; hasta los objetos más inocuos parecían tener
algún significado que solo Frank sabía interpretar—. Hay una
caja con cartas antiguas y documentos oficiales en el clóset—dijo—. Hay que embolsarlo todo y llevarlo a comisaría. ¡Y
leerlo! Mejor dicho, examinarlo. Déjaselo claro al equipo. Además, hay que averiguar más cosas de la vida de esta mujer, ha-

blar con los vecinos, localizar a la familia, ver si tenía enemigos, algún amante despechado...

Volvió a mascullar para sí.

Emma notó que se le encendían las mejillas. Le fastidiaba que hiciera eso, que se pusiera manos a la obra sin contarle lo que tenía en mente. Cuando la habían puesto a trabajar con él, a finales del año anterior, había pensado que la dejaban en las manos seguras de un mentor, alguien dispuesto a transmitirle toda su experiencia y sus conocimientos antes de abandonar el cuerpo.

Sabía que Frank Brazil había sido un buen inspector, independientemente de lo que le inspirara ahora, con su porquería de bigote y sus respuestas monosilábicas, pero en vez de instruirla, de explicarle el procedimiento, se pasaba el rato mascullando por lo bajo, con lo que ella no paraba de repetir «¿Cómo?» y parecía boba de remate.

Por desgracia, Frank parecía sacar lo peor de ella. Sabía que era absurdo, que se estaba labrando el futuro por sus propios méritos, pero estaba deseando que él le dijera que era buena. Quería que fuera capaz de obviar su edad y su acento y, aunque no la tratara como a una igual, al menos la viera como su protegida. Quería hablarlo con él sinceramente, abiertamente. Pero no podía. No era capaz de imaginar una combinación de palabras que no la hiciera parecer una chiflada obsesiva. Así que, a falta de esa honestidad emocional, se sorprendía mostrándose petulante, malhumorada e insegura en presencia de su compañero.

—¿Qué dijo Amira Lund? —preguntó. Frank masculló—. ¿Cómo?

—Dios, Emma. Dijo. Que. La. Muerte. De. Olive. Resulta. Algo. Sospechosa.

La irritó aquella respuesta.

—Ya... Me lo temía.

Frank dejó lo que estaba haciendo y la miró.

—¿En serio? Teniendo en cuenta que todo apuntaba a una muerte repentina o un suicidio, ¿tú has llegado de inmediato a la conclusión de que podría haber sido un asesinato?

—Por la ropa que llevaba puesta.

Frank la miró sorprendido.

—¿«Por la ropa que llevaba puesta»?

—Sí, como si se fuera a ir a la cama ya: pijama, tenis, sin joyas... El control estaba en el brazo del sillón, a su lado, el teléfono a la mano, una taza seguramente de té en la mesita. Si yo hubiera querido suicidarme, me habría puesto más guapa y posiblemente me habría maquillado. Me habría acostado en la cama o igual en la bañera. No me habría hecho un té y habría encendido la televisión. Además, me habría asegurado de que me encontraran.

—No te ofendas, Emma, pero la mayoría de la gente no es como tú. ¿Por qué va a importarle a alguien la ropa que lleve puesta cuando encuentren su cadáver?

—Es que ni lo piensas, al menos de forma consciente. Cuando eres mujer, te sale así: te pones lo mejor que tienes.

Frank soltó un bufido.

—Ya. Bueno, si alguna noche descubres que te pusiste un vestido bonito y te pintaste los labios más de lo normal, pero no vas a salir con nadie ni vas a ninguna parte, llámame, ¿de acuerdo?

Emma se mordió el carrillo por dentro.

—También está el que todas las rejillas de ventilación de la casa estén tapadas con cinta adhesiva... Supongo que eso es lo que de verdad me extraña, pero igual son cosas que solo ves cuando observas. Bueno, ¿vamos a hablar con sus vecinos? —dijo, y dio media vuelta antes de que Frank pudiera replicar. Si se hubiera quedado, le habría visto la cara de desconcierto.

# GEORGE
## EL DEL 1

Le pareció lo más lógico después de que se llevaran el cadáver. Salir a ver si la policía sabía algo.

George se estaba esforzando por ser normal, mostrando preocupación, cuchicheando con los vecinos, comportándose como los demás, no como alguien con algo que ocultar.

Había llamado a Lily, y los Solanke habían salido también.

Sonrió cariñoso a Lily. Hacía semanas que apenas se saludaban y él extrañaba su compañía. Últimamente extrañaba todo.

Lily parecía aburrida, al borde de la irritación, como si no tuviera interés alguno en estar allí parada y solo el brazo grande de David enroscado a su cintura la hubiera apartado bruscamente de la seguridad de su hogar. Había intentado en vano contener los rizos con una pañoleta y ahora se los retiraba de la cara como si no fueran más que otra molestia en un día repleto de contrariedades.

David estaba relajadísimo. Eso sí que era raro. El pobre andaba siempre tenso como un muelle. Aunque llevara chinos mañana, tarde y noche, y plantara todas las verduras orgánicas del mundo, seguiría emitiendo vibraciones de depredador. Era un macho alfa y George no tenía inconveniente en reconocer que no le gustaba rodearse de tipos como él. Demasiado empeño en demostrar su valía, un terreno en el que George siempre se quedaba corto.

Ni rastro de Wolf y Lily May.

Confiaba en que el pequeño estuviera bien. Solo después había entendido por qué se le habían salido las lágrimas en su jardín. George había hablado de insectos y la colonia entera sabía ya que Olive había sido una especie de caldo de cultivo de todo tipo de bichos en los últimos meses.

¡Dios! Daba horror solo pensarlo.

Pobre Wolf.

Alison y Holly Daly se acercaron con timidez a sus vecinos. Alison iba abrazada a su hija, pero alguien observador podía apreciar que, en realidad, era Holly la que sostenía a su madre, aunque ese día pareciera especialmente joven, con unos jeans cortos y una camiseta blanca, y el pelo castaño y largo bien recogido en trenzas que le caían por la espalda.

Cuando había conocido a Holly, le había calculado diecinueve o veinte. Le había molestado saber que solo tenía quince. Por entonces, vestía como alguien de más edad y había algo en ella que revelaba madurez. Pero, con el tiempo, había sufrido una regresión, como si quisiera aferrarse a su juventud. O recuperarla. Lo uno o lo otro.

Alison alzó la vista y lo sorprendió observándolas. Él miró a otro lado enseguida, abochornado.

Se abrió de nuevo la puerta de la casa de Olive Collins y salieron los inspectores, un hombre y una mujer: él, de mediana edad, con la envergadura de un tanque, el pelo y el bigote rojizos; ella, más joven, rubia de bote, con maquillaje de sobra para levantar un edificio de departamentos. Al mismo tiempo, apareció Ron Ryan, el del 7.

Chrissy y Matt Hennessy, los del 5, no se habían movido de casa. Ella aún estaba traumatizada, según David, que, por lo visto, había ido a verlos la noche anterior con un cargamento de infusiones y de disculpas, alegando que deberían haberse percatado todos y así no habría tenido que ser ella quien avisara a la

38

policía. Como si un té verde te fuera a tranquilizar después de caer en la cuenta de que todos esos moscardones que acababas de ver se habían estado dando un festín con el cadáver de tu vecina.

Cam y ella habían sido los primeros en notar que pasaba algo.

Con cualquier otro niño de once años, cabía preguntarse si semejante hallazgo podía llegar a traumatizarlo. Con Cam no. George lo había encontrado un día en su jardín trasero, subido a un tronco de árbol medio podrido, apuntando a Lily May, en la casa de al lado, con una suerte de subfusil Uzi de juguete.

—¿Qué haces, Cam? —le preguntó.

—¡Calla, que me vas a espantar a la presa!

Y George creía que él tenía problemas.

—Damas y caballeros —empezó a decir el mayor de los policías. Todos le prestaron atención—. Soy el inspector Frank Brazil y esta es mi compañera, la inspectora Emma Child. Gracias por acercarse a mostrar su preocupación por la señorita Collins. —George enarcó una ceja. Sería un gesto de cortesía, porque hacía meses que Olive no le preocupaba a nadie—. Entiendo lo perturbador que es todo esto para su comunidad de vecinos, en especial para los que mantenían una relación más estrecha con la difunta. Sabemos que nuestra presencia les causará algunas molestias y que tendrán que lidiar con la curiosidad de los medios, agolpados al otro lado de la reja. Tenemos entendido que algunos se han tomado el día libre, así que, para evitarles mayores inconvenientes, procuraremos hacer nuestro trabajo con la mayor celeridad posible.

¿Qué les iba a decir? ¿Que Olive había sufrido un accidente? ¿Que se había quitado la vida?

—Aunque de momento no puedo comentarles los pormenores de la muerte de la señorita Collins, quería decirles que se

39

ha abierto una investigación. Nos gustaría hablar con cada uno por separado, así que iremos casa por casa. Vamos a intentar hacer esas visitas hoy para que puedan retomar su rutina cuanto antes. Si alguno tiene un compromiso urgente, avísenos y lo citaremos para esta tarde o para el fin de semana. Pero, por favor, les ruego que traten de retrotraerse a hace tres meses, al 3 de marzo, concretamente. Repasen sus agendas, sus celulares, sus redes sociales y esas cosas. ¿Estaban en casa y, en caso afirmativo, vieron u oyeron algo raro? ¿Recibió la señorita Collins alguna visita, vieron algún coche desconocido en la calle o algo por el estilo?

—Un momento —lo interrumpió David—. ¿Insinúa que ocurrió alguna fatalidad, que no murió sin más?

«Fatalidad.» ¿Quién usaba palabras tan rebuscadas? George frunció el ceño. Seguro que el inspector ya había sacado sus conclusiones sobre los vecinos por el tamaño de las casas. Por alguna razón absurda, era importante para George que aquel policía, a quien ni siquiera conocía, no lo viera como una especie de tontito privilegiado. Siendo hijo de Stu Richmond, se había pasado la vida aguantando que la gente lo diera por supuesto. Se apartó un poco más de David Solanke, desplazándose con disimulo hacia Ron, que tenía todo el aspecto de estar canturreando de los nervios.

—Como ya he dicho, no puedo comentar los pormenores de la muerte de la señorita Collins. ¿Alguno sabe si la difunta tenía familia? La señora Hennessy, la del 5, estaba tan angustiada anoche, cuando fue hallado el cadáver, que no supo decirnos si podíamos ponernos en contacto con alguien.

—No tenía a nadie —habló Alison, pálida, con los ojos muy abiertos. Una versión mayor de su hija, vestida de forma estratégica y elegante, y con el pelo y el maquillaje impolutos—. Era hija única y sus padres ya murieron.

George notó que Lily se estremecía. Su amiga no parecía la de siempre, desde luego.

También Alison parecía angustiada, pero a ella ya se lo había notado antes. Llamaba la atención que una empresaria de éxito como Alison fuera tan nerviosa y tan... encantadora. Ninguna de las dos cosas le cuadraba.

George sabía lo que era ser una amalgama de contradicciones, pero, en esos momentos, su vecina parecía completamente descolocada.

—Entiendo —dijo el inspector—. Bueno, eso es útil. Pues muy bien... Ahora les sugiero que vuelvan a casa. Pasaremos a verlos en breve. Quizá señorita...

Miró a Alison inquisitivo.

—Alison. Alison Daly.

—Quizá podría ser usted la primera, señorita Daly, si le parece bien...

Alison asintió a regañadientes.

—Vivo en el 3 —contestó ella.

Dicho eso, empezaron a dispersarse.

Cada uno preguntándose cuándo llegaría su turno.

## LILY
## LA DEL 2

—Tenemos que decidir qué les vamos a contar a los niños.

Nada más entrar en casa, David siguió con lo que estaba haciendo: quitarles el lodo a las zanahorias que tomó del huerto y que dejó a medio lavar cuando llamó George. Lily no tenía interés en salir, pero David le había dicho que era importante que mostraran todos un poco de solidaridad vecinal... tras lo ocurrido.

Al final, resulta que los inspectores iban a hablar con todos ellos.

Y ahora Lily estaba nerviosa.

—... igual se cayó y se provocó un aneurisma o algo así... —David seguía hablando—. Te la imaginas haciendo una estupidez de ese calibre, ¿no? La muy boba.

Lily apretaba y aflojaba las manos, como si con eso pudiera extraer la tensión de su cuerpo y expulsarla. En silencio, empezó a recoger los montones de informes que había dejado en la mesa con la esperanza de que su marido entendiera que no estaba de humor para hablar. De nada, y menos aún de muertos.

David nunca había perdido a nadie. Tanto sus padres como sus múltiples hermanos estaban vivitos y coleando en Nigeria. Demasiado vivitos y coleando, para gusto de cualquier nuera, aunque al menos, gracias a la distancia, el contacto se limitaba a las llamadas telefónicas, los correos electrónicos y alguna insufrible sesión de Skype de vez en cuando.

Lily, en cambio, había sentido esa pena no una, sino tres veces en su vida.

La primera a los siete años. Sus padres la habían llevado a la playa, le habían comprado un helado y le habían dicho que era adoptada.

Siempre había sabido que era distinta. Desde el instante en que había entendido que la personita que veía en el espejo era ella, con sus enormes ojos pardos, su piel morena y aquel pelo ensortijado y encrespado, tan distinta de sus amigos, de piel clara, ojos azules y pelo liso. Sí, desde que tenía uso de razón, sabía que era diferente.

De niña les preguntaba a sus padres a todas horas por qué no eran del mismo color que ella, por qué ella era de un color distinto al de todo el mundo. A los siete años le contestaron lo que ya sabía y probablemente siempre había sospechado.

—O sea, ¿que mi madre no me quería? —dijo ella aquel día.

—¡Tu madre soy yo! —protestó su madre complicando una conversación ya de por sí caótica.

Fue como morir, el fin de la persona que creía ser.

Cuando se recuperó de la conmoción, empezó a analizar detenidamente aquel subterfugio. Era fascinante el esmero con que habían sostenido todos la falacia de su familia adoptiva. Todas esas tías que no paraban de decir: «¡Si es que es igualita a su padre!». Los vecinos, que asentían, muy sabios, con la cabeza y decían: «Eso lo sacaste de tu madre». Al principio, llevada por su inocencia, se había preguntado si todos los que la rodeaban conocían a sus padres biológicos y se referían a la genética que de verdad había heredado. Luego se dio cuenta de que los adultos habían sido igual de convincentes con Santa Claus, el ratoncito Pérez

43

y Dios. A los mayores se les daba muy bien engañar los niños, aunque eso conllevara medias verdades sobre su propia existencia.

Lily tardó años en recuperarse de la rabia que le produjo aquel engaño, pero, después de fantasear un tiempo con una madre rica y famosa que se había visto obligada a renunciar a ella e imaginar durante unos años, ilusorios y deprimentes, que sus padres adoptivos la habían robado de un pueblo africano empobrecido, comprendió que sus segundos padres eran de lo mejor que podía haber.

Más adelante, se enteró de la verdad sobre sus padres biológicos y no resultó, ni mucho menos, tan fascinante como la había imaginado. Su padre, un médico inmigrante, se había enredado con una enfermera y, al ver que un puñado de citas y una noche de desenfreno le iban a costar un seguimiento vitalicio, se había largado a un hospital londinense. La enfermera había dado a Lily en adopción en cuanto había visto que iba a tener que criar ella sola a una niña mestiza en un pueblecito de mojigatos.

Entonces Lily había intentado en vano contactar con ellos, pero el fracaso de aquella empresa no resultó tan frustrante como era de esperar. Quería a sus padres adoptivos. Su color de piel nunca había sido un problema para ellos; de hecho, le habían inculcado la creencia opuesta: que era una persona muy especial. Se tenían unos a otros y no necesitaban más.

Y eso complicó mucho las cosas cuando ellos murieron, uno detrás del otro. Cáncer en ambos casos. No supo perdonarle a su padre que fumara a la puerta de la iglesia el día del funeral de su madre, cuando acababa de ser testigo de la batalla perdida de su mujer contra el cáncer de pulmón.

—No me pueden faltar los dos —le dijo ella, y su súplica no pasó inadvertida, pero cayó en saco roto, porque su padre se los encendía uno detrás de otro.

—Es por los nervios, florecilla mía —le contestó él—. Me fumo este y ya está. Por tu madre.

Lily tenía dieciocho cuando enterraron a su madre, veinticuatro cuando murió su padre. La dejaron sola, huérfana, sin raíces ni anclaje familiar. Eso la llevó a esforzarse aún más por crear una versión de sí misma que le diera estabilidad, seguridad; como uno de esos osos de peluche que te haces a tu gusto en la tienda, se había rellenado de opiniones e ideas, y vestido con lo que mejor le quedaba al relleno. Sabía que eso era lo que había hecho, no era imbécil. Se había dibujado a sí misma y se había mantenido fiel a esa imagen.

Por eso la inquietaba tanto que David, del que se había enamorado precisamente por lo distinto que era y siempre le había parecido supercómodo en su propia piel, hubiera empezado a imitarla. Como si también buscara seguridad, cuando ella se había casado con él convencida de que esa era una de sus principales cualidades.

Poner un huerto en el jardín trasero..., ¿a honras de qué? La jardinería había sido siempre cosa de ella. Cuando empezaban a salir, habría apostado a que David era de esos que levantan el pasto para hacer una terraza con lamas de composite, de esos para los que el jardín es el lugar donde se hacen las barbacoas de los sábados. A ella le encantaba. Eran el yin y el yang, pero se llevarían bien.

—¿Me escuchaste, Lily? Digo que creo que deberíamos hablar de...

—¡Te escuché!

No pretendía sonar tan brusca y lo lamentó enseguida. David se volteó sorprendido. Soltó las zanahorias y se secó las manos con un trapo de cocina.

—Perdona, preciosa. Tendría que haberte preguntado cómo estás. ¡Qué idiota soy! A mí me impactó lo de Olive, pero sé que tú la veías más que yo. Solo pensaba en Wolf, ya sabes. Lo siento. —Le estrujó los hombros y le besó la coronilla; los dedos aún le olían a ajo de la cena de la noche anterior—. Te voy a hacer una infusión de hierbabuena —le dijo—. No olvides que no es culpa tuya, cariño. Llevamos vidas muy ajetreadas. No es como antes. No puedes ir a ver a tus vecinos cada cinco minutos. No hay motivo para sentirse culpable. El mundo es así.

—Mejor un té... —propuso ella y David retrocedió un paso.

Si le ponía esa cara por pedirle una bebida algo estimulante, no quería ni pensar lo que le habría dicho si llega a verla la noche anterior amorrada a la botellita de vodka que escondía en el cajón de la ropa interior. Aún no sabía cómo se le había ocurrido ponerla ahí. No era de las que se consuelan en su cuarto atiborrándose de comida chatarra; ella era más de salir a correr, hacer pilates o sentarse en la playa a respirar. Pero a Lily le había pasado algo en los últimos dos años. Cuanto más ecológico se volvía David, más la atraía a ella el lado oscuro.

Tenía el mismo aspecto. Seguía llevando vestidos vaporosos de flores y el pelo natural, ni alisado ni rizado, aunque tapado con una pañoleta para no espantar a nadie en el trabajo (después de las rastas del verano anterior, le había quedado superafro). Iba a la escuela, sonreía, cocinaba, ayudaba a los niños a hacer sus dibujos, compraba con cabeza y era... decente.

Que hubiera robado el vodka del minibar del hotel en la última fiesta de Navidad del trabajo no tenía explicación. Ni tampoco los dos pares de jeans rotos que se había comprado en Topshop, ni las escapadas a escondidas al restaurante de comida rápida por antojitos grasientos y poco sanos, ni... Bueno..., de eso mejor no hablar.

—¡¡Marchaaando uuun té!! —le gritó David, en modo cocina de hotel, otra de sus manías recientes—. ¿Y un poquitín de azúcar...? Para la conmoción.

Lily inspiró hondo. ¿La conmoción? No la había conmocionado en absoluto la muerte de Olive Collins.

A Lily Solanke le estaba pasando algo muy raro.

46

# OLIVE
## LA DEL 4

Después los Solanke se instalaron en el número 2.

El citadino y la maestra, y los mellizos, que llegaron unos años después. Unos bebés preciosos que luego fueron niños adorables..., bueno, personitas. Wolf era mi favorito. El pobre se vio en medio de todo sin tener culpa alguna.

Cuando Lily tuvo a los mellizos, estábamos todos emocionados, en especial el padre de las criaturas, que, por lo visto, llevaba un tiempo queriendo tener hijos. Una vez me contó que, antes de mudarse a Valle Marchito, vivían en un departamento en la ciudad. No habría sido seguro para los niños, me dijo, con aquel balcón en un octavo piso. Aunque eso fue años antes de que Lily quedara embarazada. Para que yo entendiera que no se habían mudado solo por los niños, añadió que sabía que a Lily no le satisfacía la vida urbana. Ella era un alma libre. Necesitaba jardines, árboles, espacios abiertos.

Me dio toda la impresión de que la pobre había llegado a casa un día y se había encontrado sus cosas metidas en un camión de mudanzas y a David, con un manojo de llaves en la mano, gritando: «¡Sorpresa!».

No hicieron fiesta en casa para conocer a los vecinos, pero yo pasé de todos modos con una canasta de bienvenida y fueron amabilísimos.

Amabilísimos pero distantes.

47

Seguí intentándolo, de todas formas.

Y procuré no juzgarlos. Lily no era muy de mi agrado: una de esas hippies modernas, con sus vestidos ligeros, sus bufandas tejidas a mano, su yoga y su quinoa; ese estilo de vida nunca me ha atraído. Pero era culta e inteligente, y parecía buena persona.

Demasiado buena.

Deduje que Lily no era lo que aparentaba, curiosamente, por sus hijos. Nadie, salvo alguien supervanidoso, les pone su nombre a sus hijos, la verdad. Lily May, coletilla eterna de su madre, privada de identidad propia. Hija y melliza, nunca una mujer entera.

A David tardé más en conocerlo. Era muy jovial, muy agradable. A veces venía a casa a traerme algún plato vegetariano y canastas de verduras cultivadas en su huerto y platicábamos. Era inusual, según me comentó, que un hombre nigeriano decidiera no comer carne.

—Cuando voy a casa, mis hermanos se ríen de mí —me decía—. Sin embargo, buena parte de nuestra cocina nacional está basada en las alubias, las verduras y el arroz. Igual termino volviendo allí cuando me jubile y abro un establecimiento vegetariano para repatriados. ¿Me extrañarías, Olive?

—Extrañaría las verduras gratis —le contestaba yo, y sus carcajadas retumbaban por todo mi porche.

Además, era un hombre muy guapo, amén de buen padre. Muchos sábados lo veía llevarse a los niños al pueblo para dar un paseo por la playa o ir a ver una película, alto y fuerte, con su camisa de lino blanco y sus chinos de color beige. Olía a incienso y siempre llevaba bien recogido su pelo moreno. El doble de Idris Elba a dos puertas de mi casa.

Me quedé atónita cuando me enteré de que trabajaba en un maldito fondo de inversión. ¡Un fondo de inversión! Se dedicaba a apostar contra la gente a la que estaban a punto de fastidiar y a ganar dinero a costa de su desgracia. Después de eso, cada vez que lo miraba veía a Michael Douglas en *Wall Street*, soltando aquella frase suya de que «la ambición es buena».

Cuando conocí a los Solanke, pensé de verdad que eran personas a las que debía impresionar. Quería que supieran que entendía de asuntos culturales e internacionales, que no era una palurda entrada en años. Pero, al cabo de un tiempo, descubrí que no solo eran una amalgama de contradicciones, sino que encima eran aburridos. Cuando te gusta tomarte tu copita de merlot y no te importa comerte una hamburguesa con papas en una bandeja sobre el regazo mientras ves telenovelas, termina hartándote que otros no dejen de recordarte la vida tan sana y pura que llevan. No tenía mucho que ver con ellos, salvo por su único y entrañable punto a favor: Wolf.

## HOLLY Y ALISON
## LAS DEL 3

Holly habría querido tener a su madre entre algodones. Sabía que lo normal era al revés, que debía ser su madre la que se preocupara por ella a todas horas. Pero no era así, y la joven ya estaba acostumbrada.

—Mami, para. Siéntate. Ya lo hago yo.

Alison estaba ahuecando como una posesa los cojines del sillón. Su mayor aptitud era la habilidad de presentar las cosas bonitas, que todo pareciera hermoso. Si los inspectores que estaban a punto de visitarlas encontraban una sola punta deforme, seguro que la detenían.

Holly condujo a su madre al cómodo sillón y la hizo sentarse.

—Cada vez que me la imagino pudriéndose allí dentro... —Alison estaba blanca, conmocionada—. Me cuesta creer que haya pasado de verdad. ¿Tú crees que intentaría pedir ayuda? Ay, Dios. Y ahora viene la policía —añadió con los ojos llorosos.

—¡Ya está bien, mamá! —le pidió Holly—. Se te está corriendo el rímel.

Alison parpadeó y miró a su hija como si la viera por primera vez.

—Dudo que el rímel...

—Esos inspectores llegarán en cualquier momento. Tienes que recomponerte. Mira... —le dijo bajando la voz—, aunque se hubiera desgañitado gritando desde ahí dentro, no la habríamos oído. Pero habría dado igual, porque era una mujer horrible. Deberías alegrarte de que haya muerto.

—¡Holly! No digas esas cosas. Cuando alguien muere...

—Sigue siendo la misma persona. Ay, mamá, no me mires así. Voy a poner agua a hervir, ¿de acuerdo?

Cuando Holly llegó a la cocina, los inspectores ya estaban llamando a la puerta. Suspiró y echó un puñado de bolsas de té en una tetera, puso unas tazas en una bandeja y sacó la leche del refrigerador.

—No hacía falta que se molestaran —dijo el inspector cuando entró Holly con la bandeja—, pero gracias... Holly, ¿verdad? Tu madre dice que acaban de darte las vacaciones de verano. Cuando vuelvas a clase en septiembre, ya tendrás algo que contarles a tus compañeros. El curso que viene tienes los exámenes de ciclo, ¿verdad?

Holly le lanzó una mirada asesina a su madre y observó muda al inspector.

¿A clase? ¡Dios, si no podía dejar a su madre sola ni cinco segundos!

Estudió con detenimiento al policía. Los hombres mayores eran más fáciles de conocer. Según lo que pensara que le podía gustar, se haría la madura y sensata o se jalaría el pelo como una colegiala inocente. Supo enseguida que ninguna de las dos posturas le iba a funcionar con aquel. Parecía de esos que te ven enseguida las intenciones, de los que sospechan de todo el mundo.

—Entonces ¿dirige usted D-Style? —preguntó la inspectora, que apenas había reparado en Holly, solo le había echado un vistazo rápido para acusar su presencia.

Alison asintió con la cabeza.

—Soy la dueña. Abrí mi primera tienda en 2015 y ya tengo

tres. Yo llevo la que está cerca del puerto deportivo. Pásese a verme y le haré un regalo bonito.

Holly apretó la mandíbula. ¿Por qué decía siempre eso su madre? Era como si tuviera una especie de síndrome de Tourette, solo que en lugar de decir palabrotas le daba por ser generosa. Por suerte para el negocio, la mayoría de la gente era demasiado educada para tomarle la palabra. La mayoría.

—Ay, gracias —contestó la inspectora algo turbada—, pero no nos está permitido aceptar obsequios de la ciudadanía, me temo. Mi madre compra allí a veces. Es una *boutique* para señoras mayores, ¿no?

—Eeeh, no —replicó Alison con un exceso de cortesía. La madre de Holly diseñaba ropa tan elegante que le quedaba bien a mujeres de todas las edades.

—¿Pudo echar un vistazo a su agenda? —preguntó el hombre. Frank, se llamaba, ¿no? Y el apellido..., ¿no era algún país? Holly hizo memoria. Se le daba muy mal recordar los nombres. Las caras no se le escapaban nunca, por suerte. Alison negó con la cabeza—. Perdone —dijo él—. No le dio tiempo, claro. Venimos enseguida. ¿Le importaría mirarlo en un momentito?

—¿Qué fecha me dijo?

—El 3 de marzo.

Alison tomó el celular y repasó la agenda.

—Esa tarde volé a Londres. Ay, qué alivio —dijo llevándose la mano al pecho—. Me angustiaba pensar que Olive pudiera haber estado pidiendo ayuda a gritos y no la hubiera oído. No me lo habría perdonado nunca... ¿Qué pasó en realidad, inspector Brazil? ¿Han... han encontrado algo sospechoso en su casa?

—Como les dije —contestó Frank—, no puedo revelar los pormenores aún. ¿A qué hora salió su vuelo?

—Mmm... ¿A las siete? Llegaría al aeropuerto alrededor de las cinco, calculo. No, espere... Ahora que me acuerdo, ese día fui directa desde la tienda de Wicklow y encontré mucho tránsito. Llegué poco antes de las seis, algo nerviosa, pero, como había facturado por internet, fui directa a la puerta de abordar y al final no hubo problema.

—Ajá... Y durante el día estuvo aquí, ¿verdad?

—Hasta que me fui a la tienda, alrededor de las doce, sí. Como de costumbre. Pero ¿por qué...?

—¿No notó nada raro en la casa de al lado? ¿No vio a nadie entrar o salir?

—No. La colonia está siempre tan tranquila que se nota enseguida cuando hay algo o alguien fuera de lo normal. El cartero tiene el código de la reja, igual que los servicios de emergencia, las compañías eléctricas y demás. Solemos ver a los mismos técnicos entrar y salir. A Olive nunca vino a verla nadie. Si hubiera venido alguien, si algún vehículo desconocido hubiera estacionado delante de su puerta, lo recordaría, desde luego. De haberlo visto, claro.

—¿Y tú, Holly? —dijo Frank volteándose hacia ella—. ¿Estuviste aquí sola mientras tu madre se ausentaba o también estaba tu padre? Perdone —se dirigió de nuevo a la madre—, ¿hay padre?

Alison movió la cabeza.

—Estaba sola —contestó Holly.

—¿No tienes hermanos?

—Fue solo una noche —se apresuró a decir Alison, estrujándose nerviosa las manos, y Holly vio que empezaba a sudarle la frente. Sabía bien lo que estaba pensando Alison: «¿Me pueden detener por dejar sola en casa toda la noche a una niña de diecisiete años?». Holly sabía que no, pero, aun así, también ella sintió una punzada de miedo. Tendrían que haber hablado de todo aquello en vez de ahuecar los cojines y preparar el té—. Volví a la noche siguiente —continuó su madre—. Holly suele venir conmigo, pero no se encontraba bien. La llamé en cuanto aterricé y volví a llamarla a primera hora de la mañana siguiente, ¿verdad?

La joven asintió con la cabeza.

—Mamá me hizo una videollamada para asegurarse de que no estaba haciendo una fiesta en casa —terció sonriente, con naturalidad, porque todo debía parecer normal.

—¿Qué te pasaba? —preguntó la inspectora.

—Migraña.

—¿Y no trajiste a casa a nadie para que te hiciera compañía? Cuando yo era adolescente, si mi madre me hubiera dejado sola una noche...

—¿Con migraña? —inquirió Holly enarcando las cejas—. Esa noche no podía ni responder el teléfono, pero mamá habría sido capaz de tomar un vuelo de vuelta si no contestaba.

—O sea, que sí que habrías hecho una fiesta si hubieras estado bien... —terció Frank sonriente.

—No —contestó Holly—. Me habría ido con mi madre. ¿Londres? ¿Compras?

—Claro. Perdona mi ignorancia. ¿Y viste u oíste algo raro ese día mientras estabas aquí sola?

—Sí. Me zumbaban los oídos y veía montones de manchitas blancas flotándome delante de los ojos. —Frank se volteó hacia Alison, que le lanzó una mirada suplicante a su hija, como diciéndole: «No te pases de lista. Deja que terminen cuanto antes y se olviden de nosotras»—. Perdón —continuó Holly—. No pretendía hacerme la ocurrente. Es que me pasé el día entero en la cama y no me levanté hasta casi la medianoche, me hice pan tostado y volví a mi cuarto a ver la televisión. Tenía corridas las cortinas y, la verdad, esta casa es tan grande que ni siquiera oigo lo que hace mamá cuando estoy arriba, así que menos aún lo que hacía la vecina de al lado.

Frank asintió con la cabeza.

—«Ocurrente.» Eres una niña lista, Holly. ¿Qué te parecía tu vecina Olive? ¿Qué opinión tenían los vecinos en general?

«Sé buena, sé buena, sé buena», le decía a Holly su instinto. Pero ¿de qué iba a servir eso? Los policías no eran idiotas. No todos los muertos habían sido queridos. Eso ya lo sabían.

—¿Que qué me parecía? Una completa estúpida.

Holly se arrepintió de inmediato de haber soltado la palabrota. La inspectora espurreó el té en la taza y Frank abrió tanto los ojos que el resto de los rasgos casi se le cayeron de la cara. Su madre tardó un rato en recoger la mandíbula del piso.

—¡Holly! ¿Qué demonios te pasa? Lo siento muchísimo, inspectores, yo...

Frank levantó la mano para tranquilizar a Alison.

—No pasa nada, señorita Daly. Resulta reconfortante toparse con una sinceridad tan cruda. Pero quizá podrías darnos más detalles, Holly. ¿Qué tenía la vecina para que te resultara tan... desagradable?

—Uy, no era desagradable, qué va —intervino Alison—. Solo que a veces no pensaba. No...

—Señorita Daly, por favor, deje que nos lo cuente Holly.

—Ah, perdón.

Holly se encogió de hombros.

—¿De cuánto tiempo disponen?

# FRANK

—No tiene sentido —dijo Emma.

Frank apenas la oyó. Iba dos pasos por delante de ella, como de costumbre, porque con aquellas piernas tan largas cubría de una zancada una distancia para la que ella necesitaba dos.

—Propongo que hagamos los que quedan por orden, del 1 al 7 —dijo señalando la casa que estaba más próxima a la entrada de la colonia.

Otra monstruosidad, probablemente de siete habitaciones mínimo. Parecía el tema recurrente de aquella colonia: salvo por la casita de la muerta, el resto de las viviendas eran innecesariamente descomunales.

Frank vivía en un adosado de tres recámaras. Cuando la habían comprado, a su mujer y él, los dos procedentes de auténticas familias de clase obrera en las que los niños superaban a los adultos en una ratio de cuatro a uno, les había parecido inmensa. ¡Todo aquel espacio para dos personas!

Mona y él iban a tener dos niños, con una recámara cada uno, y los cuatro iban a vivir felices y comer perdices.

Por desgracia, no había habido niños.

—A ver, pasa a menudo, pero para chantajear a alguien tienes que tener con qué chantajearlo —seguía parloteando Emma.

—¿Qué?

Frank se detuvo y se volteó a mirarla.

56

—Lo que dijo Holly Daly. ¿Cómo podía estar chantajeando Olive Collins a su madre si su madre no tenía nada que ocultar? ¿Dice la madre la verdad? ¿Holly lo entendió mal? Ya escuchaste a Alison: acabábamos de entrar por la puerta y ya me estaba ofreciendo algo de su tienda. Seguramente le dijo lo mismo a Olive Collins y ella le tomó la palabra. O sea, ¿quién en su sano juicio iba a chantajear a nadie por ropa gratis?

—Y tú piensas que Holly lo entendió mal porque es una niña... Lo lógico sería, teniendo en cuenta que no eres mucho mayor que ella, que tuvieras una empatía natural. ¿No tendría que ser yo quien pensara que Holly es una niñita?

Emma lo miró extrañada.

—A mí no me parece una niñita y no la estoy descartando porque sea una niña...

—Pero le crees a su madre cuando dice que no tiene nada que ocultar. Vaya tontería. Si Olive Collins estaba chantajeando a Alison Daly, dudo mucho que nos vaya a decir por qué. Estará dando gracias al cielo de que Olive haya desaparecido y su secreto esté a salvo. Y, aunque me pese decirlo, ahora tenemos a alguien con motivos para querer ver muerta a Olive.

—Pero Alison Daly fue a Londres la noche en que creemos que murió.

—Aunque Alison dijera la verdad, salió esa noche. Podría haber manipulado la caldera de Olive en cualquier momento del día, algo que, ¡mira tú qué casualidad!, también explicaría la forma de asesinarla. Quienquiera que lo hiciera no necesitaría coartada para un momento específico del día.

—Según la estadística, casi todos los asesinos...

Frank interrumpió a Emma con un resoplido.

—Ahórrame las cifras. Ya sé que casi todos los asesinos son hombres y que cada vez que una mujer asesina a alguien le resulta más fácil librarse porque los magos de la estadística empiezan a decir «No, fíjate en ese, en el hombre, no en la mujer que lleva el cuchillo chorreando sangre». No fue una agresión violenta, Emma, con lo que es mucho más probable que lo hiciera una mujer.

—Está bien, muy bien, pero dime una cosa —espetó Emma—: ¿Alison Daly te ha parecido una asesina a sangre fría? Porque te voy a decir lo que me ha parecido a mí: una mujer muy afable destrozada al enterarse de que su vecina de al lado llevaba muerta tres meses.

—Aunque no lo bastante destrozada para pasar a ver si estaba bien, como no has tardado en señalar tú misma antes. Las viviendas están bastante aisladas unas de otras, pero no cercadas por un maldito foso. Además, perdona mi ignorancia, Emma, pero, si al final resulta que asesinaron a Olive y encontramos a quien lo hizo, ¿tú crees que se va a comportar como si fuera culpable? ¿Crees que alguien capaz de dejarla pudrirse tres meses tiene conciencia?

—Dios, ¿en serio piensas que uno de sus vecinos pudo haberla asesinado y dejado allí sentada? Eso es de psicópatas.

—Si la asesinaron, muy posiblemente haya sido alguien de fuera, alguien de su pasado, por ejemplo, pero solo hemos interrogado a una de sus vecinas y ya nos dijo que la mujer no tenía familia ni iba nadie a verla. Así que, si vives al lado de alguien así y de pronto ves un vehículo a la puerta de su casa o a alguien que va a verla o sale de allí, ¿no te acordarías? Te aseguro, Emma, que si alguien de fuera de este grupito misterioso vino a asesinar a la propietaria del número 4, alguno de los vecinos tuvo que haberse dado cuenta. —Emma frunció el ceño—. Bueno —añadió Frank dando por ganado el punto—. ¿Vamos al número 1 o qué? —Emma hizo un puchero y emprendió la marcha por delante de él, que le dio alcance en cuestión de segundos—. Además, has pasado por alto lo más importante —dijo él.

—Ah, ¿que hay más?

—Sí, hay más. Da igual que lo que Holly Daly dijo tenga sentido o no. Las declaraciones de ella y su madre dan igual. Lo que importa es lo que no dijeron. Esconden algo. Ignoro el qué, pero con cinco minutos en su compañía me bastó para saber que es algo muy muy gordo.

Emma siguió mirando al frente. Le fastidiaba que él tuviera razón.

# OLIVE
## LA DEL 4

Las Daly se mudaron al número 3 hace solo un par de años. Antes vivía allí un iraní encantador con su mujer y su hijo. El padre era médico; cirujano, creo. A la mujer no la veía mucho. No acostumbraba a salir de casa, pero, cuando lo hacía, siempre iba muy arreglada, con el pelo largo, lustroso y bien peinado, la piel bronceada, joyas auténticas y ropa de diseñador. Algo altiva, pero, oye, la envidia que me daba.

El hijo era raro. A veces lo veía observarme con cara de absoluto desdén. Probablemente por ser mujer e independiente y, bueno, blanca. Por decirlo de algún modo, siempre me preocupó que entre sus pasatiempos estuvieran el rap, el monopatín y la instrucción en un grupo yihadista. Aun así, cuando me dirigía a él, siempre me contestaba muy educadamente. Tenía unos modales exquisitos.

Cuando llegaron las Daly, me alegró mucho ver a otra mujer en Valle Marchito. Me llevaba bien con Amelia Miller, la del 6, pero no había congeniado con Lily ni con Chrissy y, la verdad, me fastidiaba lo reservada que era la gente y lo poco que se esforzaban por interactuar. Por lo visto, tenían otro concepto de vecindad y les importaba muy poco que viviéramos todos en la misma colonia cerrada.

Al principio, Alison y Holly me parecieron reservadas, pero

al poco tiempo de su llegada propuse una fiesta en la calle para que socializaran y luego Alison pasó a darme las gracias.

Abrimos una botella de vino y nos sentamos en el jardín delantero; el sol vespertino aún calentaba y el aroma de las flores tardías nos inundaba las fosas nasales. Le hablé del tiempo que llevaba viviendo allí y de lo distinta que había sido la zona.

—Te sentirías solísima —dijo.

—Supongo que sí —reconocí—. No me di cuenta enseguida. Trabajaba a jornada completa; ahora solo hago dos días a la semana y me jubilo el año que viene. Pero, por entonces, con el trayecto de ida y vuelta a la capital y la visita diaria a mis padres, llegaba tarde del trabajo casi todas las noches, cinco días a la semana. Me alegraba tanto estar en casa que no me daba cuenta de que estaba sola, ¿sabes lo que quiero decir? Cuando me enteré de que iban a construir otras viviendas, me sentí... No sé... Estaba deseando relacionarme con personas que no fueran del trabajo, poder invitar a los vecinos a tomar una copa de vez en cuando...

Brindamos, sonreí.

—Sí —dijo ella—. Es fácil hacerte a una rutina y no darte cuenta de que eres infeliz.

—Me alegro mucho de que hayan venido —comenté—. La familia que vivía antes en su número..., bueno, eran encantadores, pero muy reservados. La mujer era una especie de supermodelo: guapísima pero distante. Del estilo de Lily.

—No la conozco —contestó Alison—. A la mujer, digo. Al marido sí lo vi en la notaría cuando firmamos.

—Sí, bueno, eran iranís. Son bastante machistas y solo trabajaba él. Un hombre muy agradable... Por lo menos ella no llevaba burka. Habría sido una pena que ocultara ese pelo tan precioso.

—Ay, Olive, me parece que las mujeres iranís no llevan burka.

—Era broma —dije yo—. O algo así.

Chasqueó la lengua y después seguimos bebiendo un rato, allí sentadas, en un agradable silencio.

—¿Dónde vivían antes? —le pregunté.

Alison frunció los labios y miró al infinito. Se había encendido ya el farol de delante de mi casa y vimos revolotear junto a él a las polillas y lanzarse peligrosamente en picada contra el cristal.

—Muy cerca del centro de la ciudad —contestó.

Me resultó un poco raro que no especificara nada más. Yo trabajaba en la capital, tampoco es que desconociera la zona.

—¿Y el padre de Holly? Perdona, que igual me estoy metiendo donde no me llaman.

Alison sonrió sin ganas y negó con la cabeza.

—No, claro que no. Estamos hablando. Ya... ya te lo contaré otro día que tengamos más tiempo. Creo que debería volver a casa con la niña. No le va a gustar estar allí sola ahora que se está haciendo de noche.

—Pero si te ve desde la ventana... Tómate otra copa, anda. Me agrada tu compañía.

—No, de verdad, me tengo que ir. Pero te lo agradezco mucho. Repetimos pronto, ¿eh?

Asentí con entusiasmo.

Y repetimos, y la siguiente vez habló un poquito más.

Alison y Holly tenían algo que me hacía sentir muy protectora, como si necesitaran que alguien las abrazara y las mantuviera a salvo.

Es increíble lo poco que cuesta ponerse la venda en los ojos. Hasta yo lo hice, y eso que siempre he sabido sondear a la gente.

# FRANK

El número 1, la casa de no sé cuántas habitaciones, era el hogar de un hombre soltero. Frank le estrechó la mano brevemente a George Richmond y observó divertido cómo se presentaba Emma entre tartamudeos. Aquel George era un tipo guapo.

Invitó a entrar a los inspectores y les ofreció asiento, pero no un refrigerio. Frank dio un vistazo a la sala. Era el típico departamento de soltero: sillones negros de piel, una pantalla inteligente de Sony de cuarenta pulgadas HD conectada a un Xbox y el último modelo de la MacBook de Apple en una mesa esquinera..., al lado, curiosamente, de un paquete de toallitas para bebé.

Un friqui limpio, supuso Frank. Salvo que tuviese algún hijo que pasara con él los fines de semana. Allí no vivía ningún niño permanentemente: estaba todo demasiado ordenado e higienizado.

—Una casa muy linda —dijo Frank—. Debe de tener uno de esos trabajos en los que de verdad creen en recompensar a sus empleados. No entre nunca en la policía, George.

El joven sonrió, aunque su sonrisa fue más bien una mueca. Estaba nervioso, pero a Frank eso le daba igual. Con los inspectores en su sala, de pronto George Richmond se acordaba de aquella multa por exceso de velocidad que no había llegado a pagar, de la prostituta con la que había estado en Praga, de las trampas que había hecho en la declaración de la renta... Le pasaba a todo el mundo.

—Ahora mismo no estoy trabajando —contestó—. No en condiciones, quiero decir. Antes hacía diseño gráfico, pero ahora solo hago algo de maquetación por mi cuenta.

—¿Lo despidieron?

George se encogió de hombros.

—Algo así. Tuve un pequeño desencuentro con mis jefes. De todas formas, esta casa es de mi padre, así que tengo más suerte que la mayoría.

—Ah. —Frank vio cómo se le apagaba la mirada a Emma. Desempleado y viviendo del dinero de papá. Por muy guapo que fuera George, nada compensaba del todo el que fuera un mantenido de treinta y cinco años—. Papá tiene dinero, ¿no?

—Se podría decir que sí. Es Stu Richmond.

Frank movió la cabeza. En la vida había oído hablar de él, pero debía de ser alguien, porque George parecía avergonzado y como si estuviera esperando a que...

—¡No juegues! —espetó Emma—. ¿Eres el hijo de Stu Richmond?

—Sip.

—Uau. Es... —Miró a Frank, que levantó las manos como si no supiera de qué le hablaban—. Es como el Simon Cowell de Irlanda... —exclamó ella subiendo perpleja la voz al final de la frase—. ¿El que lleva a Sequence, Missy B y W-Squad...?

—¿A nadie de los Beatles, los Fleetwood o los Rolling Stones?

George sonrió mientras Emma chascaba la lengua, exasperada.

—Sí, también esos son más de mi estilo, pero mi padre es todo pop, donde está el dinero. Ahora busca talentos para sellos grandes.

—Ya. Muy listo. En cualquier caso, de lo que queríamos hablar con usted es de su vecina, Olive, no de la lista de superventas —dijo Frank viéndose obligado a cambiar de tema. Emma parecía a punto de largarse corriendo a casa a por su colección de números atrasados de la revista *Billboard* para que se los firmara—. ¿Conocía bien a su vecina?

—No mucho. Soy bastante reservado. Es lo único que funciona cuando vives en una colonia como esta: sonrisas, plática intrascendente, pero los setos bien altos y la puerta cerrada. Al principio hacíamos un esfuerzo, fiestas en la calle, reuniones en año nuevo y todo eso, pero la cosa no cuajó. Olive, que en paz descanse, probablemente lo intentó más que la mayoría. Vino aquí una vez a pedirme algo y me preguntó si me importaba que me diera una llave de su casa por si alguna vez se la olvidaba dentro. Lo vi un poco innecesario, porque, en un lugar como este, la podría haber dejado debajo del tapete de la entrada, pero ella quería que fuéramos todos esa clase de vecinos, ya sabe a lo que me refiero.

—Entonces ¿tiene llave de su casa? —preguntó Frank, de pronto más atento—. ¿Ha estado alguna vez en su casa?

George lo miró espantado.

—No, nunca. Además, tampoco creo que yo sea el único que tiene copia. Ella también tenía una de la mía. De hecho, me preguntaba si podría recuperarla..., ahora que ha muerto.

—Seguro que lo podemos arreglar, más adelante. Pero cuénteme más de esa llave que tiene.

George iba a decir algo, pero lo pensó mejor. Se sonrojó.

—Ah —dijo por fin—, ya entiendo. Le juro que en mi vida he tocado esa llave. Nunca he estado en su casa, ni una sola vez. La llave está colgada a la entrada; han pasado por delante de ella al entrar. Eeeh, ¿qué creen exactamente que le pasó?

Frank se revolvió en el sillón y la piel chirrió con sus movimientos. La tarde se iba caldeando con el paso de las horas. Lo mismo que los vecinos de Olive.

—¿Tuvo alguna interacción inusual con la señorita Collins? Parece que no todos los vecinos le tenían..., bueno, se ve que tuvo una relación algo difícil con al menos uno de ellos.

—¿Con las Daly? —preguntó George.

—¿Está al tanto?

—No, pero es la única casa en la que han estado.

Frank ladeó la cabeza. George lo había encontrado.

—No puedo entrar en detalles —dijo.

—Lo entiendo —confirmó el joven—. Es que con tanto interrogatorio y que estén recorriendo la colonia casa por casa da la impresión de que quizá les preocupe que a Olive le hubiera pasado algo malo. —Frank frunció los labios. George esperó, pero al final se dio por vencido—. Yo me llevaba bien con ella. No puedo hablar por el resto de los vecinos, pero yo jamás tuve un desencuentro con ella.

—Y el 3 de marzo, ¿estaba...?

—Aquí. Últimamente no hago gran cosa, salvo teletrabajar. A ver, igual y fui a la tienda por algo, pero no estuve ausente ni me pasé el día en ninguna reunión ni nada. Y tampoco vi nada raro, si eso es lo siguiente que me va a preguntar.

—Ya —dijo Frank.

No tenía nada más que preguntar, pero no quería irse. Quería seguir allí sentado con George Richmond, a ver si él añadía algo más.

Le fastidiaba cuando de pronto le picaba así la curiosidad.

# CHRISSY Y MATT
## LOS DEL 5

Cuando Chrissy y Matt Hennessy se habían mudado al número 5, hacía poco menos de doce años, una de las primeras cosas que había hecho Chrissy, embarazadísima, había sido organizar una fiesta para sus nuevos vecinos.

Había leído todos los manuales. Hacía falta un pueblo entero para criar a un bebé y ella no contaba con la gente suficiente a su alrededor para llenar siquiera una tienda de campaña de tres plazas, menos aún para formar una comunidad. Matt trabajaba una barbaridad de horas. La familia de Chrissy, integrada por su padre y dos hermanos, en lo tocante a bebés tenía la utilidad de una tetera de chocolate. Y sus amigos no eran de los que se alejaban mucho de sus departamentos del centro de la capital, donde habían crecido todos y en los que seguía viviendo la mayoría de ellos.

Cuando Matt y ella se mudaron, se enteró de que había varias mujeres en la colonia. Ninguna con niños pequeños, algo que le preocupaba un poco. Pero la pareja negra del número 2 era lo bastante joven, y el marido, David, había mencionado que querían tener un bebé.

La señora Kazemi, la mujer del número 3, que parecía de Oriente Próximo, tenía un adolescente, con lo que al menos había pasado por eso y sabía lo que era. Olive Collins, la vecina de al lado, no tenía hijos y era mayor, pero parecía superamable;

había hablado con ellas largo y tendido cuando habían estado viendo la casa. Y Amelia Miller, la del otro lado, tampoco tenía hijos y también era mayor, pero se veía igual de simpática.

A lo mejor, al no tener hijos propios, sus nuevas vecinas serían las niñeras perfectas. Chrissy estaba decidida a cultivar la amistad de todas ellas y a ganárselas vilmente para que la ayudaran a criar a su bebé. Le daba pánico arruinarlo si la dejaban hacerlo sola. Las cosas como son: su madre desertora no había sido precisamente un modelo de conducta.

Haciendo caso omiso de los sufridos suspiros y gruñidos de Matt sobre sus finanzas, Chrissy entró en la web de Tesco (con el vientre que tenía, si se inclinaba sobre un carrito de compras de verdad, corría el peligro de volcar) e hizo un pedido completo de productos para la fiesta. Sus aptitudes culinarias se limitaban a los gofres congelados y a los fideos al curri instantáneos, pero suponía que hasta ella podía preparar una bandeja de minimagdalenas y que le quedara bonita. Además, tenía el presentimiento de que aquella fiesta sería muy elegante. Si quería encajar, con unas sidras y unos botes de Pringles no lo iba a conseguir, así que pidió también una caja de botellas de champán (a Matt casi le da un infarto), además de las cervezas. *Voilà*: fiesta instantánea con la ayuda de una furgoneta de reparto.

La casa le había parecido fabulosa cuando los limpiadores profesionales habían hecho lo suyo y ella la había podido decorar. Casi era Halloween y Chrissy había puesto luces en las cabezas de calabaza y colgado algunos farolitos festivos. También había repartido arañas de plástico en los platos de comida y hasta se había atrevido con unas telarañas de algodón.

Estaba entusiasmada y Matt impresionado con su esfuerzo, a pesar del gasto.

—¿Verdad que soy un hombre con suerte? —le dijo abrazándola por la espalda y cubriéndole el vientre con las manos—.

Tengo una mujer que no solo es una anfitriona alucinante, sino que además es guapa, sexi y una diosa de la fertilidad.

Chrissy había reído.

—Me eché un pedo cuando me apretaste el vientre, Matt. Sexi igual es mucho decir. Y, si el bebé me vuelve a aplastar la vejiga, me voy a hacer pis en tus zapatos.

—¿Y quién dice que un poquito de pis de Chrissy no me va a parecer sexi?

Así estaban por entonces: enamoradísimos.

Tendría que haber sido una fiesta maravillosa. Los vecinos parecían estar en camino.

Olive Collins llegó temprano con un par de botellas de vino y elogió con entusiasmo el gran trabajo de Chrissy.

Chrissy era más de vodka con tónica, pero se había servido una sola copa de champán para relajarse un poco antes de la velada. Las seis botellas le habían costado seiscientos euros; tampoco iba a pasar nada porque lo probara un poquito.

Aun así, le había confesado a Olive que no tenía claro lo que dirían los demás si veían a una embarazada bebiendo y por eso había decidido tomarse solo una copa antes de que llegaran todos.

—No seas boba —la reprendió Olive—. Es tu fiesta. Además, estamos en 2005, por el amor de Dios. Todo el mundo sabe que te puedes tomar una copa o dos sin que el bebé sufra ningún daño. En serio, cuando mi madre estaba embarazada, se tomaba una copita de oporto todas las noches. Aunque igual por eso soy un poco bizca.

—No eres bizc... ¡Uy! —rio Chrissy.

Decidió seguir el consejo de Olive. A Matt tampoco le importaba mucho que se tomara una copa de cuando en cuando. Lo único que le importaba era su felicidad.

Cuando llegaron los otros invitados, se sirvió la segunda

copa y brindó con ellos. Luego hizo un esfuerzo sobrehumano porque todos lo pasaran bien, yendo de grupito en grupito, ofreciéndoles las mayores exquisiteces de los congeladores de Tesco y rellenando las copas.

A pesar de sus buenas intenciones, y aun contando con el apoyo de Matt, el ambiente era raro. Nadie parecía conectar de verdad. Donde Chrissy se había criado, una fiesta así solía terminar con todo el mundo sentado en la sala cantando canciones o con celebraciones en noches alternas hasta que venía la policía porque alguien había empezado una pelea o roto una ventana.

La primera fiesta de adulta de Chrissy, en cambio, no despegó. Los Kazemi, los del 3, se mantuvieron al margen. Stu Richmond había enviado disculpas y una canasta de fruta (¿quién mandaba fruta a una fiesta?). A Lily y a David, por lo visto, les había molestado que casi toda la comida de la fiesta tuviera algo de carne, pero Chrissy no sabía que fueran vegetarianos y, por Dios, había queso y papas fritas, además de fruta. Los Miller se pasaron casi toda la noche hablando entre ellos o con Olive y no llegaron a socializar. La propia Olive se estaba desviviendo por ser sociable y no paraba de ofrecerse a ayudar. Solo Ron, el del 7, fue verdaderamente encantador, divertido y galante.

A medida que fue pasando la noche, Chrissy empezó a tener el mal presentimiento de que no había aterrizado en un vecindario que fuera a implicarse demasiado en la crianza de su bebé. De hecho, ni siquiera tenía claro que ninguno de ellos fuera a mandarle una tarjeta de felicitación cuando naciera la criatura y menos aún a pararse en su puerta con guisos y ofrecimientos de lavarle la ropa mientras dormía (en los manuales prometían que eso iba a pasar e insistían en que la recién parida aprovechara «cualquier propuesta de ayuda», algo con lo que ella no tenía ningún problema en absoluto).

Chrissy se sorprendió sirviéndose otra copa de champán (había estado comiendo como si no hubiera un mañana y hacía horas que se había tomado la última) y evaluando lo que había conseguido con la fiesta.

Olive. Ella era su máxima esperanza de forjar una amistad útil.

Con eso en mente, Chrissy fue directa al grupito formado por Olive y David y Lily Solanke.

Como no la oyeron acercarse, se enteró de lo que andaban cuchicheando.

—Nah, supongo que no pasa nada porque te tomes una copa estando embarazada. Yo tampoco puedo opinar porque nunca he estado preñada, pero sí es cierto que resulta algo chocante.

Eso lo dijo Olive.

—Ya, ya, estamos siendo demasiado críticos..., pero es que me sorprende que su marido no le haya dicho nada. Parece buena gente. No digo que a mí me fuera a importar que tú te tomaras una copa de vez en cuando, Lily, si estuvieras esperando un bebé, a fin de cuentas, eres dueña de ti misma, pero tres o cuatro me parece un exceso.

Eso lo dijo David.

—Bueno, yo no bebo y, desde luego, tampoco lo haría si estuviera embarazada. Pero la veo bien. Lo que verdaderamente me preocupa de que nazca un niño en esta casa es la ausencia de libros. ¿Quién se compra una televisión de ese tamaño y no tiene ni un solo librero? Creo que jamás he visto una casa en la que no haya al menos uno. Ni me imagino siquiera no leerle a un niño.

Lily también había aportado su granito de arena.

Chrissy se dio media vuelta con el rostro encendido.

Ron Ryan la vio salir, colorada como un jitomate, con lágrimas en los ojos, y le preguntó si se encontraba bien.

—Las hormonas —chilló ella, y huyó al piso de arriba muerta de vergüenza.

La Chrissy de antes, sin embarazar, se habría acercado muy probablemente al grupito y les habría reclamado por ser tan desagradables. En su fiesta y en su casa, nada menos. Chrissy no se reprimía fácilmente y se había criado en una zona en la que se aprendía la importancia, la necesidad, de ser duro.

Pero la Chrissy embarazada se sentía vulnerable, sola, humillada.

Analizando la situación en los días posteriores (y le dio muchas vueltas), llegó a la conclusión de que Olive intentaba impresionar a los Solanke, que, la verdad, se lo tenían muy creído. No le cabía en la cabeza que alguien pudiera ser tan falso como para alentarla a beber y luego censurarla por ello. Se había visto en situaciones en las que también ella había terminado coincidiendo con la sabiduría compartida del grupo aunque no lo creyera del todo. Algunas personas te producían ese efecto.

Pero, aun así, quería decir que su vecina no era de fiar, y la lealtad era importante para Chrissy.

Cuando Matt fue a acostarse la noche de la fiesta, le preguntó por qué había desaparecido sin despedirse de nadie.

—No me la estaba pasando bien —contestó ella—. No fue buena idea. No sé si me caen bien nuestros vecinos y estoy cansada, tengo las hormonas alborotadas y..., no sé..., no soy yo.

—Bueno, nos hemos mudado aquí precisamente para tener un poco de intimidad —dijo Matt—. No hace falta que hables con nadie si no quieres.

Entonces se volteó de lado y se quedó dormido.

Chrissy siguió dándole vueltas al asunto mientras lo oía roncar. Ella no andaba buscando intimidad. No era su intención aislarse de sus vecinos.

Pero a lo mejor no le quedaba otro remedio.

# EMMA

La casa de los Solanke podría haberse tomado de una zona residencial de Sídney para trasladarla a Irlanda. Lo lógico habría sido encontrarla a orillas del mar, no en medio de un valle. No estaba mal para el verano, pero ¿en invierno? Demasiado cristal y muy pocos radiadores.

Eso fue lo que pensó Emma mientras estaba sentada en la espaciosa y luminosa cocina de Lily y David. Toda la pared del fondo parecía abierta y el jardín era como una prolongación de la estancia. El sol salpicaba la mesa de madera envejecida y los pisos de teca. El alféizar de la ventana de encima del fregadero estaba hasta arriba de plantas y hierbas en tiestos de diversos colores. Delante de los balcones abiertos del patio, colgaban del techo unos carillones de viento que la brisa hacía sonar de vez en cuando.

Emma miró a Frank y negó discretamente con la cabeza. Él frunció los labios, el ceño.

Emma acababa de entrar. Había estado al teléfono, hablando con los informáticos de la comisaría. El rastreo preliminar de rigor no había dado resultados sobre Olive Collins que pudieran indicar que alguien tuviera motivos para hacerle daño. No había tenido disputas con antiguos compañeros de trabajo, no tenía familia a la que investigar (algo que ya sabían de antes), ningún delito de alteración del orden público ni... nada. Olive

Collins estaba limpia como la patena y ni siquiera en sus redes sociales (que, por suerte, había dejado *logueadas*) había mucha interacción con nadie, salvo sus vecinos y algunos antiguos amigos, que en su mayoría vivían en el extranjero.

De tener algún secreto, lo escondía bien. Si lo que buscaban eran sospechosos de su asesinato, quizá fuera alguien de su entorno inmediato.

En una mesa decorada con tiestos de jazmín, David había servido un té earl grey acompañado de un plato de lo que, según había anunciado con orgullo, eran sus *brownies* caseros sin lactosa ni gluten.

«Y sin sabor», había pensado Emma cuando le había hincado el diente a uno y casi se había ahogado con aquel trozo de cartón, a la vez que había caído en la cuenta de que ya era tarde para echarse atrás y que iba a necesitar mucho líquido para tragarse aquello.

Frank ya estaba colorado, intentando descifrar todavía el trago de líquido perfumado que acababa de beberse.

De sus dos anfitriones, parecía más probable que Lily Solanke fuera la que hacía *brownies* veganos y se atiborraba de infusiones. Tenía la piel tersa y el aspecto sano de una mujer que rara vez ingería aditivos de ningún tipo. Emma se la imaginaba levantándose al alba todos los días para correr setenta y cinco kilómetros.

Pero ese día estaba sentada delante de ellos, tiesa como una vara e incómoda, como si le hubieran metido un palo de escoba por el culo.

Eran las tres de la tarde y Emma y Frank, en su empeño por visitar a todos los vecinos, se habían saltado el almuerzo. Habían llamado a la central y la jefa les había dicho que no se molestaran en volver para informar del caso hasta que tuvieran claro que había caso. Ella estaba tranquila así, contenta de que, sirviéndose de su discreción investigadora, Frank mantuviera los recursos al mínimo.

Una casa más después de aquella, se habían prometido, y luego darían el día por terminado y se irían a casa. No había cuerpo que aguantara mucho con un trago de té perfumado y un trozo de *brownie* de mentira.

—Entonces ¿no notaron nada raro en la casita en los días previos a la ausencia de su vecina? —recitó la frase Emma al tiempo que dejaba con disimulo el resto del *brownie* en un ladito del platillo.

—Nada en absoluto —contestó David—. Claro que yo no estoy muy pendiente de esas cosas, la verdad. Trabajo en la ciudad toda la semana y los fines de semana casi siempre estoy haciendo cosas con los niños. El único vecino al que veo mucho entre semana es Matt Hennessy, el de enfrente. Los dos trabajamos en el centro de la ciudad y a veces compartimos coche. Aunque no tan a menudo como a mí me gustaría. Creo que, si todos utilizáramos el transporte público para ir a trabajar, bajaría mucho la contaminación. Pero Matt se levanta demasiado temprano incluso para mí. Es alucinante. Ese tipo es el contador más trabajador que conozco. Si algún día volvemos a Nigeria, lo contrato como director general seguro. En cualquier caso, a veces voy en coche a la estación y luego tomo el tren. Estoy en el Centro Internacional de Servicios Financieros.

—¿En qué trabaja? —preguntó Emma.

Le sorprendía un poco que aquel hippie moderno trabajara en el IFSC, salvo que fuera una especie de diseñador o algo por el estilo. Eso tendría sentido, supuso. Un artista, pero de la informática de vanguardia.

—Ah, es muy aburrido. Solo trabajo con números.

Los inspectores esperaron.

—Dirige un fondo de inversión —terció Lily. David sonrió sin ganas.

«Pasmada, me ha dejado», se dijo Emma. ¿Se quitaba el señor Solanke el collar de cuentas cuando iba a trabajar o lo llevaba escondido debajo de la camisa de vestir? ¿O acaso era uno de esos capitalistas ultramodernos del estilo de Mark Zuckerberg? «Mírenme: igual tengo un patrimonio de millones y me dedico a empobrecer naciones, pero ¡voy al trabajo en tenis! ¡Soy un buitre carroñero muy molón!»

—Eeeh. Ya. Uau, muy... interesante. Y usted, Lily, ¿a qué se dedica?

—Soy profesora de primaria.

—Claro —dijo Emma, porque aquello tenía todo el sentido del mundo. La casa no funcionaba por arte de magia.

—Entonces ¿veía más a su vecina que su marido? —preguntó Frank—. Supongo que sus jornadas laborales serían más cortas.

—Sí, yo la veía más, desde luego.

—Pero no la había visto en los últimos meses...

Lily negó con la cabeza, incapaz de mirarlos a los ojos.

—Nos ha impactado muchísimo —terció David tomándole la mano a su mujer antes de voltear de nuevo hacia Emma y Frank.

—Supongo que pensé que Olive se había ido de vacaciones o algo por el estilo —explicó Lily, consciente de que debía justificarse—. Ed y Amelia, los que viven enfrente, hacen unos cruceros larguísimos a cada rato. Y Olive me contó una vez que se había jubilado anticipadamente de su puesto en la consejería de salud cuando el Gobierno estaba pagando aquellas sumas desorbitadas libres de impuestos, así que tenía dinero.

—¿Y es cierto que nunca iba a verla nadie? —preguntó Frank—. Aparte de los vecinos, quiero decir.

Lily y David se miraron y se encogieron de hombros.

—Lo cierto es que no parecía que hubiera nadie en su vida

—contestó David—. Creo que jamás fue a verla nadie desde que nosotros nos mudamos aquí.

—¿Se llevaban bien con ella? —inquirió Emma.

—No éramos..., no sé..., inseparables —dijo Lily estremecida bajo la mirada de los inspectores—. Para qué voy a decir otra cosa. Es obvio que es así; si no, en algún momento de los últimos tres meses habría pasado por su casa.

—Yo me llevaba muy bien con ella —intervino David, un poco a la defensiva—. No la veía mucho, pero siempre nos decíamos algo cuando coincidíamos.

Lily lo miró extrañada y rio un poco, como sorprendida.

—David, habrás hablado con ella una hora en total durante los últimos diez años.

Cruzó el rostro de David un gesto sombrío, apenas perceptible, pero Emma lo descubrió y Lily también, a juzgar por su cara. Iba a decir algo, pero se quedó pasmada. Lo que fuera se le escapó de la cabeza tan rápido como había aparecido. Por lo visto, a David se le daba bien controlar sus emociones.

«Como buen director de un fondo de inversión», se dijo Emma.

—Vamos, que no eran amigas del alma —remató Frank—. Muy bien. ¿La cosa fue a mayores? ¿Alguna vez tuvo alguna discusión con Olive Collins? ¿Señora Solanke?

—Yo...

Por un instante, pareció que Lily no iba a decir la verdad. Solo un instante.

Luego asintió con la cabeza de forma casi imperceptible.

—Yo no lo llamaría «discusión»; fue un simple desencuentro.

—No fue nada —la interrumpió David.

—Cuéntenos —la instó Frank.

Lily miró indecisa a su marido y después otra vez a Frank.

—Le... eeeh... le dio carne a Wolf.

Tanto Emma como Frank se extrañaron, pero David sonrió

y puso los ojos en blanco, como quitándole importancia, con aire de «tampoco fue para tanto».

—Ya —dijo Lily cada vez más sofocada—, parece una bobada, pero tampoco era la primera vez. Somos vegetarianos, ya saben.

—Un momento —terció Emma—, Wolf... ¿quién es?, ¿el perro?

Lily y David la miraron horrorizados, furiosos.

—¡Wolf es nuestro hijo! —contestó David.

—Ah. —La inspectora notó que se sonrojaba—. Lo siento, es que...

No había forma humana de terminar aquella frase.

—¿Y luego qué pasó? —preguntó Frank por salir del apuro—. ¿Creen que lo hizo, lo de darle carne a Wolf, por fastidiar o algo así? Porque, en principio, si se hubiera tratado de un malentendido, se lo habrían comentado a ella, habría dejado de hacerlo y cada uno habría seguido con su vida, sin rencores.

—Bueno... —respondió Lily—, dudo que sus motivos fueran inocentes.

—Ay, Lily, no lo hizo por fastidiar —intervino su marido—. A nosotros nos molestó, pero su razonamiento no tenía por qué ser el mismo. Olive Collins estaba un poco sola. A Wolf le caía bien y ella disfrutaba de su compañía. Iba mucho a verla. Lo dejábamos ir. Y ella lo dejaba comer en su casa. En última instancia, también es un poco responsabilidad de él.

—¡David! ¡Tiene ocho años!

—Señores Solanke —los interrumpió Frank para alivio de Emma—, atengámonos al asunto que nos ocupa. ¿Qué ocurrió?

—La verdad es que ahora me parece una bobada... —dijo Lily.

—De bobada nada. Usted pensaba que estaba usando deliberadamente a su hijo. A mí eso me enojaría, y a casi todo el mundo, de hecho. Así que... ¿qué hizo al respecto?

Lily se resistía a contestar. Emma la veía recular mentalmente, quizá incluso pensar que no tendría que haber mencionado siquiera el asunto. Pero lo había hecho, lo que posiblemente significara que Lily Solanke era sincera por naturaleza.

—Pues fui a su casa y le dije que dejara de darle carne a Wolf —contestó Lily con firmeza, con la típica voz de profesora. Hasta Emma sabía que ella habría obedecido una orden en ese tono, y eso que hacía ya unos años que había terminado sus estudios.

—Así que no hubo ruptura, pero la relación se deterioró un poco, ¿no? —insistió Frank. Lily se ruborizó. David empezaba a parecer verdaderamente incómodo. Frank se inclinó hacia delante—. Lo veo a todas horas —continuó—, sobre todo cuando los adultos tienen algún problema por los niños: se dicen unas cuantas palabras fuertes y luego todo el mundo sigue con su vida porque, en el fondo, la gente sabe que es una solemne tontería enemistarse por eso. Pero a veces la cosa se complica. No se puede evitar o no se sabe por qué el asunto toma ese rumbo. Quizá haya alguna razón subyacente; a veces es que esas personas, en realidad, no se caían bien y, de pronto, ven una excusa para alimentar esa animosidad. —Frank hizo una pausa—. ¿Había algún otro problema entre ustedes y Olive?

Los Solanke negaron con la cabeza al unísono.

—¡No, no, qué va! Y tampoco discutimos después de eso. Fue lo que dijo usted... Yo... le dije que se había pasado de la raya y la reprendí por lo que había hecho.

—Pero ¿por qué se había pasado de la raya?

Lily empezaba a parecer angustiada: gesticulaba, se encogía de hombros, sin saber bien qué decir.

—Tengo la sensación de que nos ocultan algo —terció David cortante. Le tomó la mano a su mujer y miró fijamente a los inspectores—. ¿Tendría importancia que hubiéramos discutido a voces con Olive en la calle? A menos que esté insinuando que alguien hizo algo...

—¿Wolf está en casa? —lo interrumpió Emma.

—¿Por qué? —quiso saber Lily.

—Nos gustaría hablar con él —contestó Frank.

Los Solanke se miraron.

—¿Ahora? —dijo Lily.

—Sí.

—Me temo que no va a poder ser —respondió David—. Wolf es muy sensible. Aún no les hemos contado a los niños lo que ocurrió.

—¿Cuántos años dijo que tenían sus hijos? —preguntó Emma, que acababa de caer en la cuenta de que no se oían niños. ¿Estaban siquiera en casa?

—Tienen ocho años los dos.

—¿Mellizos?

—Sí.

—¿Y dónde están?

—Aquí. Están leyendo, arriba.

—¿Leyendo? —dijo la inspectora—. Deben de ser unos niños muy buenos, listos. Seguro que no les importa hablar con nosotros un par de minutos.

—Lo siento, pero no —insistió David—. Wolf se lo va a tomar muy mal. Hay que darle un poco de tiempo. La forma de dar este tipo de noticias a un niño es fundamental para su formación.

Emma no pudo evitar percibir el breve estremecimiento de Lily.

—Miren, volvemos mañana. Les damos hasta entonces. Tenemos que hablar con el niño, ¿de acuerdo? Con los dos, de hecho.

Los padres asintieron con la cabeza.

David con resignación, observó Emma.

Pero Lily... Lily parecía asustada.

# OLIVE
## LA DEL 4

No pretendía disgustar a los Solanke.

Se puede analizar de forma que parezca que sí, pero no es cierto. Aunque tengo mis defectos, jamás manipularía a un niño. En mi opinión, la gente que utiliza a los niños es lo peor de lo peor.

Todo empezó en mi jardín el verano pasado. Yo estaba colocando estratégicamente pelotitas de veneno para babosas alrededor de mis dalias (las muy malditas no las dejan en paz hasta que miden al menos quince centímetros de alto) cuando una sombra cayó sobre el parterre en el que estaba trabajando. Levanté la vista y allí estaban los mellizos, inclinados sobre el pequeño seto de al lado de la cancela de entrada.

No era la primera vez que hablábamos, pero, por lo general, nuestras pláticas eran intrascendentes, de esas que se tienen con los niños, nada profundo. «¿Por qué tu casa es tan pequeña? ¿Te gustan más los gatos o los perros? ¿Cuántos años tienes? ¡Vamos, qué mayor!» Ese tipo de cosas.

—¿Qué haces? —preguntó Wolf.

—Poniendo veneno para las babosas —contesté—. Se comen mis plantas.

—¡Ay, qué horror! —chilló Lily May, y las rastas le botaban mientras hablaba, haciendo chascar las cuentas de colores que las adornaban.

—Tranquila, estas pelotitas azules acabarán con la plaga —dije—, pero no las tomen nunca y se las lleven a la boca. Son muy peligrosas.

Lily May abrió mucho sus enormes ojos pardos.

—Pero..., pero por eso lo decía...: lo que me parece un horror son las pelotillas azules. Papá dice que tenemos que cuidar mucho de la tierra que nos rodea, que hay que tratarla con respeto. Un hombre estúpido estuvo poniendo veneno y luego no creció nada durante muchísimos años.

Me senté sobre los tobillos, mordiéndome la lengua para no señalar que a su papá, dado su trabajo, por lo visto le preocupaba más el piso que la gente.

—Lo sé todo del veneno, Lily May, pero este no va a hacerle daño al piso, solo a las babosas. Me están destrozando las flores. Y son flores muy bonitas. ¿Qué me propones que haga con las babosas para que no se las coman todas?

—¿Quitarlas?

—¿Las plantas?

—No, las babosas.

Procuré no reír. Era una niña muy sensible. Sensible y un poquito corta.

—O echarles sal por encima —terció Wolf—. Secarlas hasta que mueran.

—¡Wolf! —le gritó Lily May angustiada.

—Bueno, tú dijiste que te preocupaba el veneno —respondió él encogiéndose de hombros—. No se va a pasar ahí toda la noche quitando babosas —añadió señalándome con la cabeza.

Sonreí. Me gustaba cómo funcionaba su cabeza, aunque su propuesta fuera insostenible.

—Me temo que no tengo suficiente sal en la cocina para aplicar tu solución tampoco, Wolf.

El niño volvió a encogerse de hombros.

—¿Tienes galletas?

—Igual sí.

—¿Nos das alguna?

—¿Siempre eres tan directo?

—Al que no habla, Dios no lo oye.

A su lado, Lily May empezaba a angustiarse.

—Me parece que no deberíamos... —dijo—. Ya sabes. Mamá a lo mejor se enoja.

—¿No les dejan comer galletas? —pregunté.

(Lo pregunté primero, ¿está bien? Sé que algunos padres no quieren que sus hijos coman dulces. Bobadas, pero ya me había tocado lidiar con unos cuantos padres raritos en mis tiempos.)

—Sí nos dejan —contestó Wolf—. Lo dice porque mamá a lo mejor se enoja porque lo pedí en vez de esperar a que me lo ofrecieras. Es de muy mala educación. O eso dice mamá.

—Ah. Entiendo. Bueno, a mí no me parece de mala educación. Pienso como tú: al que no habla, Dios no lo oye. Pasen y les preparo algo.

Me siguieron adentro y les preparé un plato de galletas integrales de chocolate y un vaso de leche. Por entonces, ya no hacía acopio de jugos diluidos y cosas así. ¿Para qué, si estaba yo sola? Lo del refresco de grosella Ribena vino después.

Y luego encendí la televisión. Se habían puesto cómodos. Di por supuesto que si su madre los dejaba salir a la calle solos tampoco le iba a importar que estuvieran en mi sala. Los había visto entrar en casa de Chrissy con cierta frecuencia.

Yo acababa de dejar mi empleo en la consejería de salud la semana anterior y aún no me había habituado a mi nueva vida. Al parecer, había sido la más imprescindible de sus empleadas, algo que yo misma había sospechado aun antes de que me lo agradecieran profusamente. Mientras los niños veían la televisión, me senté a contestar los múltiples correos electrónicos de mi sucesora (más que nada para decirle que yo ya no trabajaba allí y pedirle que dirigiera su incesante bombardeo de preguntas a alguien que sí lo hiciera). Cuando terminé, eché un vistazo en Facebook y Twitter, con el canal infantil de la BBC de fondo.

La ventana de la sala estaba abierta, de modo que, si su madre los hubiera llamado, yo lo habría oído.

Los mellizos estuvieron allí sentados una hora, sin hablar apenas, absortos en los dibujitos animados.

Luego Wolf me preguntó la hora y dijo: «Deberíamos volver», y se fueron. Me dio las gracias al salir. ¡Qué niño tan educado! Muy preciso, muy correcto. Como yo me había pasado la vida enseñando a los niños a hablar con precisión y corrección, le tomé cariño casi de inmediato.

Lily Solanke no vino a buscarlos ni una sola vez.

Aquello se convirtió en un hábito ese verano.

Por desgracia, no llegué a congeniar con Lily May. Hablaba demasiado y tenía la mala costumbre de criticar y hacer comentarios cursis. Wolf, en cambio, era listo. Y gracioso. A veces sin quererlo, pero otras me contaba un chiste y después, cuando me acordaba, reía hasta que se me salían las lágrimas.

Siempre eran chistes de dos frases: «¿Qué pasa si tiras un pato al agua? Nada».

Buenísimo.

Lily sabía que yo había trabajado con niños, así que dudo que le molestara que los niños pasaran tiempo en mi casa. Pero fue lo de la televisión lo que la hizo explotar.

A ver, ¿cómo iba a saberlo yo?

La primera vez que vino no fue para tanto.

Lily May había hablado, por supuesto. Estoy convencida de que Wolf habría seguido adelante sin decir una palabra. Dudo que se hubiera traído a su hermana, solo que, como eran mellizos, sus padres esperaban que lo hicieran todo juntos. Wolf tenía tanto en común con su melliza como Lily May con la adolescente Holly Daly.

—Olive..., eeeh..., ¿has estado dejando ver la televisión a mis hijos? —preguntó Lily cuando vino a casa.

—Pues... sí. Suponía que sabías dónde estaban.

—Claro, claro. Nos gusta que Wolf y Lily May tengan libertad. Es importante que se sientan independientes y aprendan a ser responsables. Además, sabemos que la colonia es un lugar seguro, así que no corren peligro. —Según iba hablando, observé que usaba siempre el plural, como si David y ella estuvieran de acuerdo. Me pregunté si era consciente de ello siquiera—. No nos importa que entren en casa de nadie ni que tomen algún dulce o alguna golosina mientras no molesten —continuó—, pero, Olive, solo pueden ver la televisión a unas horas determinadas. Una hora al día. De modo que han estado viéndola una hora en casa y luego han venido a la tuya a verla durante horas y horas.

—Pero yo...

—¿No te pareció raro que quisieran venir a tu casa solo a ver la televisión? Los niños quieren que los adultos les hablen. ¿No te extrañó que vinieran aquí para pasarse horas sentados y callados?

—Ni se me ha ocurrido, la verdad —dije yo—. Ellos no me han dicho nada. Supuse que les gustaba venir por las galletas y el jugo. —Me perturbó la cara de pánico que puso Lily cuando mencioné el jugo. Por los gestos tan raros que estaba haciendo, cualquiera diría que había hablado de Coca-Cola o de McDonald's—. Perdona, ¿tiene algo de malo que les dé jugo?

—N-no..., supongo que no se les van a pudrir los dientes por que lo tomen de vez en cuando. Es que, como trabajo en una escuela, siempre nos están advirtiendo de lo que deben y no deben comer y beber los niños. El jugo diluido es un espanto

—dijo, y sonrió como si nada, aunque yo veía que, de nada, nada. Lily me tomó por sorpresa ese día. No quería enemistarme con ella. Disfrutaba de la compañía de Wolf y no quería que le prohibiera venir a mi casa, así que asentí arrepentida y prometí que no volvería a dejarles ver la televisión, pero que podían pasar por mi casa a platicar cuando quisieran—. Bueno, regresan a la escuela la semana que viene y cada vez anochecerá antes, con lo que, de todas formas, saldrán menos —comentó.

Procuré disimular mi decepción, pero debió de notarme algo en la cara.

—Sé que lo haces con buena intención, Olive. De verdad. No les voy a prohibir que vengan a verte de vez en cuando, pero tampoco quiero que se pasen el día aquí, intentando ganarte para que les des algo que no les permitimos en casa. Los niños son así de listos —dijo, y volvió a sonreírme.

Me pareció de lo más condescendiente. Ella debía de saber que, como profesional que también había trabajado con niños, conocía perfectamente las artimañas infantiles. Pero no se lo dije. Me limité a devolverle la sonrisa y me mordí la lengua tan fuerte que casi me la arranco.

Por mucho que pensara que tenía controlados a sus hijos, a Wolf no le había llegado el aviso.

Al día siguiente vino a verme, sin Lily May esa vez. Por fin lo había entendido y lo admiré aún más por ello.

—Lo siento, Wolf, pero no puedo dejarte ver la televisión —le dije—. Tu madre no parecía muy contenta conmigo ayer. Me pudieron haber dicho que casi no los dejaban verla.

Se encogió de hombros.

—Yo no le dije lo que hacíamos. Fue Lily May. Además, no vine a ver la televisión. Vine porque eres una señora agradable. ¿Me das algo de comer?

—¿Sabe mamá que estás aquí?

—Nos dijo que no podíamos venir aquí todos los días a ver dibujos animados.

Le estudié la cara en busca de alguna pista. Habría apostado lo que fuera a que Lily les había dicho a los mellizos que se abstuvieran de pisar mi casa durante una buena temporada. Como era obvio, Wolf se había quedado con lo que le convenía de lo que probablemente había sido un sermón larguísimo.

—Dame un segundo —le dije.

Llamé a Lily.

—Hola, Lily. Oye, una cosa... Vino Wolf y quería asegurarme de que te parece bien. A mí no me importa en absoluto. Tengo pinturas y papel para que dibuje. La televisión va a estar apagada.

Esa vez la tomé desprevenida.

—Eeeh..., sí, claro —contestó demasiado educada para no corresponder al detalle que yo había tenido—. Pero dile que vuelva a casa dentro de una hora.

Colgué y sonreí a Wolf.

—Te puedes quedar —le dije.

—¿Y comer algo? —preguntó mirándome con sus ojos grandes.

—Igual galletas y jugo no —contesté—. ¿Qué te parece un sándwich?

—Gracias.

Así que le hice un sándwich de jamón.

Ni que lo hubiera envuelto en explosivos. ¡La que se armó!

# HOLLY
## LA DEL 3

Holly había ido a dar un paseo por el bosque de atrás de su casa.

Bueno, eso no era del todo cierto. Holly se había adentrado en el bosque lo justo para asegurarse de que no se veía, por si su madre decidía asomarse a la ventana de la recámara del fondo y mirar hacia allí.

Metió la mano en el hueco de las raíces del árbol en el que había escondido la cajetilla de tabaco. Los cigarros aún estaban secos y Holly agradeció su buena suerte. Se subió a la raíz más alta y se acomodó allí, apoyándose en la corteza del árbol. Desde allí, aún veía la parte posterior de la casa de Olive. Le produjo un escalofrío.

Sacó el mechero, se encendió el pitillo y suspiró.

Le hacía gracia que su madre nunca le hubiera preguntado por qué llevaba un mechero en el bolsillo de los jeans ajustados. En realidad, solo había dos explicaciones lógicas, o fumaba en secreto o era una pirómana, y cualquiera de las dos debería haber preocupado a Alison. Pero ¡quién sabe lo que tenía su madre en la cabeza! Pese a todo lo que habían pasado juntas, a veces seguía siendo un misterio para ella.

Como aquella vez que Alison había dado sin querer a otro coche en el pueblo. Había sido completamente accidental. La calle era estrecha y las dos habían oído el golpecito y se habían sorprendido.

—Será solo un arañazo —comentó Alison como si nada, aunque se le notaba el pánico en la voz.

Holly no propuso que bajaran a mirar. Coincidió con su madre y ya está.

Luego el dueño del coche entró en la cafetería donde Alison y Holly estaban almorzando y preguntó si alguien había visto quién le había roto el retrovisor.

Holly pensó que su madre confesaría, muerta de vergüenza, se justificaría y se desharía en disculpas. Era de esas personas que pedían perdón a los que tropezaban con ella por la calle.

Pero su madre se limitó a mirar fijamente el capuchino y no dijo nada. A Holly le pareció raro.

De camino a casa, le preguntó por qué no había dicho nada. Alison se encogió de hombros con los ojos fijos en la carretera, sin mirar a su hija.

—No lo sé, cariño. A veces parece que la mejor opción es negar, negar, negar. Si nadie te ha visto hacerlo...

Holly lo entendía, pero no lo entendía. Sabía que su madre era capaz de mentir cuando hacía falta.

Le dio una buena fumada al cigarro.

Estaba claro que ahora su madre también ocultaba algo.

# CHRISSY
## LA DEL 5

Chrissy Hennessy no recordaba la última vez que se había sentido tan relajada.

Sería por el Valium.

Sonrió, bebió un sorbo de café y le dio un mordisco al *bagel* que había embadurnado de Nutella. Procuró no pensar en...

El día anterior había sido bastante angustioso.

Cuando había visto las moscas...

Se le revolvió el estómago al recordarlo.

Las moscas dejan larvas que se comen...

Chrissy notó que el bollito le estaba cayendo como una bomba.

No era buena idea pensar en cadáveres mientras almorzaba.

—¡Entra en casa! —le había dicho a Cam cuando habían visto los insectos. Pero el niño había salido corriendo como una bala hacia la casa de Olive y ¿qué iba a hacer ella, sino seguirlo? Ni siquiera llevaba zapatos—. Demooonios. ¡Vuelve aquí! —le había gritado mascullando «cabroncito» por lo bajo. ¿Cuándo se había convertido aquella palabra en su apodo? Antes era «el chiquitín de mamá» y «mi hombrecito preferido».

Por el ángulo de la casa, Cam apareció delante de la puerta principal de Olive. El niño había saltado la valla baja que había en el espacio que no cubrían ni la tapia ni el seto de Olive, y

Chrissy se había arañado de lo lindo la pierna queriendo hacer lo mismo. Le dio alcance en la puerta, cuando el niño intentaba espiar por la rendija del correo.

—Está tapada con cinta. No puedo... —le había dicho metiendo los dedos.

Fue entonces cuando Chrissy reparó en que del buzón de correo sujeto a la fachada del edificio sobresalía la correspondencia; estaba demasiado lleno para que entrara todo hasta el fondo. El cartero tendría que haberse dado cuenta...

—Vámonos de aquí —le ordenó a Cam jalándolo del hombro en el preciso instante en que los dedos del niño lograban atravesar la cinta de carrocero pegada por el otro lado de la ranura del correo.

El niño se había echado hacia atrás y había caído de espaldas del hedor, pero su madre dio por supuesto que había sido ella la que lo había hecho caer al jalar de él y se sintió muy mal en el momento.

—Ay, Cam, perdona —le dijo. Entonces el hedor la asaltó a ella también y le dieron arcadas.

—Puaj, qué asco —exclamó Cam tapándose la nariz. Se levantó y salió disparado hacia su casa.

Su madre tardó un poco en seguirlo.

Como una autómata, volvió despacio a su domicilio, esa vez por el jardín delantero, un pie detrás del otro. Sabía que aquello no había hecho más que empezar.

Ya en casa, llamó a la policía.

La noche anterior, Chrissy les había dicho a los inspectores que estaba demasiado conmocionada para hablar. Lo cierto era que intentaba digerir que, en adelante, todo iba a ser distinto, todo iba a ser más fácil.

También la policía la había visto nerviosa. Le habían aconsejado un té bien cargado con mucho azúcar y que durmiera de un tirón toda la noche.

No había pegado ojo. Se había pasado la noche en vela pensando.

Imaginándose en los brazos de su amado, recostada sobre su pecho, sobre el suave colchón de su vello, oyéndole el corazón.

Ya no tendría que volver a angustiarse cuando se vieran. La amenaza había desaparecido. Pero su marido había decidido quedarse en casa. Matt, que se iba al trabajo el lunes por la mañana hasta el viernes por la noche, pasaba tantas horas allí que era como si no viviera en casa entre semana.

Matt, que, al despertarse esa mañana, había anunciado que se tomaba el día libre porque Chrissy y Cam lo necesitaban y probablemente la policía pasaría a verlos.

«¡¿Necesitarte!? —se dijo Chrissy atónita—. ¡Hace años que no te necesitamos!»

Lo había necesitado, en su día. Necesitado y querido. Pero había aprendido a la fuerza a arreglárselas sola. Poco a poco. Como un bogavante en una cazuela de agua cada vez más caliente.

A las dos semanas de que naciera Cam, Matt había vuelto al trabajo. Antes de que llegara el bebé, habían compartido oficina, con lo que supuestamente ella debía de entender lo ocupado que estaba y que le resultaba imposible tomarse más días que los de sus dos semanas de vacaciones.

Como si en el gremio de la contabilidad fuera a morir alguien si Matt pasaba un solo segundo más con su mujer y su hijo en vez de en la oficina. Matt Hennessy, asesor financiero de primera, listo para aerotransportarse, lanzarse en paracaídas a tu oficina y organizarte los libros de gastos e ingresos.

Mientras ella estaba de baja maternal, Matt había empezado la campaña. No quería que su hijo se criara en una guardería. Se alegraba de que ella estuviera en casa. Y ella había accedido y había asumido todo el peso del cuidado de su hijo. Aún ahora, no alcanzaba a comprender en qué demonios había estado pensando. Está bien, la contabilidad no era el trabajo de sus sueños, pero había trabajado como una mula para llegar a donde estaba. Casi todas sus compañeras de clase habían terminado siendo madres solteras, en trabajos de mierda o viviendo del seguro de desempleo. Trabajar formaba parte de su identidad. Había tenido un bebé, no sufrido una lobotomía.

Pero, de pronto, allí estaba, madre de tiempo completo, sin hacer otra cosa en todo el día que encargarse de Cam y solo de Cam. Resultó que Matt no quería que a su hijo lo educaran desconocidos, pero tampoco tenía previsto implicarse mucho en su vida.

A los tres años, Cam tuvo meningitis. Esa fue la prueba definitiva... y la gota que derramó el vaso.

Matt la pasó mal, claro, a fin de cuentas era humano, pero no se angustió tanto como ella. A Chrissy casi se le paró el corazón cuando los médicos les comunicaron sus sospechas.

Se había convencido de que exageraba con el pequeño sarpullido y los síntomas de catarro y estaba segura de que, en Urgencias, se reirían de ella y la mandarían a casa. Pero llegó justo a tiempo.

Un par de días después de que ingresaran a Cam, Matt dijo que tenía que volver al trabajo. Chrissy se sorprendió y se lo echó en cara. ¿Qué más daba que se le amontonara el trabajo, que perdiera una cuenta, que reventara la maldita oficina...? Su hijo estaba enfermo.

Pero él se mostró muy sereno y práctico. Iba a trabajar todos los días y no volvía al pabellón de aislamiento hasta última hora de la noche. Dormía allí en noches alternas, para aliviar su conciencia, suponía Chrissy.

Porque era ella la que pasaba todo el día, todos los días, en aquella pequeña habitación de hospital. Ella lo tuvo tomado de la manita durante lo que le parecieron semanas mientras al pobre niño lo atiborraban de antibióticos y analgésicos con el gotero. Ella casi no se movía ni para ir al baño, menos aún para comer o beber, ni hacía otra cosa más que respirar.

Su familia no la ayudó: tenía a un hermano viajando por Australia en aquella época, y el que le quedaba, Peter, siempre había sido un inútil. Su padre fue a verlos con un oso de peluche gigante y luego le dijo que se tenía que ir a un campeonato de dardos. ¡A jugar a los malditos dardos! En su vida había extrañado tanto el tener una madre en condiciones.

Chrissy estaba sola.

Cuando, al cabo de un montón de semanas interminables, estalló y le leyó la cartilla a Matt, él se lo tomó muy mal. La acusó de melodramática y empezó a despotricar y a quejarse de que era él quien estaba pagando las facturas del hospital. Antes de que ella pudiera replicarle, él se largó.

Sip, Matt tenía la mala costumbre de desaparecer cuando la cosa se ponía fea.

Ella pasó de la frustración a la tristeza, de ahí a la confusión, de esta a la resignación y después a la rabia pura y dura. Era, a todos los efectos, una madre soltera, joven y frustrada, atrapada con un hombre de mediana edad que cada vez parecía contar menos con ella.

No fue la única razón por la que empezó a tener una aventura, pero desde luego fue uno de los factores decisivos.

Sin embargo, durante los últimos meses, su marido se había estado comportando de forma extraña.

Era como si tuviera una especie de crisis de los cuarenta. Salía del trabajo a horas intempestivas, la llamaba durante el día para ver qué tal iba..., todo cosas impropias de él.

Y luego estaba la inexplicable decisión de quedarse en casa ese día. Se preguntó si estaría al borde de la depresión o algo así. Había estado trabajando muchísimo. Por lo visto.

Suspiró hondo. «Ay, Ron, ojalá estuvieras aquí», dijo muy bajito en la soledad de la cocina.

No era perfecta. Sabía que era débil. Mucha gente tenía defectos. El suyo era que necesitaba sentirse querida. Y estaba dispuesta a hacer lo que fuera por conseguirlo.

La maldita Olive Collins.

Chrissy vio que se le había enfriado el café.

Era hora de dejar de pensar en aquella mujer horrible. Ya no estaba.

# OLIVE
## LA DEL 4

Cuando Chrissy Hennessy se mudó al número 5, tan embarazadísima que parecía que de un estornudo podía traer al bebé al mundo como un rayo, la había visto muy dispuesta a ser amable.

Dio una fiesta al poco tiempo de llegar y fue divertidísima; por lo visto, no sabía hacer ni un huevo frito, pero ¡Dios mío!, tiró la casa por la ventana comprando todo tipo de delicias precocinadas y un champán carísimo. Estaba claro que no venía de una familia rica y, la verdad, era un alivio. Me pareció linda y la fiesta fue un bonito esfuerzo muy de agradecer.

Luego tuvo a Cam y desapareció.

La primera semana o así fui a verla con regalos para el bebé y me abrió la puerta, ojerosa y mirándome como si quisiera matarme por haber llamado a la puerta. ¿Cómo iba a saber yo que el niño dormía? Además, si tan desesperada estaba por echar una cabezadita, que me hubiera avisado y a mí no me habría importado cuidarle al hombrecito.

No quería conocernos a ninguno.

Bueno, menos a uno.

Nunca llegué a entender lo que mi Ron vio en ella.

Es guapa, eso no se lo niego. Tiene ese encanto tibio: la melena rubia ondulada, los ojos azules grandes e inexpresivos... De esas que emboban a los hombres, con ese aire virginal aun cuando van empujando una sillita de bebé. Pero tan poco de que hablar. Tan carente de deseo de mejorar o tener algún tipo de independencia.

Si Ron se la hubiera tirado una vez y ya, lo habría entendido. Pero se hizo reincidente. Y eso me escoció. Me escoció muchísimo.

Y lo más espantoso de todo fue que, cuando lo mandé al carajo, Ron empezó a verla más a menudo. Dejé una vacante que ella ocupó encantada.

De esas siempre hay alguna, ¿verdad? Mujeres que, aun teniéndolo todo, no son felices y quieren también lo de las demás. Siempre hay alguna.

# FRANK

A media conversación con los Hennessy, Frank ya estaba dispuesto a dar el día por terminado. Los pies, hinchados por el calor, le pinchaban en los zapatos, y la camisa empezaba a desprender un hedor nada profesional.

Estaban en la sala, un espacio cómodo lleno de carísimos muebles modernos pensados para darle a la estancia un aire chic setentero. Las ventanas estaban adornadas con cortinas estampadas, no los típicos visillos lisos de las casas de la mayoría de los vecinos. La alfombra tenía dibujos de algún animal y los sillones estaban cubiertos por cobijas de pelo sintético. Tenían dinero, pero de buen gusto andaban escasos.

Chrissy era una mujer atractiva. A Frank le recordaba a su mujer: ojos azules, rizos rubios y hoyuelos en ambas mejillas que se acentuaban cuando sonreía o fruncía el ceño, con lo que nunca podía poner cara seria, ni cuando estaba enojadísima.

—Bueno... —dijo Frank—, ya hemos visto que no hay muy buena relación entre los vecinos.

Matt se encogió de hombros.

—Supongo que lo lógico habría sido pensar que nos llevamos bien.

El marido había decidido hablar por los dos. Le había tocado la lotería con aquella mujer, el típico caso del estudioso que conquistaba a la guapa de clase: ella le sacaba una cabeza y él se estaba quedando calvo, aunque no debía de tener aún los cuarenta. Ay, el dinero, se dijo Frank.

—Pensará que, como vivimos todos en la misma colonia de lujo, somos como una gran familia, aislados del mundo. No es así. Conocemos a nuestros vecinos, claro. Hemos hecho lo que hemos podido por organizar algún que otro evento conjunto. Un año los invitamos a tomar unas copas, ¿verdad, Chrissy? Algunos procuramos ser más sociables que otros. Pero, en general, nadie se muda a una colonia cerrada para estar al tanto de las vidas ajenas. Al menos no es eso lo que pretende mi familia. Uno se muda a un lugar así para tener intimidad, inspector. Si a Olive Collins no le gustaba salir al jardín o dar un paseo por la colonia, era asunto suyo. Nosotros no teníamos por qué ir a ver si se encontraba bien. Ed y Amelia, los de la casa de al lado, llevan meses fuera y no le han pedido a nadie que les riegue las plantas ni les recoja el correo ni nada. Yo sé que se han ido porque soy el contador de Ed.

—Entiendo —dijo Frank, aunque no lo entendiera.

—¿Y su hijo? —preguntó Emma—. ¿Nunca se le ha escapado la pelota al jardín de la vecina ni se ha acercado a curiosear? Tengo dos hermanos pequeños que se habrían muerto de curiosidad a su edad si una casa de nuestro edificio hubiera parecido de pronto desierta. Habría considerado «asunto suyo» ir a echar un vistazo. Incluso yo, la verdad. —Sonrió—. Yo habría dirigido la investigación.

—Cam no se ha acercado a esa casa —espetó Chrissy. Su voz no era como había esperado Frank, de esas graves de ciertos barrios bajos—. Ayer se asustó tanto como yo. Confío en que no quieran volver a hablar con él. Ya lo hicieron los agentes anoche.

—Bueno... —empezó Frank.

—No, lo siento —lo interrumpió Matt—. Tengo que ponerles el alto ahí. Mi mujer y mi hijo están tremendamente traumatizados por esto. —Frank miró de reojo a Chrissy; no la vio precisamente traumatizada—. Ya les han contado todo lo que saben —prosiguió— y yo ya les he dado los detalles de dónde me encontraba el 3 de marzo. Tuve reuniones todo el día. Ninguno de nosotros vio u oyó nada raro en el número 4. ¿Sabe con quién deberían hablar, inspector? —Frank enarcó las cejas, expectante. «Y ahora empieza lo bueno», se dijo—. Con Ron Ryan, el del 7. Entraba y salía bastante de casa de Olive Collins. Por la puerta de atrás, ya sabe a lo que me refiero.

A Chrissy se le habían puesto los ojos el doble de grandes y había formado una discreta *o* con la boca.

—¿No estaba usted al tanto de eso, señora Hennessy? —preguntó Frank—. Normalmente es el cónyuge que se queda en casa el que se entera de las idas y venidas de los vecinos.

Chrissy negó con la cabeza, muda. «Raro», pensó Frank. Parecía espantarla más el hecho de que estuviera pasando algo de lo que ella no se había percatado que el hecho de que su vecina de al lado llevara tres meses muerta.

—Es increíble que yo me diera cuenta —terció Matt—, con lo poco que estoy por aquí, pero lo vi entrar una vez y me pareció que actuaba de forma rara y, como suele pasar con estas cosas, una vez que lo has visto ya lo ves a todas horas. No tienes más que abrir los ojos.

Frank empezó a preocuparse de verdad por Chrissy Hennessy. Parecía a punto de vomitar encima de una de aquellas bonitas cobijas de pelo sintético.

—Ya. Una cosa más, señor Hennessy: la noche en que murió, la señorita Collins llamó a los servicios de emergencias. Se envió a dos agentes a la vivienda. Nadie abría la puerta. Estaban a punto de buscar otras vías de acceso al domicilio cuando llegó usted en su coche, se detuvo y les dijo que no había visto ni oído nada fuera de lo común, pese a que acaba de contarnos que estuvo todo el día fuera.

—Porque fue así. Y me refería también a los días anteriores. Todo parecía en perfecto estado.

—Y también les dijo a los agentes que probablemente ella estaba de viaje. ¿Por qué les dijo eso?

—La casa parecía vacía, las cortinas estaban corridas. Había un farolito encendido, pero todos los vecinos de la colonia tenemos automatizadas las luces por las noches.

—Eso no me lo habías contado —lo interrumpió Chrissy.

—Demonios, Chrissy, tampoco nos lo contamos todo, ¿no? De todas formas, les dije a los agentes que, aunque cada vecino estaba en lo suyo, estaba seguro de que no pasaba nada, pero que echaría un vistazo al día siguiente.

—Pero no lo hizo.

—No. Se me olvidó por completo. Y me pareció que los suyos se iban conformes. La verdad es que había partido esa noche; estábamos todos deseando marcharnos a verlo. No vi a la vecina al día siguiente ni al otro y se me fue de la cabeza. No éramos amigos. No la extrañamos. A ver, yo no tenía por qué preocuparme, ¿no? Si ni siquiera le preocupaba a la policía... Podrían haber vuelto para echar otro vistazo, pero no lo hicieron.

—Está bien, de momento lo dejamos ahí —concluyó Frank.

No quería continuar discutiendo aquello con un civil. A los dos chicos que estaban de servicio aquella noche les iba a caer un problema de los gordos.

Matt acompañó a los inspectores a la puerta, pero Frank se detuvo en el vestíbulo.

—Sus vecinos del 6..., Ed...

—Y Amelia. Se apellidan Miller.

—Dice que llevan varios meses fuera...

—Sí. Son una pareja mayor; van de crucero, alquilan villas en España y cosas así. Viven como reyes.

—¿Y usted sabe todo eso porque es su contador?

Matt sonrió.

—Claro. Sabemos qué esqueletos tienen en el armario. —Nada más soltarlo se dio cuenta de lo que había dicho—. Es una expresión. No me refería a...

—No, claro que no —terció Frank—. ¿Le lleva las cuentas a alguien más de la colonia?

—No. Soy socio de Cole, Little & Hennessy. Trabajamos sobre todo para grandes empresas, pero Ed me abordó personalmente y, como estaba dispuesto a pagar nuestra tarifa más alta, accedí.

—Tienen dinero, entonces...

Matt sonrió sin ganas.

—En eso soy como un cura, no puedo revelar los secretos de confesión, pero se lo voy a decir de otro modo, inspector: en esta colonia nadie pasa apuros económicos. Hasta Olive tenía sus ahorritos.

—Ya. ¿Sabe cuándo vuelven los de al lado?

—No. Creo que es un viaje con la vuelta abierta. Pero llevan ya tres meses fuera.

—¿Tres meses? —inquirió Frank extrañado.

—Sí.

Emma y él se miraron.

—O sea, que se fueron a principios de marzo —dedujo Emma.

Matt iba a decir algo, pero cerró la boca y asintió con la cabeza.

—Sí, supongo que sí.

# ED Y AMELIA
## LOS DEL 6

*Cádiz, España*

—¿Vienes adentro o sirvo la cena en la terraza?

La voz de Amelia se perdió entre las puertas corredizas abiertas. Ed Miller estaba sentado en su camastro favorito, con una novela americana de espías en una mano y un vaso de Johnny Walker en la otra. Había leído la misma página tres veces ya y seguía sin tener ni idea de quién había revelado qué. Eso era lo malo de comprar libros en el extranjero: había que conformarse con lo que se pudiera encontrar en inglés y aquella era... bueno, literatura barata.

La dejó caer al piso.

—Mejor comemos fuera, que se está muy bien —le gritó a su mujer.

La temperatura ya no era tan alta. Claro que tampoco es que hiciera nunca demasiado calor allí. Eso era lo que le gustaba de la costa española: siempre soplaba una suave brisa, con lo que, aunque el sol pegara fuerte, no había más que pasear por la orilla del mar para que el leve salpicar del agua y la suave brisa te refrescaran la piel.

Amelia salió con un plato grande de paella. Olía de maravilla, con tanto azafrán, pimentón y mejillones. Ed sabía que, en cuanto tomara el primer bocado, elogiaría profusamente a su

103

esposa por otra deliciosa comida preparada con estupendo producto fresco local. Lo que desde luego no le iba a decir era que, en realidad, esa noche habría dado lo que fuera por unas chuletas de cordero y unas papas asadas con mantequilla.

—¿Traes tú la ensalada y una botella? —le pidió ella.

Ed se levantó del camastro, una tarea sencilla que últimamente cada vez le costaba más. Tenía sesenta y cinco, a punto de cumplir sesenta y seis, y empezaba a sospechar que la jubilación anticipada lo había envejecido prematuramente. Se había hecho a la idea de que haría montones de excursiones por el monte y quizá se inscribiría a algún tipo de actividad, como boliche o baile de salón, algo que lo mantuviera activo. En cambio, había caído en una especie de conformismo sereno con la vida, feliz de pasarse el día sentado, bebiendo y viendo pasar el mundo. Le gustaba caminar cuando visitaban ciudades nuevas, era la mejor forma de verlas, pero esas últimas vacaciones estaban siendo más tranquilas.

Se cruzó con Amelia, que sacaba a la terraza los platos y los cubiertos, y le dio un pellizquito en el amplio trasero a través de la vaporosa falda de algodón.

—Bueno, bueno, viejo verde —sonrió ella—. Acaba de sonar algo, por cierto.

—Fui yo saludando.

—¡Ja! Me parece que fue tu computadora.

—Ah. Un correo electrónico. Dame dos minutos.

Ed tenía la laptop en la mesa de la sala, al lado de la voluminosa colección de revistas de Amelia, repletas de casas bonitas y gente guapa. Vio la etiqueta del precio en una de las portadas. ¡Seis euros! Por ese precio, podía comprarse una novela de bolsillo. Su mujer estaba sosteniendo el negocio entero de la prensa femenina en papel cuché.

Reactivó la pantalla de la computadora y vio un correo electrónico de su vecino, Matt Hennessy, que también era su contador, y excelente, además.

Leyó unas líneas y asomó a sus labios una sonrisa.

—Vaya, vaya, vaya —dijo.

En la cocina, vio una botella de cava que Amelia había sacado y dejado junto a dos copas. En vez de tomarla, fue al refrigerador.

Allí estaba. La botella de champán que había comprado en la pequeña bodega que habían encontrado. Les había costado cinco veces más cara que la de cava, pero la mitad de lo que habrían pagado en Irlanda por una buena marca.

—¡Quién sabe!, a lo mejor se presenta alguna ocasión especial que celebrar —le había dicho a Amelia cuando ella le había puesto cara rara por meterla en la canasta de las compras.

Procuraban no gastar mucho. Eran ricos, pero todavía no eran muy mayores. El estilo de vida que habían elegido salía caro; era importante que hicieran desembolsos juiciosos. Claro que, viendo lo que ella gastaba en revistas, se sentía menos culpable.

No había ocasión más especial que aquella.

Amelia se ruborizó como una niña cuando lo vio salir a la terraza. Él había cruzado los vaporosos visillos blancos blandiendo la botella de champán como si fuera un modelo de anuncio.

—Oooh —dijo ella—. ¿Celebramos algo?

—Ya te digo —contestó él. No le iba a contar el qué hasta que hubiera descorchado la botella, hubiera llenado las copas, se hubiera acercado las burbujas a la nariz y aquel aroma seco y burbujeante le estuviera inundando las fosas nasales—. Mmm —ronroneó como si fuera un experto—, excelente cosecha.

—Ed Miller, ¿me vas a tener intrigada toda la noche?

Él sonrió. A Amelia se le iluminaron los ojos de emoción y una sonrisa de oreja a oreja se le instaló en la cara grande y redonda antes siquiera de oír la noticia.

—El correo que me llegó era de Matt Hennessy. Quería saber cuándo volvemos.

La sonrisa de su mujer se desvaneció un poco.

—Ya lo hablamos, Ed. ¿Vamos a poder volver alguna vez?

—Ahora ya podemos volver, cariño. Ahora mismo, si queremos. Ayer encontraron muerta a Olive Collins.

—¡Madre de Dios! —exclamó Amelia llevándose la mano al pecho, con el corazón visiblemente alborotado. Apenas podía contener el gozo, pero debía hacer la siguiente pregunta:

—¿Qué te dijo que le sucedió?

—Matt cree que pudo ser un infarto o algo así. La policía no sabe nada. —Ed levantó la copa para brindar con su mujer. Le encantaba poder darle buenas noticias. Y tampoco hacía falta que ella lo supiera todo—. Volvemos a casa, cariño.

—Volvemos a casa —repitió ella, y brindaron y se llevaron las copas a los labios, mirándose mientras bebían el champán y pensando que nada les había sabido mejor en la vida.

# GEORGE
## EL DEL 1

Una calma espeluznante se apoderó de Valle Marchito esa noche.

Los coches de policía habían desaparecido y se había acordonado la casa de Olive Collins de forma rudimentaria con una simple cinta amarillo chillón que cruzaba por delante de la puerta de la vivienda y se ataba después a ambos extremos de la cancela del jardín.

Los alhelíes púrpura y blanco de su jardín aún perfumaban el aire; todo parecía igual incluso habiendo cambiado por completo.

Mirando por la ventana al otro lado de la calle, George se estremeció.

¿Moriría solo como Olive? Si de pronto sufría un aneurisma o se caía y se abría la cabeza con la mesa de cristal, ¿se quedaría meses tirado en el piso y su cuerpo sería ya un amasijo de bichos cuando la policía lo encontrara?

No sabía nada de su padre desde... ¿Cuándo había sido la última vez que había tenido noticias del gran Stu Richmond? ¿Le había mandado una felicitación en Navidad?

Nunca habían estado especialmente unidos. La madre de George había sucumbido al cáncer de mama antes de que él hubiera tenido ocasión de conocerla bien. Lo apenaba la idea de haberla perdido, más que la ausencia de la persona en sí. Cuando se había desahogado con Lily, la vecina de al lado, ella se había compadecido de él y le había contado que sus padres también habían muerto de cáncer, pero aquella pérdida compartida no lo llevó a empatizar con ella. La pena de Lily era honda; George, en cambio, tenía la sensación de que debía interpretar el papel de niño compungido, del niño que se había quedado huérfano de madre a los cuatro añitos.

Su padre había hecho las veces de ambos progenitores del mismo modo que abordaba todos los problemas: con dinero. El ama de llaves era la única mujer a la que George había conocido y, por desgracia, el pobre había terminado al cuidado de la mujer menos maternal que hubiera pisado jamás la faz de la Tierra.

Al cumplir los diez años, George entendió por fin la magnitud de la inutilidad de Susan.

Ella (seguramente a petición de su padre) le había organizado una fiesta de cumpleaños en el parque de bolas del barrio y también se le había encomendado la tarea de comprarle y entregarle el regalo de cumpleaños de su padre, que estaba en Ámsterdam, donde sus artistas estaban tocando en un festival al aire libre.

Llevada quizá al pasillo correcto de la juguetería por una dependienta bien informada o habiéndose topado con él por pura casualidad, le había escogido el mejor regalo que George podría haber deseado: un Tamagotchi. Mientras sus amigos hacían aspavientos de sorpresa y admiración, George se abalanzó sobre Susan, la abrazó fuerte y le dio las gracias entusiasmado.

Ella se quedó allí parada, tiesa, y se zafó de los bracitos que le rodeaban la cintura.

—Me alegro de que te guste —dijo—. Tu padre me ha dicho que el dinero no era problema. Ve a jugar, que tengo que organizar los *nuggets* de pollo.

No había ni una pizca de afecto en ella, ni el más mínimo

cariño. Se había dejado abrazar porque la había tomado por sorpresa y aun eso había conseguido que resultara insufriblemente doloroso.

Un psicólogo le habría dicho a George (de hecho, se lo había dicho) que sus problemas se debían a la ausencia de mujeres en su vida. Era un tópico convertido en estereotipo.

Suspiró. A lo mejor era cierto. No había grandes hallazgos psicoanalíticos que hacer. Su cerebro era vergonzosamente banal.

Una llamada a la puerta lo sacó de su ensimismamiento.

George se extrañó. Estaba mirando por la ventana. ¿Cómo había enfilado alguien el caminito de entrada a la casa sin que él lo viera? ¿Qué clase de mirón de barrio era?

Las sorpresas continuaban. En su porche se encontraba Ron Ryan, el del 7.

—Hola —dijo cuando George le abrió la puerta—. ¿Quieres una cerveza?

George hizo un cálculo mental rápido. Tenía planes para esa noche. ¿Ron solo quería tomar una cerveza o era de esos para los que «una cerveza» era sinónimo de «vamos a emborracharnos»?

Encima, ni siquiera había tenido el detalle de traer cerveza.

Aun así. El día había sido raro. A lo mejor le convenía dejarse llevar. Quién sabe lo que tendría que contarle Ron...

—Claro —contestó—. Pasa.

Ron fue directo a la cocina, algo que a George le pareció increíble teniendo en cuenta que era la primera vez que estaba en su casa.

—Creo que hay alguna en el refrigerador —dijo George.

—Demonios, chico —repuso Ron sin oírlo siquiera—, mi departamento de soltero no está mal, pero a ti se te deben de caer rendidas cuando las traes aquí.

George echó un vistazo a la cocina. Era impresionante, de una forma que solo su padre podía conjurar. Minimalismo de ricos: armarios escondidos en las paredes, una isla grande con su propio fregadero y zona de cocinado, una lámpara baja *art déco*. Al menos era fácil de mantener limpia.

—Eeeh..., sí —contestó.

George solo había platicado con Ron alguna vez. Le parecía un tipo raro. Tenía por lo menos diez años más que él, pero hablaba como si fueran colegas del mismo equipo de futbol, una analogía muy oportuna, teniendo en cuenta que casi todos los chismes de Ron eran material de vestuario. George solo tenía una idea vaga de cómo se ganaba la vida su vecino. Leyendo entre líneas, sonaba mucho a comercial, pero Ron se había tuneado el currículum y ahora era director ejecutivo de cuentas o alguna tontería parecida.

Además, era un donjuán empedernido. Y vestía como tal. Hablaba como tal. Incluso olía como tal. A George le daba la impresión de que, mientras otros niños habían crecido queriendo ser Indiana Jones, Maradona o Axl Rose, Ron había decidido desde el principio parecerse a Julio Iglesias.

—¿Has estado de vacaciones, Ron? —le preguntó pasándole la botella de Heineken y señalándole con la cabeza los brazos bronceados. Había hecho un frío intenso hasta hacía un par de semanas, ni un amago de verano en el aire.

Ron se miró perplejo y entonces lo entendió.

—¿Por esto? No, qué va. Esto es de rayos UVA, chico. Deberías probarlo. Estás un poco blancucho. Para poder impresionar a las chicas con... todo esto —dijo haciendo un barrido con la mano de la moderna y lujosa cocina—, primero tienes que conseguir traértelas a casa. Aunque supongo que el dinero de papá ayuda.

George lo vio beberse de un trago media botella comprada con «el dinero de papá».

Pero Ron parecía nervioso esa noche.

Bueno, todos lo estaban, ¿no?

—Oye, lo de Olive... —dijo Ron y dio otro trago—. ¡Qué locura!, ¿no? —George asintió con la cabeza. Ron se pasó la mano por el pelo moreno y se lo sacudió con vehemencia—. ¿Te han dicho algo a ti? —preguntó—. Me refiero a los policías.

—Vinieron a verme —contestó George—, pero no me dijeron nada distinto a lo que ya nos dijeron en la calle. ¿A tu casa no han ido?

—No. Pasó uno de uniforme. Quería muestras para descartar huellas dactilares y mierdas de esas. A ver, yo había estado en casa de Olive antes. Obviamente. Como todos, ¿no? En cualquier caso, me dijo que los inspectores vendrían mañana. Por mí, bien. Total, es sábado. No iba a poder tomarme otro día libre en el trabajo. Por cupos, ya sabes.

—Claro —respondió George dando un sorbo a su cerveza como si fuera un colega más, de bebida en mano, hablando del trabajo y del fin de semana.

A George solo le preocupaban dos cifras últimamente: la de la suma que su padre le ingresaba en el banco todos los meses y la del ancho de banda de la conexión que lo mantenía vinculado al mundo exterior.

—¿A ti te tomaron muestras? —quiso saber Ron.

—Sí.

—Ah, está bien. O sea, ¡que no fue solo a mí! Entonces, aún no se sabe si murió de forma natural.

George se encogió de hombros.

—No hay indicios de que le ocurriera nada raro. La policía tendrá que hacer sus pesquisas, creo yo. ¿Por qué? ¿Te preocupa?

Ron se frotó la barbilla y volvió a beber. Estaba muy nervioso. Resultaba inquietante. Antes de esa noche, si alguien le hubiera pedido a George que definiera a Ron con una palabra, habría dicho «tranquilo». Un pesado, desde luego, pero tranquilo en cualquier caso. Insulso.

—Es que estaba pensando que, si le hubiera pasado algo a Olive, nosotros seríamos... bueno, sospechosos.

—¿Sospechosos?

—Sí, porque somos los dos hombres solteros.

George negó con la cabeza.

—Dudo que eso vaya a ser un factor determinante para la policía cuando detengan a alguien: buscar a los hombres solteros de la colonia. Perdona que te lo diga, Ron, pero te veo un poco nervioso.

Ron dejó la botella en la barra y apoyó ambas manos en ella.

—Sí, igual estoy un poco nervioso. —Levantó la vista. George seguía de pie junto al refrigerador, recostado en la barra, listo para sacar más cervezas si la situación lo requería—. Me estaba acostando con ella.

George lo miró espantado.

—¿Cómo?

—Que hacíamos el amor, teníamos relaciones.

El otro soltó una carcajada nerviosa.

—¿No tenía cincuenta y tantos o algo así?

Ron se encogió de hombros y esbozó una media sonrisa, sonrojándose.

—Tenía cincuenta y cinco. Ese comentario es discriminatorio, chico. La vida sexual de una persona no desaparece con la cincuentena. En cualquier caso, tenía un cuerpo precioso. Llegados a cierto punto, George, a uno le empiezan a gustar las asaltacunas. Era divertida. No era nada obsesiva; le gustaba echarse unas risas. Al principio, por lo menos.

George tuvo que darle un trago a la cerveza para contener la arcada. ¿Lo había hecho con Olive? Le vino a la cabeza la imagen de ella pudriéndose en su casa. Dios.

Y luego miró a Ron y frunció el ceño. Aunque parecía que se estaba haciendo el interesante, era evidente que, en el fondo, estaba bastante afectado.

Ron y Olive. ¿Quién lo iba a decir?

—Oye..., lo siento mucho —le dijo George procurando sonar desenfadado.

—No, no es eso lo que me preocupa. Lo que tengo en la cabeza es que lo hicimos la víspera del día en que murió, si es que murió el 3. Lo hicimos el 2.

—Ah —contestó George pensativo—. Mierda.

—Sí. Tengo un mal presentimiento.

—Seguro que no hay por qué preocuparse. O sea..., ¿la mataste tú?

Ron puso cara de extrañeza, negó con la cabeza y luego rio sin ganas.

—Pues claro que no la maté yo. No es que sea precisamente un cerebro criminal, ¿no?, aquí sentado contigo contándote mis agobios mientras nos tomamos una cerveza.

—Igual y estás presumiendo —repuso George, y bebió otro trago. Casi se había terminado ya la botella—. ¿Quieres otra?

Ron lo miraba de forma rara.

—No, no, mejor no. Solo quería saber si a ti te habían dicho algo. —Miró fijamente su Heineken—. Oye, tenemos que hacer esto más a menudo. Los solteros, ya sabes. Total, vives justo enfrente. —George sonrió y asintió con la cabeza. No lo iban a repetir, lo tenía claro—. En serio —añadió Ron—. A veces me agobio un poco con otras cosas, ¿sabes? No está mal tener algún colega al que poder ir a ver. Alguien con quien hablar. Y tú me recuerdas a... Bah. Nada.

George miró fijo a Ron, perplejo. Lo veía inusualmente sincero.

—Te acompaño a la calle —le dijo estropeando el momento.

Se había vuelto superparanoico con la idea de que hubiera gente en su finca a la que no pudiera tener controlada. Siempre lo escondía todo, pero vete tú a saber.

Salieron de la casa y enfilaron despacio el caminito hasta el final del jardín.

Holly Daly, de dos casas más allá, estaba parada en la banqueta, con la mano apoyada en el bote de basura que había salido a recoger. Contemplaba la casita de Olive.

Ron levantó la mano para saludarla.

—¡Hola! ¿Tu madre y tú están bien?

Holly se volteó hacia ellos y su semblante pasó del frunce de la concentración reflexiva a la apatía y el aburrimiento aparentes en una décima de segundo. Sin apenas mirarlos, dio media vuelta y se metió en casa tras jalar el bote.

George observó cómo Ron miraba a la vecina avanzar por el sendero del jardín. Sin decir nada. Sin que hiciera falta. Luego le dio a George una palmada poco entusiasta en la espalda y salió despacio a la noche. El otro volvió a su casa.

Ron Ryan se había estado acostando con Olive Collins y, muy probablemente, con otra media docena de mujeres a la vez. Le había mirado el culo con descaro a Holly Daly, y sabía a la perfección que solo tenía diecisiete.

Y, sin embargo, había sido a George a quien habían tildado de pervertido.

# OLIVE
## LA DEL 4

George Richmond.

El encantador, tímido, amable, divertido George Richmond.

El hombre del que nadie sospecharía nada malo.

¿Y qué hizo George cuando corrió la noticia de que la policía había encontrado mi cuerpo en estado de descomposición?

Se masturbó.

Lo más fascinante de George es que se masturba como el que se toma un vino. El estrés lo calienta. Pensaba que únicamente le atraían las jovencitas, pero resulta que su perversión no tiene límites.

El día que descubrí la clase de persona que era estaba pintando la cancela de mi jardín y me dolían las rodillas a pesar de tenerlas apoyadas en un cojín mullidito. Me levanté para descansar un poco y echar un vistazo al vecindario.

Hacía un día precioso, caluroso, sin amenaza de lluvia. Ron, el del 7, estaba cortando el pasto con camiseta ajustada y pantalones cortos de color caqui. Uno de los niños, Cam, el de al lado, creo que era, orquestaba una cruel batalla en la banqueta, a la puerta de su casa. A los soldados de juguete se les había ordenado el genocidio de los ácaros rojos. Al otro lado del seto del jardín contiguo al mío, Holly estaba acostada en una cobijita, leyendo, con la parte de arriba de un biquini amarillo y unos jeans blancos cortos. Se estaba quedando traspuesta con el libro abierto.

A pesar de mi amistad con su madre, Holly no se relacionaba mucho conmigo, pero yo le había tomado cariño igual. Era modosita, aun siendo despampanante, cosa que ella sabía. Por entonces siempre iba maquillada y vestía esa ropa mínima que las jóvenes creen una forma de feminismo. Con el tiempo mudó esa piel. Se la veía más natural y, en todo caso, más guapa, pero ese verano toda su obsesión era empoderar a toda costa a las mujeres jóvenes, según dictaba la bloguera de turno, o la videobloguera o como demonios se hicieran llamar esas lagartas testarudas.

Ese día posé la vista un poco más al fondo de la colonia. Fue el movimiento lo que me llamó la atención. El viento había apartado las cortinas y allí estaba George, parado delante de la ventana del piso superior de su casa, impasible, imperturbable. Miraba hacia el jardín de las Daly, con el cuerpo rígido, pero sacudiendo el brazo arriba y abajo.

Siempre he tenido una vista excelente y enseguida supe lo que estaba haciendo.

Yo lo vi, pero él a mí no.

No hice nada. Ese día no. Estaba demasiado espantada.

Tardé un rato en digerir lo que había presenciado.

Unos días después, me puse mi vestido más bonito, uno rojo precioso con un estampado de margaritas blancas grandes y me acerqué a casa de George a preguntarle si tenía harina.

—¿Harina? —dijo como si acabara de pedirle un gramo de coca.

Me quedé en el escalón, esperando a que me invitara a entrar, pero él tapaba la puerta como si tuviera algo que ocultar.

—Sí, harina —contesté riendo un poco—. ¿Para repostería?

Como es lógico, no entendía por qué demonios había ido a

pedírsela a él y no a alguna de las cuatro vecinas de la colonia, pero tuvo la cortesía de no preguntar.

—No creo... —dijo negando con la cabeza—. Puedo mirar...

—Estupendo —respondí sonriendo y aplaudiendo como una colegiala—. Si tienes, prometo devolvértela, pero haré una tanda extra de *scones* solo para ti —añadí guiñándole un ojo con toda la coquetería que mi amor propio me permitía.

Y con eso conseguí que me dejara entrar. Monopolicé la conversación: hablé de la importancia de tener buenos vecinos, de lo bien que nos llevábamos todos en la colonia y de que éramos como una gran familia en la que cuidábamos unos de otros, mientras él abría un estante detrás de otro, incapaz de mirarme a los ojos, con la frente sudorosa de los nervios. Luego me disculpé por no ir a verlo más a menudo y le pregunté si me podría guardar una copia de las llaves de casa por si alguna vez se me quedaban dentro. Yo estaba más que dispuesta a hacer lo mismo por él.

—¿Estas son de repuesto? —pregunté tomando al salir, sin harina, las del llavero blanco que tenía en la repisa de la entrada y agitándolas con el meñique al tiempo que me mordía el labio inferior—. Uf, qué calor, ¿no? —añadí y me acaricié el cuello hasta el escote, masajeándome el pecho con tanta vehemencia que me bailaron las tetas. Él no apartó la vista de mi mano en ningún momento.

—Sí —contestó distraído, consolidando la imagen en su cerebro para después, supongo yo.

Como plastilina, era. Dudo que cayera en la cuenta siquiera de que me había llevado las llaves hasta que ya me había ido. Siempre me había considerado una actriz excelente y resulta que no eran imaginaciones mías.

Puede que fuera un plan estúpido, pero quería entrar en casa de George Richmond cuando él no estuviera. Necesitaba asegurarme de que no tenía nada que ocultar.

El promotor había levantado una reja alrededor de la colonia para protegernos de los peligros de fuera, pero, si un adulto podía pararse delante de la ventana a masturbarse mientras una niña de quince años tomaba el sol en el jardín de su casa, a lo mejor es que el peligro estaba dentro.

# HOLLY
## LA DEL 3

Holly cerró la puerta de la calle con tanta fuerza que la foto enmarcada que había en la mesita del teléfono, en el vestíbulo, volcó. Recolocó la foto del día de su comunión y, mientras lo hacía, se vio en el espejo.

Aunque últimamente no le quedaban muchas ganas ni deseo de lucirse, Holly aún sabía que era muy guapa. Podía mirarse una eternidad sin aburrirse, pasándose el pelo por detrás de las orejas, recogiéndoselo en un moño alborotado al tiempo que apretaba los labios como si diera un beso con su boca perfecta, colocándose de perfil para admirar su nariz respingada, succionando para contemplar sus pómulos prominentes, arqueados pero no angulosos, poniendo cara de felicidad, de pena, de enojo, pero siempre deliciosamente preciosa. Narciso no tenía nada que hacer al lado de una adolescente.

Sip, era guapa, y consciente de que eso le daba poder, un poder con el que a veces le gustaba jugar, tentando los límites por ver hasta dónde podía llegar sin que reventaran.

El poder nunca estaba de más, eso era lo que había aprendido.

Y algo peor: ser guapa atraía toda clase de desgracias.

Como George Richmond, por ejemplo. ¿Qué problema tenía? Era atractivo para su edad. Y rico. ¿Por qué no tenía novia?

No era gay, eso seguro. Había visto cómo la miraba. Ron Ryan también.

Y eso eran solo los hombres que vivían en la colonia. Había sido mucho peor cuando había tenido que interactuar con los chicos de su edad.

Holly ignoraba en qué momento exacto había tenido la certeza de que era lesbiana. Demasiado pronto para aceptarlo, desde luego. Había fingido, como hacían todos los adolescentes. Quería encajar.

Por suerte, los errores que había cometido al hacerlo habían sido pocos y distanciados. Aunque al final le hubieran pasado factura. De las gordas. No había tenido presente la relación causa-efecto. Por entonces, estaba rodeada de chicas como ella. Luego, cuando entendió lo que había hecho, se espabiló, pero le dolía oír a otras hablar como si lo supieran todo, como si lo controlaran. Como si fueran las dueñas del mundo y fueran intocables.

Cuando se mudaron a Valle Marchito, estaba deseando llevarse bien con las chicas de su nueva escuela, como si por retomar su vida de antes todo fuera a arreglarse. Pasaba horas de compras en los *outlets* con aquellas chicas, probándose distintos brillos labiales y vestiditos ceñidos para los que aún eran muy jóvenes, bebiendo cafés de Starbucks y hablando con acento elegante.

Una vez, solo una, había ido a la disco con ellas. En el taxi de camino al nuevo local de la ciudad, el Mezzanine, le habían explicado el concepto del «beso blanco».

—Es lo que se lleva en el Mez —le dijeron como si fuera la tonta del pueblo.

—A ver, explícamelo otra vez. Lo haces con un tipo...

Theresa había negado con la cabeza categóricamente, sacudiendo su espléndido pelo rojo e inundando el taxi del perfume de su champú de miel y su laca.

—Demonios, Holly, ¿otra vez? No lo haces con él, le haces una mamada y luego besas a una chica.

—¿Con el semen en la boca?

—Sí. Por eso se llama beso blanco, ¿lo entiendes? Tú besas a una chica, esa besa a otra... A los chicos les encanta.

—Seguro que sí, no me jodas. Yo eso no lo voy a hacer. Prefiero cogerme a alguien.

—No seas idiota. Ahora ya nadie coge. Tienes que respetar tu cuerpo.

Holly había movodo la cabeza en silencio mientras las otras reían como la cabecilla del grupo. A sus dieciséis, no les importaba proporcionarles a los chicos su particular peliculita porno y creían que eran ellas las que la pasaban bien. Aún eran tan bobas de pensar que la belleza era un superpoder, las muy ingenuas.

—¿Holly? ¿Qué haces? Con ese estruendo, me pareció que estabas destrozando la casa.

Alison salió de la cocina con los guantes del horno aún puestos.

—Se cayó la foto —contestó Holly.

—Ven y tómate un trozo de pizza. La acabo de hacer.

Holly la siguió a la cocina y se sentó a la barra del desayunador mientras su madre hacía rodar el cortapizzas por las gruesas rodajas de peperoni.

Alison se había servido una copa grande de vino y había dejado la botella abierta en la barra. Holly la tomó y se echó dos dedos de vino en un vaso que era para Coca-Cola.

—¡Holly! —la reprendió su madre.

—No he tenido un buen día —contestó la adolescente llevándose el vaso a los labios y desafiando a su madre a que se lo prohibiera.

Alison suspiró, pero le dejó beber un sorbo.

Holly miró a su madre de reojo, preguntándose cómo empezar la conversación. Luego lo dijo sin más.

—¿Las clases, mamá? ¿Por qué les dijiste eso a los inspectores? ¿En qué estabas pensando?

—Algo tenía que decir. Preguntaron si íbamos a ir a alguna parte en vacaciones y... dije eso. Si aún fueras a clase, habrías terminado ayer.

—¿Y si lo comprueban? ¿Por qué no les contaste la verdad? No estamos infringiendo la ley por que me eduque en casa. Has mentido y eso los va a hacer sospechar. No nos conviene llamar la atención. Todo tiene que parecer normal.

Bebió otro sorbo de vino; los taninos le dificultaban el habla. Aquel vino era demasiado seco; prefería los dulces, como los de postre que había en el fondo del estante y de los que bebía un sorbito siempre que su madre la dejaba sola en casa por las noches. Si a Alison se le ocurriera alguna vez abrir aquel sauternes, se iba a pasmar.

Su madre le pasó un plato con una porción de pizza.

—A lo mejor, Holly, deberías plantearte volver a clase.

La frase quedó suspendida en el aire como una bomba sin explotar.

—No puedo volver —contestó Holly en voz baja.

—Solo el último curso. Por los exámenes de ciclo. No hace falta que sigamos escondiéndonos...

—¡Que no puedo volver! —espetó Holly extrañada, e inspiró hondo—. Así fue como él nos encontró la última vez —añadió más serena.

Su madre negó con la cabeza.

—Eso no va a volver a pasar.

—Claro que sí. No puedo ir a clase sin inscribirme, mamá. Ni puedo hacerlo con un nombre falso. Quién sabe a cuántas escuelas llamó antes de que esa secretaria estúpida le dijera: «Ay, sí tenemos una alumna que se llama Eva Baker».

Incapaz de mirar a su hija, Alison dibujó círculos con el dedo en la barra sin apartar la vista de la superficie. Holly estaba muy rara ese día.

—Podríamos hablar con la dirección de la escuela, Holly. Explicarles lo que pasa.

Holly negó enérgicamente con la cabeza.

—No. ¿Es que no lo ves, mamá? ¿No entiendes lo que supuso aquello, lo retorcido y lo persistente que tuvo que ser para ir llamando uno por uno a todos los centros y volviendo a llamar probablemente hasta dar con alguien lo bastante imbécil como para que se lo dijera? A alguien se le escaparía. No nos podemos arriesgar.

Alison soltó la copa, le tomó la mano a su hija con las suyas, se la acercó a los labios y la besó suavemente.

—No volverá a hacerte daño —le dijo con absoluta certeza, pero tan triste que Holly notó que se le hacía un nudo en la garganta.

—Y eso es lo que queremos —contestó Holly zafándose con delicadeza de su madre y tomando la porción de pizza—. Por eso tenemos que ponernos de acuerdo en qué le vamos a decir a la policía si preguntan en qué centro se supone que estoy inscrita. —Su madre frunció los labios—. ¿Qué? —dijo Holly.

—Que ese no es nuestro mayor problema, Holly. ¿Por qué les dijiste que Olive Collins me estaba chantajeando?

—¡Porque te estaba chantajeando!

—¡No me estaba chantajeando!

Holly movió la cabeza.

—Entonces ¿por qué le regalabas toda esa ropa? ¿Por caridad? Sé que el negocio va bien, mamá, pero tampoco es Zara.

—¡Está bien ya, Holly! —le pidió su madre levantando una

mano para silenciarla. Holly bajó la porción de pizza y tragó con dificultad el trozo que ya se había comido—. Para chantajear a alguien tienes que tener algo en su contra. La antipatía que te producía Olive te nubla el juicio. Entiendo que quisieras contarles a los inspectores lo mucho que te desagradaba, pero supongo que te habrás dado cuenta de que has conseguido que sospechen de nosotras. De mí. ¿Y si descubren que mentí?

—¿Mentido en qué?

Su madre la miró extrañada; luego desvió la mirada a otro lado. Holly clavó los ojos en ella, sorprendida. ¿Qué ocultaba su madre? Pero, cuando Alison volvió a mirar a Holly, ya era ella otra vez.

—En nada. En lo de nuestra situación. Tienes que tener más cuidado, peque.

Holly notó que se le empañaban los ojos. Pensaba que había hecho lo correcto, que había calado al inspector. Habría sido una estupidez fingir que les caía bien su vecina cuando no se habían acercado siquiera a su casa en los últimos tres meses. Pero se había arrepentido de usar la palabra «chantaje» nada más hacerlo.

Y de pronto tenía la sensación de estar viviendo una experiencia extracorpórea. Estaba acostumbrada a ser la adulta, la que le decía a su madre lo que debían hacer. Alison llevaba mucho tiempo siendo frágil.

Pero algo había cambiado.

Su madre la miraba de pronto como si fuera ella la que necesitaba protección, la que había tomado malas decisiones.

Holly volvió a mirarla extrañada. Aquello era nuevo.

# OLIVE
## LA DEL 4

Yo estaba viendo *EastEnders*, lo recuerdo; lo pausé cuando llamaron al timbre y dejé que se me enfriara el café.

La celebración de Año Nuevo de 2017 había pasado volando y apenas había visto un alma, así que me alegré cuando, al abrir la puerta, me encontré a Holly Daly en el escalón de entrada.

Temblaba de frío y lo primero que se me ocurrió fue hacerla pasar para que entrara en calor. No me pregunté en el momento qué hacía allí, hasta que le vi aquella mirada que revelaba que estaba decidida a contarme algo. ¿De esas veces que tienes que decir algo sí o sí y no hay quien te pare? Pues esa cara tenía.

Entonces pensé que sabía lo que quería.

Hacía bastante que su madre no venía a verme. Confiaba en que su hija viniera en son de paz, incluso a disculparse por la ausencia de su madre, y que lo único que quisiera fuera soltarlo cuanto antes para poder volver a su cuarto enseguida a seguir viendo Netflix. Me extrañaba que Alison hubiera mandado a Holly, claro que, para entonces, ya la encontraba algo rara.

La conduje a la sala, decidida a que aquella incursión suya en el mundo de la política adulta fuera lo más breve y lo menos dolorosa posible.

—No quiero que vuelvas a la tienda de mi madre —me dijo antes de que me diera tiempo siquiera a invitarle un té.

—¿Qué?

—Mi madre no dirige una ONG. No puede permitirse regalar prendas a diestra y siniestra.

—¿De qué hablas? —pregunté con una risa nerviosa.

No me gustaba el rumbo que estaba tomando aquello y la sorpresa me tenía clavada al lugar y me hacía sentir doblemente incómoda.

—Si te sigues llevando cosas de la tienda...

—No me he llevado nada...

—Pues deja de ir allí si no vas a comprar nada.

—Holly, detente. Esto es un absoluto malentendido. ¿Me estás hablando de las prendas que me da tu madre? Porque eso no es «llevarse» nada, por lo menos en el sentido con que tú lo dices. Son regalos.

—Eso es mentira.

—¡Holly!

—Es que es mentira. Sabes perfectamente por qué te da cosas..., porque no paras de pararte allí buscándolas. Y sabemos por qué lo haces: porque mi madre es demasiado educada para negarte nada. Y lo sabes. Estás dejando que sus buenos modales sean su perdición.

El impacto de un ataque de aquel calibre solo se puede entender cuando te pasa. Cuando piensas que una conversación va a ir por un derrotero y resulta que toma el rumbo contrario, resulta difícil controlarse. Por lo menos yo no pude. Me dio un subidón de adrenalina que hizo que la lengua me fuera más rápido que el sentido común.

—¿Modales? —le dije—. ¿Vienes a mi casa con estas acusaciones y te atreves a hablarme de modales? Si piensas que le he estado robando a tu madre..., pues llamamos a la policía, ¿te parece? Que decidan ellos.

Palideció.

126

Me avergoncé de aquellas palabras casi después de pronunciarlas.

Lo último que querían las Daly era llamar a la policía.

Guardamos silencio las dos unos segundos. Yo suavicé el gesto. No tenía intención alguna de pelearme con aquella criatura. Ella ni se daba cuenta, pero yo era su amiga, no su enemiga. ¡Si hubiera sabido lo que había estado haciendo George Richmond!

Me calmé. Holly se había puesto bravucona, pero lo había hecho por su madre. En el fondo, era admirable que defendiera así a Alison.

—Mira —le dije—, creo que esto es un simple problema de falta de comunicación. En esta casa, Holly, siempre eres bienvenida. Somos vecinas. Pero, en serio, mi relación con tu madre no tiene nada que ver contigo. Te faltan datos.

Tenía más agallas de lo que yo pensaba.

—Tiene que ver mucho conmigo —espetó furiosa—. A lo mejor piensas que puedes chantajear a mi madre para que...

—¿Chantajear? ¿Qué dices? ¡En mi vida había oído una cosa semejante!

—Pues ¿cómo lo llamarías tú si no? He visto sus cuentas: entre vestidos, abrigos y demás, te has comido un cuarto de sus beneficios de la campaña navideña de la tienda de Wicklow. Y piensas que te vas a salir con la tuya porque ella...

No fue capaz de decirlo. Ni siquiera Alison era capaz. Lo tenían ahí, suspendido sobre la cabeza como la espada de Damocles.

Pero Holly se equivocaba. Yo nunca le había pedido nada a Alison. Me lo había dado ella, por voluntad propia. «Ay, déjame que te busque algo», me decía frotándose las manos nerviosa, como solía hacer.

A lo mejor lo veía como una transacción, pero eso era cosa suya.

Alison me había pedido aquella primera vez que pasara por la tienda. Y eso había hecho yo unos días después. Me compré un vestido precioso y ella me lo completó con un pañuelo y un collar muy bonitos. Se empeñó en que los aceptara como regalo.

Después de eso, volví con frecuencia a la tienda y siempre compraba algo pequeño, pero ella se empeñaba en regalarme algo. ¿Qué iba a hacer yo, devolverle los obsequios?

El caso es que yo iba a la tienda sobre todo a verla.

Ella se había distanciado de forma brusca e inexplicable, y yo quería saber por qué. ¡Nunca le había pedido nada!

Estaba dispuesta a olvidar la acusación, la agresión de Holly. Podíamos ser amigas las tres. Hablaría yo con Alison. Si de verdad le molestaba que fuera a la tienda, que procurara formar parte de su vida, no tenía más que decírmelo.

Era algo que debíamos hablar nosotras dos, no su hija y yo.

—Es mejor que te vayas, Holly —le dije haciéndome a un lado y señalando la puerta—, y nos olvidemos de todo esto.

Pero entonces Holly se me acercó hasta quedarse tan cerca de mí que le olía la pastilla de menta que llevaba en la boca y el bálsamo labial de fresa.

—Si vuelves a ir a la tienda de mi madre, te mato, estúpida—me dijo.

# RON
## EL DEL 7

A lo mejor había sido un error ir a casa de George.

Ron le dio una fumada al cigarro y contempló las llamas danzarinas que lamían los bordes de la chimenea.

Había querido valorar lo que estaban diciendo los otros, ver si alguien sabía de lo suyo con Olive. George le había parecido la mejor apuesta, era de esos tipos que se fijan en las cosas, pero le había horrorizado la idea de que Ron y Olive hubieran tenido algo, como si jamás se le hubiera pasado por la cabeza.

Ron se lo había planteado como si fuera lo más natural del mundo y no tuviera que sentirse culpable de nada. Ni esconder nada. Le había parecido un buen plan..., pero quizá había estado dando demasiadas vueltas a las cosas. Como siempre.

Le había sorprendido que el policía jovencito hubiera llamado a su puerta para preguntarle si iba a estar en casa los próximos días para platicar con los inspectores. Los había visto hacer la ronda por la colonia y daba por supuesto que pasarían a verlo en cualquier momento. Los esperaba supernervioso, tanto que había terminado en el baño, vaciando el vientre aferrado a aquellos asideros que había instalado expresamente.

No parecía que le hubieran dicho nada a George que indicara que sospechaban que a Olive la habían asesinado. Era una visita de rutina, se dijo Ron mientras tiraba la ceniza del cigarro con un golpecito y temblaba.

¡Cómo se había alegrado de perder de vista a Olive! Y por lo menos había disfrutado de tres maravillosos meses de tranquilidad.

Al principio, lo que había hecho no le había producido más que satisfacción, pero no podía negar que, con el paso del tiempo, se había empezado a arrepentir un poquito.

Tendría que haber cortado con ella sin más.

En cambio, se había ensañado. Había sido verdaderamente cruel. Hacía falta un cerebro muy retorcido para hacer lo que había hecho él, pero ella se lo había buscado, ¿no? Había sido la artífice de su propio fin. Y tal vez fuera porque sentía algo por ella y, como ella le había hecho tanto daño, él se lo había devuelto.

Dio otra fumada al cigarro.

Pero ¿y si ella había dejado una nota? ¿Y si había dejado por escrito lo que él había dicho, lo que había hecho?

El humo y el miedo lo estaban mareando.

¿Había valido la pena todo aquello, solo por vengarse?

Últimamente se lo preguntaba a menudo. Con todas las mujeres, no solo con las vecinas. Era como si anduviera buscando problemas, como si buscara maltratar a las mujeres para que ellas lo maltrataran a él. A lo mejor le gustaba sufrir.

Porque sabía que estaba siendo muy mala persona, que, en el fondo, no era así.

Lo lógico sería que, después de lo de Olive por lo menos, hubiera aprendido que no debía tirar piedras a su propio tejado. Durante un tiempo, le había parecido divertido ir del número 4 al número 5 y vuelta a empezar.

Olive había sido su favorita. Era una completa pervertida. Siempre lo son las que menos lo parecen. Le encantaba eso de ella.

Chrissy, en cambio, andaba buscando un príncipe azul. Un

bombero. Alguien que la rescatara. Quería hablar, que la abrazaran y llorar porque su marido ya no la quería.

No había nada peor que una mujer que lloraba después del sexo.

No. Debía encontrar un modo de escapar de Chrissy. Su relación estaba llena de escollos. Pero de eso ya se ocuparía otro día. Primero, tenía que superar aquella plática con los inspectores.

Abrió el puño. Lo había estado apretando tan fuerte que se había clavado las uñas en la palma de la mano.

Miró los calzones de Olive.

Una vez, ella le había dejado que se metiera unos en la boca. Chrissy jamás lo había dejado hacer nada así. Con Chrissy siempre era el misionero, para que pudiera abrazarla.

Olive había sido la mujer de sus sueños.

Hasta que...

Ron tiró la prenda íntima al fuego y la vio arder.

«Adiós, Olive —susurró—. Estuvo bien mientras duró.»

# OLIVE
## LA DEL 4

Ron. Mi hombre maravilloso.

¿Cuándo se estropeó todo?

Bueno, ya sé cuándo. Pero ¿por qué?

¿Por qué no le bastó conmigo?

Ron me encandiló desde el momento en que lo conocí.

Era divertido, coqueto y seguro de sí mismo; cumplía todos mis requisitos. Nunca me habían gustado los hombres con los que tenía que esforzarme mucho, los silenciosos que parecían muy profundos cuando era justo lo contrario. Multitud de experiencias decepcionantes me habían enseñado que los hombres que no hablaban no eran «profundos». Simplemente no tenían nada que decir.

Con Ron, lo que había era lo que veías.

Tardé un tiempo en darme cuenta de que se me estaba insinuando descaradamente. Ron coqueteaba con todas las mujeres de la colonia. Te lanzaba aquella sonrisa y ese guiño de ojo, te contaba chistes verdes..., y nosotras nos ruborizábamos, sonreíamos y pestañeábamos.

Un coqueteo inocente.

Una noche vino a verme y me dijo que me había oído decirle a Ed que se me había estropeado la caldera y necesitaba una nueva.

Estábamos a finales de verano, pero aún hacía muy buena

noche y yo iba con un vestidito estival muy lindo que me realzaba la figura desde todos los ángulos. Caminaba mucho y seguía estando delgada aún a los cincuenta y tres.

—Pensé que podría echarle un vistazo —dijo—, a ver qué le pasa. Como vives sola y todo eso.

—Ah, está bien —contesté—. Has venido a darle un repaso a mis «tuberías», ¿no?

Rio.

—Eso es. Me gustaría darles un buen repaso.

—Todo un caballero, desde luego. ¡Adelante, pues!

Ya en la cocina, se asomó por detrás de la caldera, instalada en el interior del estante, lanzándome indirectas de vez en cuando.

—¿Quieres que me quite la camisa mientras trabajo? —me preguntó.

—No te va a resultar tan fácil conseguir que te lave la ropa —reí.

Rio él también y volvió a meter la cabeza en el estante para toquetear varias piezas y examinar las conducciones.

—Bueno, mi diagnóstico es que está estropeada —comentó—. Vas a tener que llamar a alguien que sepa arreglarla. ¿Una taza de té para el técnico?

—Qué cara tienes —le dije—. Todo esto ha sido una treta para gorronearme el té, ¿no?

Me dedicó aquella sonrisa pícara.

No sé bien cómo ocurrió, si lo miré de alguna forma concreta o él me miró a mí, pero estábamos allí parados junto a la barra de la cocina, riéndonos de algo que había dicho David Solanke sobre el cultivo del pepino, y de pronto se inclinó y me besó.

—Estás preciosa cuando te ríes —me dijo, y noté que me derretía.

Al poco tiempo estábamos abrazados, con las lenguas enredadas y sus manos, las diez, metiéndoseme por debajo de la blusa, de las cintas del brasier, de la falda y de las medias.

Nuestra primera vez fue excitante y sensual y satisfactoria de una forma que creo que jamás había experimentado. Quizá por imprevista. Yo tenía pensado tomarme un té, leer un rato y acostarme pronto. En cambio, Ron Ryan me había doblado sobre la barra de la cocina y los dos jadeábamos y sudábamos como animales.

Su edad también influía. Tenía por lo menos diez años menos que yo y estaba buenísimo. Moreno, bronceado, fuerte. Y me encontraba atractiva, a mí, la abuelita.

Al principio me parecía genial que no tuviéramos una relación convencional. Yo había decidido que ya no estaba para salir con nadie, ir tomados de la mano por el pueblo y cosas así. Además, tampoco quería que toda la colonia se enterara de mi vida íntima. Ron pensaba igual.

Pero, sobre todo, es que el secreto resultaba emocionante. Me encantaba no saber nunca cuándo iba a llamar a la puerta de atrás de mi casa, qué se nos iba a ocurrir esa vez. Alguna vez, aunque pocas (porque no le hacía mucha gracia que fuera nadie a su departamento de soltero), yo iba a verlo con la excusa de que necesitaba que me echara una mano con algo y le decía que iba sin calzones y me lo hacía allí mismo, en el recibidor, casi sin que le diera tiempo a cerrar del todo la puerta de la calle.

Yo no tenía ataduras ni compromisos ni inhibiciones. La vida era corta y me iba a divertir todo lo posible.

Fue un renacer.

Nunca nos dijimos que nos queríamos. Nunca hicimos nada en otro lugar más que en casa de uno de los dos. No había habido una declaración expresa de monogamia.

Y yo no paraba de decirme que aquello no iba a durar y que

Ron probablemente terminaría sentando cabeza con alguna jovencita a la que le doblara la edad. La llevaría a lugares bonitos y la tomaría de la mano mientras paseaban juntos por la calle. Harían planes de casarse y tener niños.

Lo sabía y me resigné, aun cuando, a veces, se quedaba dormido en mi cama y yo le miraba las pestañas oscuras posadas en los pómulos, le acariciaba el pelo y pensaba que era todo mío.

Pero luego lo vi en casa de Chrissy Hennessy cuando el coche de Matt no estaba.

Era por la mañana, Cam se había ido a la escuela y yo sabía que Ron estaba de vacaciones esa semana.

Yo estaba mirando por la ventana y lo vi salir de su casa y pasear por la colonia con cara de hambre. Pensé que venía a por mí y se me dibujó una sonrisa enorme en la cara. Me encantaba por las mañanas: tenía muchísima energía.

Di media vuelta, me perfumé el cuello y las muñecas, pero, al mirar de nuevo por la ventana, ya no estaba.

Intrigada, salí de casa justo a tiempo para verlo entrar tranquilamente en la vivienda de al lado.

Me quedé parada en medio de la sala, contemplando las cortinas de malla durante lo que me pareció una eternidad, esperando.

Dos horas después, salió con la cara empapada en sudor y aquella expresión de satisfacción que yo conocía tan bien. Miró con disimulo alrededor, posando los ojos en mi casa, y salió corriendo.

El muy maldito se estaba acostando con las dos.

# FRANK

—Subes tú sola, ¿no?

Frank no lo pudo evitar. Aunque estaba completamente a favor de empoderar a las mujeres, en el fondo seguía siendo un caballero de los de antes.

El edificio de departamentos de Emma Child no parecía muy civilizado. El complejo, que daba al puerto, estaba bien conservado, era caro y contaba con todos los elementos que favorecían el anonimato y el aislamiento, lo que hizo que a Frank le preocupara que la chica entrara allí sola. ¡Quién sabe lo que la acechaba desde el hueco de la escalera!

Curiosamente, era la primera vez que la llevaba a casa. Por lo general se despedían en la comisaría. Pero habían tenido una jornada dura en Valle Marchito, así que lo habían sometido a votación y decidido de forma unánime dar por finalizada la tarde sin volver a la central. Frank había conseguido endosarle el papeleo a otro; los esperaba otra jornada difícil al día siguiente.

—Sí, creo que me las puedo arreglar —contestó Emma mientras abría la puerta del coche—. Gracias por traerme.

Bajó del vehículo y salió trotando hacia el portal.

—¡Hasta mañana! —le gritó Frank por la ventanilla mientras hacía el cambio de sentido, pero ella ya se había ido.

Su barrio era un hervidero de actividad. Un grupo de chiquillos jugaba al futbol en el pasto, marcando las porterías con las sudaderas. Un par de niñas, sentadas en el muro del jardín de alguien, fingían que no miraban el partido, se reían escandalosamente las gracias unas a otras y se toqueteaban el pelo. Todo ello del todo premeditado.

Los chicos ni se enteraban.

El vecino de Frank estaba lavando el coche y las luces solares del seto de su jardín empezaban a encenderse con la puesta del sol.

—¿Ahora llegas a casa? —le gritó jovial después de que Frank metiera el coche por el acceso a su vivienda marcha atrás—. Nosotros vamos a estar fuera dos semanas a partir de mañana. Nos vamos a Francia en el ferri y he decidido sacarle un poco de brillo al coche. ¿Te importaría vigilar un poco esto cuando andes por aquí?

Frank se acercó a la tapia que separaba los jardines.

—Sin problema. ¿Se llevan a los niños?

—Salvo que te los quieras quedar tú... —Frank sonrió—. Supongo que no nos queda otra que cargar con esas mierdecillas. Lástima que no haya perreras para niños, ¿verdad? Nos vamos a alojar en un camping cerca de Normandía, con piscinas, parques, club infantil y cosas de esas. Así mi señora y yo podremos tomarnos nuestros tintos y nuestras crepas, siempre y cuando seamos capaces de hacerlo entre las diez de la mañana y la una de la tarde. Si no me llena la cajuela de bultos, igual puedo traerme unas cuantas botellas. Lleva todo el día haciendo las maletas. ¡Cuatro! Esto es un coche, no una maldita nave espacial. —El vecino de Frank hizo una pausa—. Mmm... Igual si dejamos en el camping las toallas y las sábanas... Así hacemos hueco. Tenemos muchísimas toallas, no creo que las vaya a extrañar —dijo frunciendo los ojos mientras lo pensaba y miraba a Frank en busca de consejo.

—Las toallas te podrían ser de utilidad para envolver el vino en el viaje de vuelta —contestó Frank—. Por si hay baches en el camino.

—Buena idea. Buscaré un buen tinto para ti. Ay, espera, antes de que te vayas...

El vecino soltó la esponja en el bote de agua jabonosa y se metió en su casa. Volvió con una bolsa de plástico y un plato envuelto en papel de aluminio.

—Yvonne te preparó esto. Hizo una cazuela de pollo al curri para usar el que nos quedaba en el refrigerador. En la bolsa hay pan y eso. Mañana desayunamos en el ferri. No tiene sentido dejar cosas en los estantes para que se pudran.

—Gracias —dijo Frank tomándolo todo.

Metió la llave en la cerradura de su puerta justo cuando empezaba el coro nocturno de madres que llamaban a sus hijos a cenar.

La casa estaba silenciosa y fría. Frank había instalado un doble acristalamiento en condiciones hacía unos años. Por entonces trabajaba de noche y dormía de día. No podías pretender que el barrio entero guardara silencio porque tú tuvieras que descansar. Mejor organizarse que enojarse con la humanidad.

Entró en la cocina y guardó los obsequios de sus vecinos: media barra de pan, manzanas, un litro de leche, un paquete de jamón, cuatro petisuis...

—¿Unos malditos petisuis? —dijo Frank en voz alta, seguido de un «Perdón, Mona».

Yvonne se estaba pitorreando de él.

Se preguntó si aquella bolsa era realmente para él.

Su pollo al curri, sin embargo, era una delicia. La mujer cocinaba bien, de eso no había duda. Le quitó el papel aluminio, lo metió en el microondas y fue a la sala por la laptop. Se detuvo en el vestíbulo junto a la foto de Mona el día de su boda y, aprovechando que no llevaba nada en las manos, se llevó los dedos a los labios y luego los posó en el rostro de ella. Lo hacía todos los días, cuando entraba y salía de casa. A veces hablaba con ella también. Por llenar el silencio.

—Un día raro —dijo—. Mucho calor, además. Me sorprende que a Emma no le haya chorreado el maquillaje por la cara.

Encontró la laptop en la mesita de centro, al lado del café sin terminar de esa mañana. Todo estaba siempre donde lo había dejado.

Salvo su mujer, a la que había dejado en la cama aquella mañana, pero ya no había vuelto a ver con vida. Mona volvía ese día a casa en coche de un turno de enfermería de doce horas en el hospital y se topó con un conductor borracho. Cuando hallaron el vehículo y lo pusieron derecho, el agua de la zanja la había dejado irreconocible.

Quince años llevaba muerta su Mona.

Se comería el pollo al curri en la cocina. A Mona nunca le había gustado que comieran en la sala, sobre el regazo. Se embobaba y era motivo de divorcio.

—¿Crees que nos vamos a divorciar por comer delante de la televisión? —Reía Frank—. ¿Tan endeble es lo nuestro?

—Se empieza viendo la televisión en las comidas en vez de hablar; luego te sientas en un sillón distinto en vez de acurrucarte a mi lado, te quedas dormido leyendo un libro en vez de hacerme el amor, dormimos en camas separadas y después en habitaciones distintas porque tus ronquidos no me dejan pegar ojo y de todas formas ya no compartimos cama y entonces sufro una crisis existencial y busco en otra parte el cariño que no tengo en casa, me enredo con uno que sí cena en la mesa para poder hablar conmigo y te tengo que dejar por él.

—Un momento..., ¿por qué eres tú la que se enreda con uno? ¡Serás adúltera!

—Siéntate a la mesa, cariño, y así no tenemos que preocuparnos por mi futura virtud.

Frank tomó una cerveza del refrigerador justo cuando sonaba el microondas. Agarró el recipiente y se sentó, se metió un tenedor de pollo con arroz en la boca y masticó feliz mientras abría la laptop y refrescaba la web de apuestas para ver cómo iban las del día.

Acababa de instalarse cuando le sonó el celular. Era Amira, de Científica.

Contestó y, por el ruido de fondo, dedujo que llamaba desde la puerta de un pub.

—¿Te llamaron ya los de Patología? —le preguntó ella.

Lo dijo despacio, con la voz pastosa. Llevaba ya tres, quizá cuatro, gin-tonics.

—No, qué va —contestó Frank.

—Estoy en un bar.

—No hay que ser una lumbrera para llegar a esa conclusión.

—Me estoy tomando una copa con Ben, de Patología.

—¿Sí...? —Frank aguzó el oído—. ¿Y qué dice?

—Supongo que el mismísimo Dios te mandará el informe en breve. Con suerte, no le reclamará a Ben por filtrármelo.

—Por suerte, eres la única a la que Ben le filtra cosas; si no, yo mismo le reclamaría aunque no sea su jefe.

—Bla, bla, bla. Murió de un infarto, por si te interesa. Causado por la inhalación de monóxido de carbono. Fue rápido, eso sí. Ben dice que no han encontrado tanto veneno en el organismo como se suele ver en una muerte por intoxicación. Por lo visto, tenía un problema cardiaco sin diagnosticar que le produjo el paro casi de inmediato. De lo contrario, primero habría tenido dolor de cabeza, náuseas y demás, y a lo mejor se habría dado cuenta de que pasaba algo. Seguramente llamó a emergencias en pleno infarto sin saber que tenía una fuga de gas.

—Entiendo —dijo Frank rascándose la barbilla y procurando procesar la información—. O sea, que, si no tenía diagnosticado lo del corazón, no podía saberlo nadie.

—Obviamente. ¿Por? ¿Tú crees que alguien le toqueteó la caldera sin intención de matarla? ¿Alguien que pensara que se daría cuenta y como mucho pasaría un mal rato?

—Eso si la toqueteó alguien que no fuera Olive...

—Vamos ya, Frank, ¿aún sigues con esas? ¿Para qué nos iba a llamar si pretendía suicidarse?

—¿Un intento fallido?

Amira resopló.

—Nada, tú sigue por ahí, que igual tus sueños se hacen realidad. Oye, ¿qué estás haciendo? ¿Quieres venir a tomar una copa?

—Estoy trabajando —contestó Frank.

—Y yo, ¿no lo ves?

—Diviértete, cielo. Disfruta de Ben.

Colgó.

—Somos amigos —le aseguró a Mona al pasar por delante de su foto de camino al baño—. Nada más.

## LILY Y DAVID
### LOS DEL 2

Ya habían acostado a los niños.

Aún no se lo habían contado. David la había convencido de que la cosa estaría más tranquila a la luz del día y sería más fácil de gestionar. Lo estaban posponiendo, los dos, y a Lily no le importaba agarrarse a cualquier excusa. Imaginaba que los niños ya lo sabían. Contárselo, decírselo a Wolf, lo convertiría en realidad, así que prefería prolongar la inocencia.

Estaba parada delante de la estufa, removiendo y sazonando distraída una sopa que había hecho para usar las zanahorias del huerto de David. En realidad, no tenía apetito; lo hacía porque había que hacerlo.

David se le acercó por la espalda y se abrazó a su cintura.

—¿Dónde estás, cariño?

—¿Cómo? —preguntó ella extrañada.

—¿Que dónde tienes esa hermosa cabecita? Le acabas de echar azúcar a la sopa.

—No —dijo ella mirando fijamente la cazuela—. ¿En serio?

David la hizo voltearse hacia él.

—Olvídate de la cena. ¿Qué puedo hacer para que desconectes un poco?

Lily se encogió de hombros. Últimamente tenía tantísimas cosas en la cabeza...: el trabajo, la familia, los vecinos...

Él la miró fijamente y luego cruzó la cocina hasta donde tenía el iPod conectado en el cargador de sobremesa. Ella lo observó, perpleja, mientras elegía una pieza de música nigeriana, una especie de salsa suave. Empezó a mecer las caderas al ritmo de la melodía, después el cuerpo entero, acercándose a ella.

Ella no lo pudo evitar: se echó a reír.

—¿Te ríes de cómo bailo, perrilla? —Lily sonrió y asintió con la cabeza. Su marido la estrechó en sus brazos y la hizo mecerse también, la hizo girar y volvió a abrazarla—. Bailemos toda la noche —le dijo al oído—. No tenemos ningún lugar al que ir ni nadie a quien ver ni nada de lo que preocuparnos.

Lily se dejó llevar por la música, pero seguía angustiada.

¿Nada de que preocuparse? Eso no era del todo cierto. ¿Con lo que había pasado?

Giró de nuevo, llevada por él, pero esa vez la sonrisa se había esfumado de su rostro.

¿Por qué, eh, por qué estaba tan contento David?

# CHRISSY Y MATT
## LOS DEL 5

Matt no paraba de hablar. Iba de una habitación a otra, radiando los acontecimientos del día, las reacciones de los vecinos, quién había dicho y hecho qué... en un parloteo incesante. Chrissy no recordaba haberlo oído hablar tanto en años.

Estaba deseando que se callara. Tenía tantas cosas en la cabeza que necesitaba que él se estuviera callado cinco minutos para poder pensar.

Había vuelto de la cocina y se había parado entre la televisión y ella, con lo que tuvo que mirarlo.

—Estoy viendo *Britain's Got Talent* —dijo ella sin apartar la cabeza del cojín. La televisión estaba silenciada, pero, por lo visto, él no se había dado cuenta—. Es la última semifinal y me estás tapando.

—¿Me lo estás diciendo en serio? Intento mantener una conversación contigo.

—Eso no es mantener una conversación conmigo, eso es hablarme.

—¿Qué te pasa? Estás acostada en el sillón desde que se fue la policía.

—Es por la conmoción —contestó ella.

Matt les había dicho que hablaran con Ron. Les había insinuado que Ron y Olive (¡Ron y Olive!) tenían una aventura.

¿Se le podía llamar siquiera «aventura» cuando los dos es-

144

taban solteros? La que sí estaba teniendo una aventura era ella, ¿no?

Sabía bien que no estaba en condiciones de juzgar a Ron cuando era ella la que estaba casada, pero seguía teniendo la misma sensación que si le hubieran dado un puñetazo en la garganta.

La primera vez que Ron y ella habían hecho el amor había sido allí mismo, en el sillón.

Matt estaba de viaje ese fin de semana y Cam estaba dormido arriba. Esa noche había un vendaval y Ron había ido a ver si también ella había perdido la señal de la televisión por satélite. Y así era. Chrissy había encendido unas velas y se había abierto una botella de vino, por hacer algo. Casi nunca bebía sola (de hecho, no le gustaba), pero ese fin de semana estaba bastante deprimida. Por razones obvias.

Ella lo invitó a pasar y terminaron bebiéndose el vino entre los dos mientras platicaban. Tenían muchísimas cosas en común. Y él era encantador. La escuchaba, se reía de sus gracias... Era un donjuán, y ella lo sabía, pero no de los babosos. En realidad, era muy listo. Y sensible.

Ron le habló de su hermano pequeño, que sufría una discapacidad grave y estaba en un centro especializado. Aunque se esforzó por hacerse el duro, como si no le afectara mucho, Chrissy notó que le angustiaba. Se había gastado un dineral en acondicionar su casa para que su hermano pudiera mudarse allí, pero eso nunca había sucedido. Sus padres y la dirección del centro en el que se encontraba habían decidido que su hermano necesitaba cuidados constantes en una residencia; ni siquiera el que Ron se ofreciera a pagarle una enfermera personal los hizo cambiar de opinión.

Era una parte de Ron que la gente no veía y, aunque Chrissy sabía que él se consideraba un donjuán empedernido, a ella le gustaba aquella faceta suya, la tierna.

145

Ron se inclinó a besarla y ella se mostró sorprendida. Lo hizo con mucha delicadeza: le dijo que le había gustado de lejos desde que la había conocido, pero que entendía que era una mujer casada. Fue la forma en que la miraba, como si estuviera desesperado por volver a besarla, lo que la perdió. ¿Cuándo la había mirado Matt así por última vez? Ella dejó la copa de vino en la mesita y se lo acercó a la cara. Él le preguntó si estaba segura y ella contestó que nunca había estado más segura de nada. Luego él la tendió en el sillón, con cuidado, y empezó a desnudarla, susurrándole todo el tiempo lo hermosa que era y lo mucho que la deseaba. Lloró un poco más al recordarlo.

Con su dependencia torpe y pueril, ella había imaginado que había algo especial entre los dos. Y mientras tanto...

Claro que aquello explicaba por qué Olive había sido tan absolutamente despiadada con ella aquella vez.

—¿Hola? Tierra llamando a Chrissy... —Matt agitaba los brazos delante de ella como un guardia de tráfico—. Te pregunté que de qué conmoción me hablas si tú no viste el cadáver de Olive...

—Cuando vino la policía, tú y yo no nos pusimos de acuerdo.

—Sí, está bien, pero ya se fueron y me parece que va siendo hora de que espabiles. Vamos. Tampoco es que fueras amiguísima de esa mujer.

—Me sigues tapando la televisión —le dijo Chrissy con frialdad.

Matt apretó los labios.

—¿Sabes qué, Chrissy? Al demonio. Vamos a hablar de Olive y de por qué igual te alegras de que haya muerto.

A Chrissy le dio un vuelco el corazón.

—¿Qué dijiste?

—Dije que probablemente te alegras de que esté muerta.

Chrissy se incorporó.

—¿De qué estás hablando?

—Sé que te amenazó.

—¿C-cómo lo sabes?

Ella palideció y toda clase de expresión se escapó de su rostro y de sus extremidades, como si alguien hubiera cerrado un grifo. Chrissy se quedó de pronto adormecida, paralizada.

—Lo sé todo —contestó Matt, y la miró con una cara que le produjo escalofríos.

Se abrió la puerta de la sala y entró Cam.

—¿Están discutiendo? —preguntó.

Llevaba una pijama de *Star Wars* y los pantalones le quedaban cortos. Se lo habían comprado cuando tenía nueve años y, a los once, seguía siendo su favorito, aunque estuviera ya muy usado, descolorido y le quedara demasiado pequeño para sus extremidades en crecimiento.

—¿Qué haces que no estás dormido? —le dijo ella.

Matt los miró a los dos, negó con la cabeza y abandonó la habitación.

Chrissy notó el alivio en todo el cuerpo. Muy oportuno, Cam.

—No puedo dormir —contestó el niño sentándose a su lado en el sillón.

Ella escudriñó el rostro de su hijo.

Estaba acostumbrada a que todas las interacciones con su pequeño implicaran súplicas, chillidos, llantos, gritos... Cam se había convertido en una fuerza con la que tenía que lidiar. A veces solo de pensar en él se le hacía un nudo en el estómago.

Últimamente apenas lo miraba, más bien miraba por él, a través de él..., pero no a él.

De pronto lo estaba mirando. Y, aunque estuviera enojado y se hubiera levantado de la cama sin preguntar, Chrissy no detectó en él travesura o picardía. Solo vio a un niño angustiado y asustado.

Alargó el brazo y le acarició la mejilla, pecosa y llena de arañazos de alguna escapada, pero suavísima. Aún tenía algún rasgo mínimo de bebé, el mínimo resquicio de aquel chiquitín de pelo rubio tieso y grandes ojos azules que siempre la miraban sonrientes.

Notó que se le hacía un nudo en la garganta y el dolor de aquel amor tan intenso le encogió el pecho. Aquella era la consecuencia de que la hubieran dejado sola con Cam a todas horas cuando era un bebé: el vínculo entre los dos era muy sólido. Matt no tenía esa relación con su hijo.

—¿Quieres ver *BGT* conmigo? —le preguntó ella.

El niño asintió sorprendido. Pensaba que lo iba a mandar a la cama a voces, amenazando con castigarlo.

Chrissy le tendió un brazo, con la cobijita aún en los hombros, y Cam se acurrucó a su lado. La vio y luego vio la televisión que ella había «desilenciado» justo cuando un coro empezaba a cantar «Jerusalem».

Ella le dio un beso en la coronilla, que le olía a champú, a ozono y a algo dulce. En ese instante, se contentaba con estar con su hijo, con no pensar en lo que Matt había dicho.

—Cantan bien —dijo Cam.

—Sí.

—¿Me puedo tomar una Coca-Cola?

—No te pases. —Notó que el niño sonreía y lo abrazó más fuerte—. ¿Cam?

—¿Sí...?

—Siento lo de ayer. Debió de ser muy angustioso para ti... todo eso. Y encima luego yo lo pagué contigo. Estaba... estaba un poco conmocionada también, creo. Tendría que haber hablado contigo. La señorita Collins era nuestra vecina. Debería haberte preguntado si estabas bien.

—Estoy bien.

—Sería completamente lógico que no lo estuvieras.

—Lo estoy. Me da igual que se haya muerto.

Chrissy se sorprendió.

—¿Por qué dices eso, cariño?

Cam la miró a la cara. Tenía los ojos muy abiertos y el semblante triste y preocupado, como si guardara un secreto horrible. A Chrissy se le aceleró el corazón.

—Porque era mala, mami —contestó.

# OLIVE
## LA DEL 4

El día que abordé a Chrissy Hennessy, ella estaba en el patio de su casa, tendiendo la ropa en los lazos, con una mirada perdida en el rostro que la situaba a un millón de kilómetros de los calzoncillos de su marido que sujetaba con pinzas.

Ni siquiera reparó en mi presencia hasta que metí la mano en el cesto que tenía a sus pies y le pasé una camisa, momento en el que se llevó las manos al pecho y dijo una palabrota.

—¡Demonios, Olive, me diste un susto de muerte! —dijo con una risita de felicidad.

—Perdona. ¿Te ayudo?

Tomé otra camisa y la tendí en el tendedero mientras ella, allí parada, me observaba divertida.

—¿Matt está en casa hoy?

—Ajá —contestó en un murmullo significativo, como si estuviera deseando librarse de él, y yo me imaginé por qué.

—Qué bien. Trabaja mucho, ¿verdad?

Tomó una toalla y empezó a tenderla en el otro extremo de la cuerda. Asintió con la cabeza. Aquella era toda la gratitud que le inspiraba el hombre que le daba de comer.

—Tienes muchísima suerte de contar con un hombre así, Chrissy. Estoy convencida de que muchas matarían por estar en tu lugar. —Me miró raro. Sonreí—. Ah, no lo digo por mí. Todo tuyo. ¡Dios, no soy ninguna destrozamatrimonios!

—Tampoco lo pareces, Olive.

Sonrió. Dios mío, qué prepotencia. Ella podía ponerle los cuernos a Matt, pero seguro que él no miraba a otra teniéndola a ella.

—Solo espero que lo sepas apreciar. A veces pienso que debe de ser difícil casarse joven. Imagino que algunas personas terminan sintiéndose un poco atrapadas. Pero, en serio, haz caso a alguien que ha vivido más que tú: el pasto no siempre es más verde del otro lado.

Tomé otra camiseta, de ella esa vez.

—En serio, ya lo hago yo —dijo algo nerviosa—. No hace falta que me ayudes.

—Nah, agradezco la compañía. Nos vemos muy poco los vecinos.

—Ajá.

Sacudí el chaleco de seda para quitarle las arrugas.

—Pero tú a Ron sí que lo ves, ¿no?

—¿Qué?

Se le congeló la mano a medio camino del cesto.

Me encogí de hombros, como si no hubiera dicho nada pero lo hubiera dicho todo.

—No sé de qué me hablas —dijo.

Enarqué las cejas.

—Me parece que sí. —Frunció los ojos y me miró como si yo fuera una porquería que acabara de encontrarse en el zapato—. A ver, que no me quiero meter. Solo he pensado que igual convenía que supieras que se nota. Y, si yo lo he notado, puede que lo haya notado alguien más.

Chrissy se volteó a mirar a su casa tan rápido que le dio una patada al cesto de la ropa y lo volcó. Se acuclilló y agarró la ropa mojada, con la cara y el cuello colorados como un jitomate.

Cuando se levantó, le había cambiado el gesto. Ya no estaba

151

asombrada; era una rata acorralada. Y ya sabemos todos cómo reaccionan.

—¿Me estás amenazando, Olive? Porque deberías saber que, aunque en esta colonia seamos todos muy lindos y muy educados, donde yo me crie aprendemos a defendernos.

Moví la cabeza, atónita.

—Ni mucho menos, Chrissy. Si me escucharas, entenderías que estoy siendo una buena amiga.

Me seguía mirando fijamente, como si me hubiera subestimado y se estuviera dando cuenta de repente.

Y yo mantuve una expresión plácida, amable, agradable.

—Deberías aprender a no meter las narices en los asuntos ajenos, si sabes lo que te conviene —me dijo, dio media vuelta y se fue.

En ese momento, comprendí que había sido yo la que la había subestimado.

# EMMA

A Emma le encantaba aquel departamento.

Desde que Graham y ella lo habían visto por primera vez había sabido que, si rompían, se lo iba a quedar ella.

Profético.

Graham le hizo un escándalo cuando lo echó. Había sido él quien se había enterado de que había un departamento en venta en el puerto deportivo antes de que lo anunciaran siquiera. Él ganaba más que ella y le podía comprar sin problemas su parte de la hipoteca.

Pero él tenía todas las de perder porque (a) los padres de ella les habían dado el dinero de la fianza cuando habían comprado el inmueble y (b) ella lo había encontrado en la cama con otra.

A Emma no le había gustado jugar la carta de la familia, pero sabía que Graham le tenía pánico a su padre, que, como es lógico, protegía a su hija con uñas y dientes.

—Vas a tener que hablar con mi padre para contarle que le vas a devolver la fianza —le dijo ella—. No te olvides de mencionar la razón por la que nos separamos.

Con eso fue suficiente.

Graham se llevó el resto de sus cosas ese fin de semana. Ella llamó para que se llevaran el colchón mientras él aún estaba en el departamento, doblando los calzoncillos para meterlos en la maleta (una manía que no iba a extrañar) y protestando por que iba a tener que cambiar el nombre de las facturas.

La pelea había valido la pena. Emma untó de mantequilla el pan tostado y contempló los barcos que se mecían en el puerto y el reflejo del sol de primera hora en el agua mientras el mundo exterior despertaba.

Algún día conocería a alguien con quien tendría hijos y decidiría que prefería un jardín a seis tramos de escaleras y un elevador en el que no cabía una sillita. Algún día. Pero ese no.

Le dio un mordisco al pan tostado mientras se llevaba el estuche de maquillaje y el espejo a la ventana. Le gustaba arreglarse con la máxima luz posible.

Si conseguía taparse la cicatriz con una luz tan intensa, nadie podría verla.

Graham había cometido la bajeza de intentar convencerla de que se había enredado con otra porque ella se había encerrado en sí misma después de la agresión, la forma más ruin y rastrera de culpar a una víctima. Se alegraba de haber descubierto cómo era él en realidad antes de que fuera demasiado tarde, antes de que hubieran empezado a formar una familia y a crear vínculos mucho más difíciles de romper.

Era cierto que a Emma la había traumatizado la agresión. Había tardado meses en digerir lo que le había pasado; aún no lo había procesado del todo.

Se había visto al borde de la muerte, así que sí, no había estado al cien por cien después.

Pero eso no justificaba en absoluto la traición de Graham.

Mirándose al espejo, recorrió con el dedo la cicatriz en forma de medialuna que le cruzaba la mejilla y seguía por debajo de la mandíbula.

Y luego hurgó en el estuche de maquillaje y sacó la prebase.

Empezaba con eso, luego se aplicaba el corrector, después la base y, a continuación, los polvos.

Eran las ocho de la mañana y Frank pasaba a recogerla a las nueve.

Tenía el tiempo justo.

No podía evitarlo. Cada vez que iba en coche con Frank, se agarraba con una mano a la manija de la puerta y con la otra al tablero. Con el pie pisaba un freno imaginario. Frank ni se enteraba; andaba demasiado ocupado conduciendo como si él y cualquiera que lo acompañara fueran inmortales. Su compañero le había explicado en más de una ocasión que, aunque fuera rápido, estaba a salvo con él. Había recibido clases de conducción temeraria. Ella había intentado explicarle que no tenía en cuenta a los otros conductores y que no le gustaría experimentar sus maniobras evasivas si se topaban con alguien menos de fiar, pero él había hecho oídos sordos a su preocupación.

Mientras su Opel Vectra cruzaba la campiña a toda velocidad aquella mañana, el ruido en el interior del habitáculo era fuerte. Por fuera, debía de ser atronador.

Al tiempo que intentaba estrellarla, la iba poniendo al día del anticipo de la autopsia que Amira le había proporcionado la noche anterior. No sabían qué relevancia podían tener aquellos nuevos datos para el caso.

Habían pasado un momento por la central esa mañana para informar a la jefa, que estaba conforme con que continuaran interrogando a los vecinos de Valle Marchito y que el equipo siguiera indagando sobre Olive Collins sin hacer pública aún la investigación del homicidio.

—Más vale que nos mostremos sorprendidos y agradecidos cuando Dios nos facilite el informe oficial de la autopsia más adelante —indicó Emma pisando a fondo el freno invisible en una curva muy cerrada.

Frank la miró de reojo, pasmado.

—Aprendes rápido —le dijo—. ¿Cómo sabes que lo llamamos Dios?

—Ni Amira Lund ni tú son especialmente religiosos y, sin embargo, mencionan a Dios a menudo cuando el doctor Hendricks es el forense de turno. No hay que ser un genio.

—¿Sabes cuál es su nombre de pila?

—No.

—Godfrey. God, de ahí el «Dios». Perfecto, ¿verdad?

—¡Mira al frente! —exclamó ella al ver que Frank, que se había saltado la línea blanca, estaba a punto de salirse de la carretera.

Él rio.

—¡Si no hay ningún peligro por aquí!

—¿Se sabe algo del ADN? —preguntó ella recobrando el resuello.

—No. En la vivienda hay muchísimos restos. Los agentes pidieron muestras voluntarias a los vecinos ayer, para poder descartarlos. Nadie ha puesto trabas. De momento.

—Entonces, esta mañana hablamos con el tal Ron... —dijo Emma.

—Sí. A ver si Matt Hennessy estaba en lo cierto. Igual Olive tuvo un romance con Ron.

—Mmm... —dijo Emma.

—¿Qué pasa?

—Nada, que me parece curioso el planteamiento: que Olive tuvo un romance con Ron y no Ron con ella.

—Soy un hombre muy moderno —contestó Frank.

Emma volteó la cabeza para que él no le viera la sonrisa de satisfacción.

Tomaron rumbo norte a toda velocidad desde la localidad de Wicklow y salieron en dirección al pueblo de Marwood. Era un lugar bonito. Emma vio un poco mientras lo cruzaban como un rayo: casitas de ladrillo rojo con entrada por la calle en medio de carnicerías y tiendas de ultramarinos de estilo clásico, pubs y cafés acogedores. Habían visto un Aldi grande en las afueras, pero aún no se había comido el comercio local.

—Es raro, ¿no? —dijo Emma—. Anoche estuve leyendo sobre Valle Marchito. ¿Sabes que la casita de Olive ya estaba allí cuando la promotora construyó las otras? Por eso es mucho más pequeña que las demás. Me sorprende que conservaran el nombre. Valle Marchito no es muy... atractivo, ¿no? Aunque supongo que tiene su historia. Debió de ser raro para Olive ver cómo levantaban todas esas viviendas a ambos lados de la suya, que su hogar se quedara tan chiquitín al lado de los otros, perder de golpe toda la intimidad y el recogimiento...

Habían cruzado el puente y girado hacia la carretera estrecha que los llevaba a Valle Marchito.

—No sé qué decirte —contestó Frank—. Cuando te vas haciendo mayor, te das cuenta de que te gusta estar acompañado. Siempre me ha parecido una locura esas parejas que se mudan al campo cuando su prole se independiza. Igual crees que te gustaría un lugar tranquilo, pero luego llega un momento en que lo que quieres es alboroto y movimiento a tu alrededor, saber que no estás solo, aunque, cuando cierras la puerta de tu casa por la noche, no haya nadie ahí contigo. Además, necesitas estar más cerca de todo, de los hospitales y esas cosas. —Emma no dijo nada. Sus padres habían vendido la casa familiar de la ciudad y se habían mudado a un entorno más rural, completamente aislado. Ahora parecían contentos, pero nada más mudarse no lo estaban, eso seguro—. A lo mejor a Olive le gustaba estar rodeada de actividad —prosiguió Frank—. Igual le gustaba demasiado. Ya oíste lo que dijo ayer Matt Hennessy. Y es cierto. Se sobreentiende que quienes viven en una colonia cerrada deberían mantener una relación estrecha, pero los Hennessy se mudaron allí para tener intimidad, no para saberse la vida y milagros de sus vecinos. Olive les debió de parecer demasiado entrometida.

Ron Ryan era un donjuán de manual, desde el bronceado anaranjado hasta los dientes de un blanco nuclear pasando por el resplandeciente pelo moreno y la camisa desabrochada un botón de más.

Podría haber dado asquito, pero a Emma le hacía gracia. Estaba nervioso y no paraba de bromear y gesticulaba mucho al hablar. No sabía bien por qué, pero presentía que, bajo la cuidada fachada de su personaje, Ron Ryan era un tipo simpático. Bueno, más simpático aún. Sin embargo, percibía por el lenguaje corporal de Frank que este no sabía qué pensar de él.

Además, fumaba como si no hubiera un mañana, uno detrás de otro, tirando con dos dedos las colillas a las cenizas de la chimenea del jardín trasero en el que los había hecho sentarse. Tenía una rampita algo elevada que conducía a la puerta de servicio y a Emma le extrañó. Sabía que vivía solo, pero quizá no había sido el primer propietario de la casa.

—Eeesto..., hay algo que quería contarles —dijo—. Lo he pensado bien y me ha parecido que era algo que debían saber porque igual les ayuda con la investigación. De todas formas, se iban a enterar, así que mejor se lo cuento ya. Perdón, que estoy hablando mucho. Es por los nervios, ya saben. Tengo la sensación de que esto no me va a dejar en muy buen lugar.

—Igual si... —terció Frank imitando el giro de una manivela con el dedo como insinuando que abreviara y fuera al grano.

—Ah, sí, sí, claro. Pues... eeeh..., Olive y yo... hicimos el amor la noche en que ustedes creen que murió.

—¿Se acostó con ella? —preguntó Frank.

—Eeeh..., sí.

—¿En su sala?

—¿Eso importa?

—Es donde murió. En el sillón.

Ron tragó saliva con fuerza.

—Mierda. Fue allí. Lo hicimos allí.

—¿Lo hacían con frecuencia? —preguntó Frank—. ¿Tenían una relación?

—Yo no lo llamaría «relación», no. Nosotros... —rio nervioso—. ¿Han oído alguna vez la expresión «amigos con derecho a roce»?

Frank se ruborizó. Emma sonrió satisfecha. Moderno..., ¡ja!

—La he oído, sí —contestó él—. Entonces, Olive y usted eran...

—Sí.

—¿Y en los últimos tres meses no ha sentido la necesidad de echar un rapidín?

—¿Cómo dice?

—¿No fue a verla en ningún momento?

—Ah, ya veo a qué se refiere. No. Pero se lo puedo explicar.

—Explique, explique —le pidió Frank con las manos extendidas—. Somos todo oídos.

Ron miraba a los inspectores alternativamente. Rebosaba ansiedad.

—Esa noche fui a verla. Bueno, fui a decirle que se acabó, que yo no buscaba nada serio y ella... se lo estaba tomando en serio. Terminamos haciéndolo. Por última vez, supongo.

Emma se aclaró la garganta.

—Fue a su casa a darle una mala noticia y terminó haciéndoselo a ella —repitió—. No parece lo más lógico. ¿Tiene un problema con el sexo, señor Ryan?

—Sí, de exceso —contestó él con un guiño.

La inspectora se lo quedó mirando pasmada.

Ron, incómodo, se revolvió en el asiento.

—Perdón: a veces la boca me va más rápido que el cerebro.

—Ajá —coincidió Emma sin querer—. ¿Le dijo que lo suyo se había terminado después del sexo o ya se lo había dicho antes y a ella no le importó... «tener sexo de despedida»?

Ron estaba ya como un jitomate.

—Se lo dije... después.

Emma enarcó las cejas.

—Entiendo que esto me haga parecer una persona horrible —añadió Ron.

—No hemos venido aquí a emitir un juicio moral sobre usted —lo interrumpió Frank—, pero quizá podría indicarnos por qué decidió romper con Olive... Nos ayudaría a comprender mejor la situación.

Ron asintió con la cabeza.

—Sí... A ver, no lo hice por fastidiar, pero es que Olive se había portado muy mal tomando aquellas fotos, ¿saben?

—¿Qué fotos?

—Unas que me tomó. Me tomó unas fotos en ese restaurante nuevo del centro, ¿el que acaba de abrir el chef ese tan conocido...? Yo estaba allí la noche de la inauguración, con una chica de la oficina. La invité a una botella de champán. Olive me tomó unas fotos desde la calle, por uno de los ventanales, que había un montón.

—O sea, que le estaba tomando fotos con otras mujeres... —dijo Frank.

—No. Bueno, sí. Pero no las quería por eso. En algunas no salía ninguna mujer. También tenía unas cuantas que me había tomado en el coche.

Frank y Emma se miraron.

—No lo entiendo —indicó Emma—. ¿Tenía miedo de que lo estuviera acosando o algo así?

—Es que me estaba acosando. Eso es acoso, ¿no? Pero las fotos..., bueno, las tomó para demostrar que tengo dinero, que estaba gastando dinero.

—¿Y qué problema hay con eso?

Ron tosió nervioso.

—Insisto: sé que voy a quedar como un completo tonto, pero me parece que es preferible que les cuente la verdad.

—Por favor, señor Ryan —le pidió Frank en su tono de «se me está agotando la paciencia».

—Olive tomó esas fotos y se las mandó a dos de mis ex. Sé que fue ella por un par que se habían tomado dentro de mi casa, y a mi casa no llevo a nadie, en serio, pero ella sí había estado, unas cuantas veces. Debió de tomarlas con el celular. Había alguna en la que salía yo al lado de la cafetera Gaggia que tengo en la cocina y alguna en la que estaba en la sala, viendo mi televisión último modelo. Cosas así. Se las mandó a mis ex porque llevo un tiempo sin pasarles la manutención de los niños.

—Ah —dijo Frank dándose golpecitos con un dedo en los labios—. Entonces, lo que pasa es que no quiere que sus ex sepan que tiene dinero...

—No tengo dinero... —empezó Ron, pero paró enseguida—. Lo que pasa es que llevo cierto estilo de vida y tengo... otros gastos. Cubro los cuidados de mi hermano que tiene... Bueno..., que no fue idea mía tener hijos. Yo no quería niños, después de lo de mi hermano, pero las chicas... —Se interrumpió.

—¿Chicas? —preguntó Emma—. ¿Niños? ¿De qué cifras estamos hablando?

—Solo de dos: dos ex y dos niños.

—¿Por qué quería Olive meterlo en líos? —inquirió Frank.

Ron se encogió de hombros. Parecía verdaderamente perplejo. Y dolido, le dio la impresión a Emma.

—Ese es el problema: que no lo sé. Cuando le reclamé, no me dijo nada. Se limitó a mirarme raro, como si la hubiera decepcionado. Me enojé tanto que la mandé al demonio. Entenderán por qué tampoco he querido mucho verla en los últimos tres meses.

—Sí, ya —contestó Emma—. El caso es que nos acaba de decir que estuvo en su casa la víspera de su muerte, mantuvieron un intercambio sexual que más que a último escarceo suena a venganza y usted se puso furioso con ella. Comprenderá que todo eso nos inquiete un poco...

Ron se llevó la mano a la boca sin darse cuenta y empezó a mordisquearse la piel de alrededor de las uñas.

—Sí, pero murió, ¿no? ¿Cómo iba a saberlo yo? O sea, no me pueden reprochar que no fuera a verla con lo mucho que me había enojado. Me estoy sincerando con ustedes. ¿Creen que lo haría si tuviera algo que ocultar?

Frank suspiró.

—El caso es, señor Ryan, que tenemos motivos para sospechar que alguien pudiera haber querido hacerle daño, que su muerte no fue un simple accidente. Esa información aún no se ha hecho pública, pero, con lo que nos acaba de contar, se ha convertido usted en un testigo esencial. Por ahora, parece que fue la última persona que la vio con vida. —Ron bajó la mano espantado—. Así que a lo mejor podría contarnos de qué hablaron exactamente aquella noche —prosiguió Frank— y luego alguien lo llevará a comisaría para una declaración formal.

—Un momento... No creo que yo fuera la última persona que la vio viva.

Interesada, Emma se inclinó hacia delante.

—¿A qué se refiere?

—Pues a que ese día pasaron por allí varias personas y al menos una de ellas entró en la casita. Yo la estaba... vigilando. Quería ver si tenía el valor de venir a mi casa a armarme un escándalo otra vez.

—¿A quién vio exactamente? —preguntó Frank.

—Vi a Ed Miller salir de su casa por la mañana y a Matt Hennessy junto a la cancela de su jardín. Y esos son los que yo vi de casualidad. No estuve vigilando todo el día. Ah, y Alison Daly estuvo en su jardín a última hora de aquella tarde.

# LILY
## LA DEL 2

Wolf estaba en la guarida.

Así le gustaba llamarlo mentalmente a Lily. Para David era «el fuerte» y ella suponía que eso era lo que el niño había pretendido cuando había sitiado un rincón de su cuarto con enormes animales de peluche e inmensos bloques de construcción y tirado una cobija por encima a modo de tejado.

Ella decía que era «su guarida» porque, ocho años después, aún no había digerido el hecho de que tenía un hijo que se llamaba Wolf, como «lobo» en inglés.

Todo el mundo daba por sentado que los nombres de los mellizos habían sido idea suya. Por entonces, ella era la supermoderna de la pareja; David aún no había descubierto su faceta alternativa.

La cosa empezó a cambiar durante el embarazo de Lily. Para él y para ella. Lily sabía que David estaba deseando tener hijos, pero jamás habría imaginado que fuera a volcarse de ese modo. Compró manuales de paternidad y quería que los leyeran juntos, y a ella le salía humo por las orejas cada vez que los veía. Daba clases a niños todo el día y todos los días. No le hacía falta estudiar los pormenores sobre cómo iba a expulsar a dos por la vagina.

Sospechaba que David estaba haciendo todo lo posible por ser lo contrario de lo que había sido su padre y probablemente toda una retahíla de antepasados varones y, en el fondo, se alegraba mucho de haberse casado con aquel hombre y de que el padre de sus hijos se implicara tanto. Al de Lily lo habría hecho muy feliz saberlo.

David no tardó en empezar a ponerle música a su vientre y a acostarse con la cabeza en su regazo para poder oír a los mellizos hacer gluglú y gorjear en el líquido amniótico. Trataba a su vientre con tal reverencia, delicadeza y adoración que Lily se sentía como un huevo Fabergé. Un huevo Fabergé que quería que su marido se lo hiciera al estilo perrito porque estaba supercachonda. Pero él no quería arriesgarse a hacer daño a los bebés. Solo quería escucharlos.

A veces, era consciente de lo lindo y adorable que resultaba; otras, estaba demasiado agotada para hacer nada salvo oírlo hablar largo y tendido de cosas como que tener mellizos no significaba que tuvieran que dejar de darles el pecho. ¿«Tuvieran»? Aquello le había sorprendido. ¿Acaso él también se iba a sacar leche de los pezones?

Lily estaba cansada y se sentía como una mierda a todas horas. Casi había llegado a la conclusión de que era la peor embarazada del mundo cuando el médico le dio una terrible noticia: tenía preeclampsia, por lo que se vio obligada a hacer reposo absoluto y los planes que «habían» hecho de dar largos paseos por el campo para que Lily estuviera sana y en forma para el parto se fueron a la basura. Y entonces, durante el reposo, Lily se dio cuenta de que tenía un antojo tan brutal de carne que le habría dado con gusto un mordisco en el brazo a David en vez de comerse los interminables platos de legumbres y cereales que él no paraba de llevarle para mantener altos sus niveles de energía.

Claro que, en la feliz ignorancia del embarazo, si no estaba tan cansada que solo tenía ganas de llorar, a Lily le gustaba imaginar que, cuando llegaran los mellizos, abordaría la maternidad con absoluta relajación. Los llevaría en portabebés de tejidos orgánicos y, por supuesto, cada uno de ellos podría amarrarse a un pezón si quería. Estaba acostumbrada a lidiar con grupos grandes de niños; dos serían perfectamente manejables.

Nada de eso había sucedido así.

Le hicieron una cesárea a las treinta y siete semanas. Ninguno de los planes estupendos que David había hecho para el parto tuvo lugar. A Lily le administraron de todo: la epidural, morfina, todos y cada uno de los analgésicos que el hospital quiso poner a su disposición..., antes, durante y después. Llevaba tal cóctel de fármacos encima que el primer alimento de los bebés no había sido ese calostro tan sano e inmunizador de sus pechos sobre el que David había leído, sino unos biberoncitos de leche para lactantes. Luego, cuando intentó darles el pecho, le salió todo mal: le sangraban los pezones, se le inflamaron las mamas y terminó berreándole a David que, si quería que los niños tomaran el pecho, «se lo das tú, maldición».

David había registrado a los niños por su cuenta. Según él, lo habían hablado. Lily no lo recordaba. Lo único que quería era dormir. La tuvieron catorce días en el hospital después del parto y David se pudo ir a casa todas las noches mientras ella se quedaba con dos bebés de apenas dos kilos de peso que tenían que comer cada hora o así. Las enfermeras la ayudaban todo lo que podían, pero no las tenía en exclusiva. Le daban ganas de asesinar a David cuando aparecía tan fresco todas las mañanas, después de haber dormido de un tirón, arrastrando globos rosas y azules.

Lily recordaba vagamente haberle dicho a David que quería llamar a los mellizos como sus padres adoptivos: May y William. No tenía claro cómo aquello se había convertido en Lily

May y Wolf. Pero él insistía en que a ella le había parecido bien y no lo creía capaz de mentirle. Era mucho más sincero que ella, a pesar de la profesión que había elegido.

—Tú haces que quiera ser mejor persona —le había dicho él una vez.

Y se preguntaba qué había pasado para que últimamente fuera ella la mala.

Todo aquello se le pasó por la cabeza mientras se metía en la guarida de Wolf.

Su hijo estaba leyendo el último libro de *Diario de Greg*, muy serio y tristón, sin sonreír como solía hacer cuando disfrutaba de las vergonzosas aventuras y desventuras del adolescente protagonista.

—Hola —dijo Lily estrujándose a su lado y pasándole el brazo por el hombro.

Wolf no contestó. Estaba sudando y tenía el pelo castaño claro pegado a la frente empapada.

Les habían contado a los mellizos lo de Olive esa mañana.

Lily May había reaccionado como Lily esperaba de ella: con dramatismo. Había aullado y berreado, y subido aún más el nivel de decibelios cuando David, consintiéndola, había propuesto que salieran a tomar un helado luego porque tal vez necesitaran el subidón de azúcar para reponerse del disgusto. Tenía una obsesión extraña con el azúcar y los disgustos. Wolf, en cambio, se había rascado la nariz y había subido a su cuarto sin decir nada.

David decía que Wolf necesitaba estar solo. Lily, desafiando sus consejos paternales, había subido a verlo de todas formas. Estaba deseando hablar con él.

—¿Cómo estás? —le preguntó. Wolf se encogió de hombros—. Estarás muy triste —insistió ella—. Sé que te caía bien la señorita Collins.

—Era simpática —contestó Wolf.

Lily frunció los labios.

—Ajá...

Wolf pasó la página. A Lily no la engañaba. Sabía que contaba con toda su atención. El niño era listo, y muy sensible, mucho más que su hermana, a la que le gustaba fingir que todo lo que ocurría en el mundo le afectaba muchísimo, pero, en el fondo, rayaba en la sociopatía.

—La policía quiere hablar contigo —le dijo Lily.

Wolf asintió con la cabeza.

—Ya me lo dijiste.

—Lo sé. Es que... —Lily tragó saliva. Dios, qué difícil era aquello. No había manual para cosas así. Con los niños era así: había que ir improvisando—. Creo que no deberías contarles lo que me pasó con la señorita Collins.

Wolf se puso el libro en las rodillas y la miró a los ojos. Lo vio tan triste, tan hastiado. La destrozó que la mirara con aquella cara.

—¿Por qué?

—Pues porque no lo entenderían. Fue un accidente. Yo no pretendía...

—No soy idiota.

—Ya lo sé. Eres un niño muy listo. Por eso me parece que puedo tener esta conversación contigo.

—La extraño. —Lily le retiró el flequillo de la cara. Wolf apartó la cabeza con brusquedad—. Se portaba muy bien conmigo.

Lily suspiró.

—Ya sé que piensas eso, Wolf.

—Es que es verdad. No es que lo piense. Y, si tú te hubieras llevado bien con ella, yo podría haber seguido pasando tiempo en su casa.

—Cielo, sé que a la señorita Collins le caías bien. ¿Cómo le vas a caer mal a alguien? Pero ella no se portaba de forma responsable contigo. La señorita Collins no tenía hijos y eso a veces se nota.

—No se notaba. Se portaba bien conmigo. Se portaba bien conmigo.

Wolf temblaba. Estaba a punto de estallar.

A Lily se le hizo un nudo en el estómago y buscó con desesperación las palabras adecuadas, la forma correcta de calmarlo.

El médico le había dicho que era fundamental que Lily procurara validar los sentimientos de su hijo cuando empezara a ponerse nervioso. No debía mostrarse condescendiente con él y debía intentar entender por lo que el niño estaba pasando, aunque él no fuera capaz de verbalizarlo correctamente.

Sabía que tenía algo de autismo. El médico lo había citado para unas pruebas hacía poco, pero había tranquilizado a Lily diciéndole que estaba convencido de que las pruebas revelarían que el niño estaba en el rango bajo del espectro autista.

Podrían y deberían habérselo detectado antes.

Aquello era culpa de David. Lily siempre había sabido que Wolf era especial. Dejaba que su hermana lo siguiera a todas partes, pero nunca jugaba con ella en realidad. Le bastaba con su propia compañía, algo que había sido muy duro para su melliza. Además, tenía aquella forma de decir justo lo que pensaba, sin picardía, una simple exposición de los hechos. Lily May a veces decía cosas solo para ver cómo reaccionaban sus padres, tanteando siempre los límites, intentando averiguar cómo la veían los demás. Wolf no era así.

Lo peor eran los berrinches. Wolf pasaba semanas enteras encerrado en su pequeño mundo, tranquilo, callado, satisfecho. Nunca sabían lo que las desataría. El desencadenante podía ser algo tan nimio como que le pusieran la mantequilla por encima de la papa asada en vez de al lado.

Cuando era pequeño, podían pasar por alto los berrinches. Era un bebé y eso es lo que hacen los bebés. Pero, como profesora, Lily sabía que, a esas alturas, los berrinches tendrían que haber desaparecido ya. Así que, a pesar del empeño de David en que Wolf era completamente normal, Lily lo había llevado al médico de cabecera. Una vez más, su marido había intentado desautorizarla en algo de lo que sabía más que él. Aunque Wolf fuera hijo de los dos, ella conocía a los niños.

Y resulta que estaba en lo cierto.

Se le empañaron los ojos.

Necesitaba la ayuda de su pareja en eso, que David madurara y aceptara que su hijo tenía problemas con los que debían lidiar juntos.

Wolf la miraba furioso.

—No deberías haber hecho lo que hiciste —le dijo.

Y, en ese instante, Lily notó que la rabia que había llevado dentro en los últimos tiempos empezaba a bullir a la superficie.

—La adulta soy yo —espetó—. Puedo hacer lo que me dé la real gana. ¡Y no te atrevas a hablarme en ese tono!

Wolf parpadeó y se le empañaron los ojos también.

A Lily se le aceleró el corazón unos segundos y luego entendió que debía calmarse, pero, antes de que pudiera enderezar la situación y comportarse como una adulta, su hijo apretó el puño y le pegó fuerte en la cara.

Ella ni siquiera tuvo tiempo de reaccionar mientras el niño salía a empujones de la guarida. Se quedó tan atónita que abrió la boca y volvió a cerrarla mientras las lágrimas de dolor le rodaban por la mejilla.

Cuando se recobró, se puso de pie en la guarida, como un gigante en Lilliput, y destrozó sin querer el techo de piezas de construcción grandes.

—¡Vuelve aquí, mierdecilla! —le gritó cubriéndose de gloria.

## OLIVE
## LA DEL 4

El primer día que le ofrecí a Wolf un sándwich de jamón ni lo pensé. La siguiente vez que vino me pidió uno de pollo y, según iban pasando los días y las semanas, sus peticiones eran cada vez más atrevidas. Que si tenía rollitos de salchicha, hot dogs, alitas de pollo picantes... Me había convertido en el restaurante de Olive.

Pero nuestra amistad no se trataba solo de comida. Wolf y yo podíamos pasarnos horas juntos, leyendo o platicando. Me ayudaba en el jardín. Ordenábamos mis librerías y mis estanterías de cedés por riguroso orden alfabético. En general, era un excelente compañero. Sin complicaciones. Incondicional.

Con Wolf me arrepentía de no haber tenido hijos.

Pero no era mío.

Claro que, cuando disgusté sin saberlo a Lily Solanke por primera vez, yo no podía saber de ninguna manera que sus hijos tenían absolutamente prohibido ver dibujos animados, pero tampoco puedo decir que, después del reclamo que me dio, no me quedara un poquito más claro lo listo que era Wolf.

¿Sabía yo al cien por ciento que el niño era vegetariano?

No. No del todo. Pero sí, muy en el fondo, intuía que pasaba algo. Una tarde le ofrecí un *scone* de mermelada y se apartó espantado.

—¿No tienes tocino? —me preguntó.

Seguramente podríamos haber mantenido el secretito de no haber sido, como era de esperar, por la boba de su hermana. Vino a buscarlo un día y él no fue lo bastante rápido con los restos de la chuleta de cerdo. Lily May fue directo a la cocina, pasando de largo por mi lado, y lo encontró royendo el último trozo de carne, con el jugo chorreándole por la barbilla. A la niña se le veía la maldad en los ojos mientras calculaba el lío en el que se iba a meter su hermano. Llevaba meses dejándola a un lado, pasando el rato en mi casa siempre que conseguía escaparse. Ahora se le presentaba la ocasión ideal para vengarse.

Salió corriendo de la cocina y fue directo con sus padres.

Noté cómo se me alborotaba el corazón y me pregunté si saldría de aquella alegando ignorancia.

Wolf se limpió la grasa que le había chorreado al suéter y se escabulló, consciente de que le iba a caer un problema de proporciones épicas.

Esperé, preguntándome si vendría David, el director del fondo de inversión, aquel hombre que me daba la sensación de que podía dar un miedo terrible cuando se lo proponía. Ya había visto cómo trataba a Lily: manipulador, controlador, aunque ella no se diera cuenta.

Pero fue Lily la que vino una hora después de que se fuera Wolf.

Y esa vez no venía en son de paz.

—¡A quién se le ocurre! ¿Tan ingenua eres o lo hiciste con maldad? —Estaba furibunda. Apenas me dio tiempo de pensar «¡Vaya, vaya, vaya, el enojo que trae Lily!» antes de que retomara el reclamo—. ¡Somos vegetarianos! —me gritó, y luego no sé qué mierdas más sobre la dieta, las horas de las comidas y que a Wolf lo alimentaban con lo mejor de lo mejor y yo no era quién para darle nada a su hijo, sobre todo teniendo en cuenta que ya me lo había echado en cara antes.

—¿Quién es el vegetariano? —pregunté en voz baja interrumpiendo su monólogo iracundo.

—¿Qué?

—¿Que quién es el vegetariano, tu marido o tú? ¿O igual solo los niños? ¿Los niños pueden decidir o ya decidiste por ellos? ¿O fue David? ¿Decidió él por todos?

Se estremeció.

—Eso no es asunto tuyo.

—Estás en mi sala, gritándome, así que podríamos decir que lo has convertido en asunto mío, diría yo. Le dijiste a Wolf que podía seguir viniendo y yo te pregunté en más de una ocasión, si te parecía bien que estuviera aquí. Me dijiste que no le diera jugo y no se lo he dado. A lo mejor me tendrías que haber hecho una lista. Wolf nunca me comentó que fuera vegetariano. Y, ya que estamos en esas, igual tendrías que hablar con él de lo que quiere o no quiere ser, porque te voy a decir una cosa: le encanta la carne. Si le ofrezco un sándwich de queso, prácticamente lo vomita en la mesa. Además, desde el punto de vista nutricional, probablemente necesite carne, con lo que está creciendo                                                    ahora.

—¿Qué demonios sabes tú de lo que necesita o no necesita mi hijo? ¿Cómo te atreves?

—¡¿Cómo te atreves tú a venir a mi casa a atacarme así!? —Noté que me estaba enojando y procuré calmarme, pero no lo conseguí. Era la segunda vez que venía a reclamarme y ya estaba harta—. Por el amor de Dios, estás armando un escándalo por nada. ¿A quién se le ocurre llamar Wolf a su hijo y decirle que no come carne? Cuando cumpla los dieciséis, seguramente desayunará un *steak tartare*.

Lily cerró los ojos e inspiró hondo. Cuando tuvo la certeza de que podía controlarse, los abrió y me miró como si yo tuviera alguna discapacidad cognitiva y hubiera que explicármelo todo muy despacio.

—Olive —dijo—, me da igual lo que pienses de mis aptitudes maternas. Lo que importa es que Wolf es hijo mío y tú no respetas mis reglas para educarlo. Le prohíbo que vuelva a esta casa y te agradecería que mantuvieras las distancias. —Me dejó tan destrozada que no pude ni responder. Ella suspiró y se irguió—. Sé que le tienes cariño, pero creo que sería una hipocresía por mi parte fingir que no hemos tenido esta discusión. Prefiero que reconozcamos por las buenas nuestro desacuerdo y vayamos cada una por nuestro lado.

—¿Que sería una hipocresía...? —repetí sin poderlo evitar. Ya me había mordido la lengua con aquella mujer una vez, cuando ella tenía todos los ases, pero de pronto había tirado la mesa y desparramado todas las cartas. Yo ya no tenía nada que perder—. Hipocresía es venir aquí a decirme que he infringido una norma que tú te tomas muy a la ligera.

—¿Cómo dices?

—Te vi —espeté—. En el centro. Por el puerto. Comiendo una hamburguesa de cuarto de libra —le dije haciendo hincapié en las tres últimas palabras.

Al mismo tiempo, detecté movimiento con el rabillo del ojo. Era Wolf, que había vuelto, probablemente a buscar a su madre. O a defenderme quizá. El pobre, tan confundido y preocupado por lo que había provocado.

Yo sabía que la había hecho enojar, porque eso es lo que pasa cuando sorprendes a alguien en una mentira.

Pero eso no justifica lo que hizo.

# GEORGE
## EL DEL 1

Unos golpes en la puerta de al lado despertaron a George, que se había quedado dormido con la ventana abierta por ver si entraba algo de aire en aquel cuarto asfixiante. No recordaba un tiempo así, tan sofocante y angustioso.

Después de los golpes vinieron los gritos y George cayó en la cuenta de que eran Lily y Wolf en la casa de al lado.

Cerró los ojos e intentó volver a dormirse. No sirvió de nada. Las cortinas no eran lo bastante gruesas para impedir el paso de los rayos del sol, que eran como alfilerazos.

¿Qué hora era? Tomó el teléfono del piso, al lado de la cama.

Las diez y media de la mañana.

Se había acostado después de las cuatro de la madrugada.

Había estado despierto hasta esa hora, sentado a la computadora, haciendo clic, clic, clic. Viera lo que viera, nunca era suficiente. Debía encontrar algo más. Aunque tuviera múltiples ventanas abiertas, la pantalla entera llena de cuadrados de video, cuerpos retorciéndose, gimiendo y teniendo sexo, tardaba horas en encontrar algo que lo satisficiera mínimamente.

Estaba tan saturado de porno, su cerebro había visto tanto que ya no le hacía efecto. Si su vicio hubiera sido la cocaína, ya estaría muerto. Pero no lo era. Aquello era lo espantoso de su adicción: que no tenía fin.

Tiempo atrás, había albergado cierta esperanza.

Había estado yendo al psicólogo una temporada antes del incidente con Olive. Yendo de verdad, entrando en aquella sala a escuchar, en busca de ayuda.

El psicólogo, Adam, era nuevo y, por lo visto, experto en adicción al porno, uno de los mejores del país. Habían congeniado; la primera vez que le había pasado con un psicólogo. Nada de lo que George le contaba a Adam lo sorprendía o lo alarmaba; de hecho, Adam le hablaba como si pudiera leerle el pensamiento.

No le decía tonterías como que «todos los hombres ven porno» (algo que le había dicho su médico de cabecera en una ocasión) ni trataba su problema como si fuera cualquier otra adicción. En palabras del psicólogo, la adicción al porno era la más destructiva porque anulaba el contacto humano y, una vez que desaparecía el contacto humano, quien la sufría debía luchar por su cuenta.

Y el mayor peligro era que te hacía inmune a los extremos. Tus límites empezaban a diluirse, tu concepto de lo «normal» se distorsionaba.

—Pero ¿cómo lo soluciono? —le había preguntado George suplicante—. Quiero parar. Necesito parar.

—Y puedes hacerlo —le había contestado Adam—. No lo vas a creer, pero la adicción al porno se trata del mismo modo que cualquier adicción. Hay que averiguar qué la provoca y eso está en tu interior. En cuanto resolvamos esa parte, el resto serán herramientas que te vamos a proporcionar para que hagas frente a ese anhelo. Igual que los fumadores con los parches de nicotina. Te podemos dar eso. Pero primero hay que llegar al fondo del asunto.

Luego Adam había sacado un cuenco de piedras. George había mirado las piedrecitas, de esas que se encuentran en la playa, y después a Adam como si fuera lelo.

Adam se había echado a reír y le había pedido a George que tuviera paciencia.

—Toma una piedra del cuenco, la que creas que te representa mejor —le había dicho. George había empezado a hurgar en el cuenco hasta encontrar una que lo convencía—. Y ahora toma una para mí —le indicó Adam. George había vuelto a meter la mano en el cuenco. Cuando estuvo satisfecho, Adam le tomó las dos piedras de las manos—. ¿Por qué has elegido esta para ti? —le preguntó. Era una piedrecita de color gris con pintas negras. George se ruborizó. No había caído en que podía pedirle explicaciones. Tendría que haberlo previsto—. No te cortes. Dime exactamente lo que se te pasó por la cabeza.

—Pues porque es como yo, ¿no? —contestó George—: Gris, aburrida, con manchas por todas partes. Lo siento, es un tópico.

Adam negó con la cabeza.

—Acepta tu decisión. A ver si lo adivino: elegiste esta para mí porque es de un solo color, es pura, y crees que no tengo defectos. —George se encogió de hombros, muerto de vergüenza. ¿Aquello estaba pasando de verdad? ¿Dos hombres adultos hablando de piedrecitas y de su relación con los sentimientos?—. ¿Ves, George?, ese es tu problema: crees que los demás somos perfectos. No lo somos. Todos llevamos nuestra cruz. Nunca me has preguntado por qué me hice psicólogo.

George se encogió de hombros.

—Porque se te da bien escuchar.

—Claro. Pero tengo que hacer algo más que escuchar. Tengo que empatizar. La mayoría de los profesionales de mi gremio se dedica a esto después de pasar por una crisis. Se recuperan, y los que son lo bastante fuertes empiezan a ayudar a otros que están pasando por lo mismo. ¿Nunca te ha extrañado que entiendan tan bien tus problemas y sepan ayudarte a lidiar con ellos? Es importante que sepas esto de cualquier psicólogo al que vayas,

George. Cualquiera que haya estado en tu situación te va a ayudar muchísimo más que alguien que solo puede empatizar con la ayuda de un libro de texto.

—¿Eras adicto al porno?

—En efecto, George. Yo era como tú, solo que peor. Perdí a mi esposa, a mis hijos, a mi familia, mi trabajo... No solo veía porno. También iba con prostitutas, tan a menudo que me contagié de una enfermedad venérea y se la contagié a mi mujer cuando estaba embarazada. Imagínate. A ver si puedes superar eso: contagiar a tu mujer embarazada una enfermedad que te contagió a ti una prostituta. —George se quedó pasmado—. Esto solo te devora cuando lo mantienes en secreto —prosiguió Adam—. Eso aprendí yo. Y conseguí salir de ello. De eso ya hace diez años. Ahora tengo otra pareja, una mujer maravillosa, y lo sabe todo. Y a veces, si me sorprendo mirando demasiado a una mujer por la calle o dándole demasiadas vueltas a algo que vi en la televisión, se lo digo a ella. Y ella me ayuda a arreglarlo. Porque siempre soy sincero con ella. Yo era esta piedra, George —le dijo sosteniendo en alto la primera piedrecita, la gris con manchas—. Y tienes razón: ahora estoy más cerca de la otra, pero solo porque lo he trabajado. Cualquier persona que conozcas habrá tenido algún coqueteo con la primera piedra, George. Todos tenemos problemas. No eres el único.

A George le dieron ganas de llorar. De hecho, empezaron a rodarle unas lágrimas silenciosas por las mejillas. Porque se había sentido muy solo y ya no.

Esa noche salió de la sesión lleno de optimismo.

Al día siguiente, Olive Collins fue a verlo a su casa.

# FRANK

—Bueno, eso nos da mucho en que pensar.

Frank y Emma estaban parados al fondo del jardín de Ron Ryan. Acababan de dejarlo en el asiento de atrás del coche patrulla que iba a llevarlo a comisaría para que presentara una declaración formal. Todo muy desenfadado. Sin notario. Solo estaba colaborando en la investigación.

—¿Qué te pareció el casanova este? ¿Intenta despistarnos implicando a todos sus vecinos? ¿Oculta algo más?

Emma titubeó.

—No sé. Alison Daly nos dijo que ella fue directo al aeropuerto desde la tienda, así que o miente él o miente ella. En cualquier caso, es interesante. Matt Hennessy, bueno, puede que estuviera en la puerta de la casa de Olive. Eso no quiere decir nada. Y aún nos queda por conocer al tal Miller. Pero... me preocupa algo. ¿Por qué no fue a quitar la cinta adhesiva de las rejillas de ventilación quienquiera que le manipulara la caldera?

Frank torció el labio.

—A lo mejor quien fuera no quería arriesgarse a que lo vieran cerca de la casa. Igual pensó que lo consideraríamos un suicidio y no cayó en la cuenta de que Olive podía llamar a la policía. Quizá pensó que olvidaría todo si lo ignoraba el tiempo suficiente.

—Ajá. Está bien, ¿con quién quieres hablar ahora?

179

Acababa de decirlo cuando apareció Lily Solanke por el lateral de su casa, aterrada, descalza, con la falda al vuelo mientras corría por el jardín.

—¿Ocurre algo, señora Solanke? —le gritó Frank.

Lily lo vio y se detuvo en seco.

—Eeeh..., sí, es Wolf. —Se encontraron en medio de la calle—. Esta mañana le contamos lo de Olive. Le afectó mucho. Se escapó de casa.

—¿Quiere que la ayudemos a encontrarlo? —preguntó Frank.

—No, no. Sé adónde ha ido. A la casita del árbol de los Hennessy..., o sea, de Cam. A Wolf le gustan los espacios pequeños cuando está... cuando está de este humor.

—Entiendo. Bueno, avísenos si necesita ayuda. —Con el rabillo del ojo, Frank acababa de ver a Alison Daly salir del número 3. Le dio un codazo a Emma, que asintió con la cabeza—. Luego volvemos por aquí —le dijo a Lily Solanke, que intentaba en vano disimular la cara de preocupación.

Frank le hizo una seña a Alison y esta se detuvo en el umbral de la puerta de su casa, contemplando la escena de la calle y probablemente preguntándose qué demonios estaba ocurriendo. Los inspectores se acercaron a ella.

—Buenos días, señorita Daly —dijo Frank—. ¿Podría dedicarnos cinco minutos?

—Eh..., claro —contestó ella—. Tengo que salir en breve, pero seguro que nos da tiempo a tomarnos algo calentito —añadió, todo sonrisas, superamable, algo que hizo sospechar a Frank más que nunca.

La hija, Holly, estaba hecha un ovillo en el sillón, con los audífonos puestos y una lista de canciones de YouTube abierta en la laptop.

—Buenos días, Holly —la saludó Frank, y la chica se quitó los audífonos de los oídos y se incorporó—. ¿Qué escuchas?

—A Pharrell —contestó Emma por ella señalando la pantalla de la computadora—. Tu vecino de al lado seguramente lo podría traer por aquí, aprovechando que su padre es Stu Richmond y todo eso.

—Ajá —respondió Holly.

Alison se asomó por la puerta.

—¿Té o café? —preguntó mirando alternativamente a los inspectores y a su hija.

—No se moleste, de verdad —dijo Frank—. Solo queremos hablar un momentito. Siéntese, por favor, señorita Daly.

Alison se encaramó al borde del sillón, junto a su hija.

Frank se quedó de pie.

—He estado dándole vueltas a lo que dijiste anoche, Holly, todo eso de que Olive Collins había chantajeado a tu madre. Empezamos a tener una visión clara de este vecindario y entendemos mejor que nadie que las relaciones entre vecinos son difíciles. Que vivan todos en la misma colonia no significa que tengan que ser amiguísimos. De hecho, trabajé una vez en el caso de un hombre acusado de intento de homicidio por agredir a su vecino, que estacionaba siempre el coche de forma que el otro casi no podía meter el suyo en casa.

Había conseguido captar la atención de Holly. Y la de su madre. Se miraban las dos con disimulo, pero Frank se percató.

—Me da la impresión de que Olive igual no era muy popular y que algunos de los vecinos tal vez no la trataron bien. Aun así, el que Olive tuviera disputas con varios vecinos no significa que ninguno de ellos quisiera verla muerta. Pero la investigación ha avanzado y ahora necesitamos que sean sinceros. De modo que, Alison, ¿la estaba chantajeando Olive Collins?

Alison tragó saliva y abrió la boca, pero antes de que pudiera pronunciar una sola palabra Holly se le adelantó.

—No. Mentí. Lo inventé.

Frank inspiró hondo.

—¿Y por qué hiciste algo así?

—Porque es lo que hacemos los adolescentes.

—¿En serio?

—Sí.

El inspector negó con la cabeza.

—Eso no te lo crees ni tú, Holly. Me pareces demasiado lista para jugar a eso.

Holly se tensó, de pronto aterrada.

—Muy bien —rectificó—. No la aguantaba, ¿está bien? Era una mujer horrible. Mamá es muy fácil de convencer en lo que respecta a la tienda y Olive se estaba aprovechando. Lo llamé chantaje, pero, en realidad, era un robo descarado.

Frank miró a Alison a los ojos.

—¿Eso es cierto? —le preguntó.

Ella vaciló y después asintió con la cabeza, de forma casi imperceptible.

—Supongo. Es prueba indiscutible de que la economía va bien el que pueda ser tan mala empresaria sin llegar a arruinarme. —Rio sin ganas—. Olive era un poco... maleducada. Y yo debería haberla parado, pero es complicado cuando ya te has ofrecido como había hecho yo. No te esperas que la gente vaya a seguir pidiendo. Confías en que la gente sepa comportarse. Creo que ese era el principal problema con Olive: por lo visto, no tenía mucha idea de cortesía social.

Frank no dijo nada. Prefería dejarlas explayarse.

—¿Qué quiso decir con eso de que la investigación ha avanzado? —preguntó Holly mirándolo intrigada mientras se tamborileaba inquieta con los dedos en los muslos.

—Estamos explorando otras vías. Hemos descartado que lo de la señorita Collins fuera una muerte accidental.

—¿Insinúa que alguien la pudo asesinar? —preguntó Alison

con cara de haber dejado de respirar—. Pero ¿cómo? ¿Vieron algo..., había algo en la casa? ¿Lo sabían ya ayer cuando hablaron con nosotras?

Esa vez Frank se limitó a encogerse de hombros.

—Así es como funciona esto a veces. Hay que esperar a que se confirmen los hechos. Y aún no conocemos todos los de este caso. Así que tenemos que volver a hablar con todo el mundo. ¿Hay algo que hayan podido recordar desde ayer? Por ejemplo, ¿seguro que no pasó por aquí antes de ir al aeropuerto?

Alison empezó a ponerse pálida. Pero no era a Frank a quien miraba Alison, sino a su hija. Se preguntaba cómo reaccionaría Holly a lo que acababa de preguntar Frank.

La joven miró a su madre inquisitiva.

—Pues..., sí, ahora que lo menciona, sí pasé por casa. Había dejado aquí el pasaporte.

—¿Y fue a casa de la señorita Collins?

Holly parecía de pronto agitada, observando a su madre igual que Frank y Emma, como si todo aquello fuera nuevo para ella.

Alison negó con la cabeza.

—No, desde luego que no —dijo contemplándolos alternativamente—. Y, si alguien ha dicho que fue así, miente.

Frank y Emma se miraron.

Alison Daly resultaba tremendamente convincente, de modo que ¿dónde dejaba eso a Ron Ryan?

## CHRISSY Y MATT
## LOS DEL 5

Alguien estaba cortando el pasto. Parecía que eran los Solanke. En su casa estaba puesta la lavadora. ¿Quién demonios había puesto la lavadora? ¿Matt?

Chrissy recorrió la casa aturdida. No oía ni veía a Cam por ninguna parte. Probablemente aún estuviera durmiendo después de haber trasnochado.

Matt estaba en la cocina. Aquello era un hervidero de actividad: sartenes al fuego, platos en la mesa, la campana extractora encendida... Chrissy estudió la escena y se preguntó si estaría soñando.

—¿Podemos hablar?

Él la miró y ella supo que no estaba soñando. La estaba observando igual que la noche anterior, cuando había empezado a hablar de Olive.

Chrissy había pasado una segunda noche en vela, mirando al techo, pero aquella había sido muy distinta.

—¿Hablar de qué? —gruñó Matt.

—De nuestro hijo. Creo que le pasa algo. Me parece que la muerte de Olive le ha afectado más de lo que nos quiere hacer pensar.

Matt se detuvo un segundo junto a la puerta del refrigerador.

—Es un niño. Tienen aguante. Además, tampoco es que la conociera de verdad, ¿no? Al menos no como tú.

Chrissy suspiró. Tanto rodeo y tanta indirecta... Esa mañana estaba demasiado cansada para adivinanzas.

—Demonios, Matt, ve al grano, ¿quieres? ¿Cómo sabías que me había enemistado con ella?

Matt desapareció detrás de la puerta abierta del refrigerador y salió con una bandeja de huevos y un paquete de tocino.

—Te vi —contestó.

A ella se le ralentizó el corazón. Casi se oía los latidos.

—¿Que me viste haciendo qué?

Matt puso un sartén al fuego.

—Con tu amante. Bueno, eso no es del todo cierto. No te vi «con» él. Lo vi salir de aquí una tarde, remetiéndose la camisa por los pantalones, con cara de satisfacción. Ese miserable del número 7, Ron-Ron. —Hizo una pausa para darle tiempo a que lo digiriera—. Ya sé que los contadores no somos conocidos por nuestra imaginación, Chrissy, pero se nos da muy bien sumar dos más dos.

Era como una pesadilla. Chrissy se frotó las sienes; le empezaba a doler tanto la cabeza que parecía que le fuera a estallar. ¿Cómo no se había preparado mejor para aquello, para el momento en que su marido la descubriera? Había fantaseado con decírselo unas cuantas veces... A lo mejor era eso: que había pensado en decírselo, no en que él ya lo supiera.

—¿Cuándo?

—¿Cuándo qué?

—¿Cuándo lo viste?

—¿Y eso qué más da? ¿Me lo vas a negar?

Chrissy lo miró fijamente.

—¿De qué iba a servir?

Él soltó un bufido, un sonido burdo e irrisorio. Y, en cambio, Chrissy le vio algo en la cara a su marido que la tomó por sorpresa: ¡parecía dolido!

—Supongo que de nada —contestó él—. Ya no. Fue hace unos meses. Y no fui el único que lo vio. Yo me había estacionado delante de la casa de Olive. Nos estaban haciendo el caminito de acceso, ¿recuerdas? Fui por el lateral del jardín para no pisar los adoquines recién puestos. Llegué justo a tiempo para verlo salir por la puerta de atrás y atajar por la casa de los Miller. Luego levanté la vista. Olive Collins estaba parada junto a la ventana. Ella no me vio, pero yo a ella sí. Vi la cara que puso cuando Ryan dobló la esquina de la casa de los Miller y desapareció. —Miró al infinito—. Estaba destrozada, hecha polvo de verdad.

Matt reanudó su actividad en la estufa mientras Chrissy sentía estallar su mundo. Lo vio tostar el tocino en el sartén, actuando con absoluta normalidad, sin inmutarse, tanto que la asustó.

—Yo no puedo comer eso.

—No es para ti. Es para ese niño que tanto te preocupa. Tendrá que comer, ¿no?

Chrissy no reaccionó. Era sábado por la mañana. Los sábados por la mañana Matt iba a jugar al golf y Cam y ella tenían la costumbre (por lo menos hasta hacía poco) de desayunar Rice Krispies en el sillón mientras veían películas en DVD. El sábado era el único día de la semana en que ella no quemaba nada en la cocina. Matt no lo sabía. ¿Cómo iba a saberlo si nunca estaba en casa?

—Entonces ¿desconocías que también se estaba acostando con Olive? —dijo Matt—. ¿No tuvieron una pequeña plática y decidieron compartirlo?

Chrissy negó con la cabeza. No lo sabía. Aún le costaba creerlo. No había pegado ojo meditando sobre ello. Pero... sonaba creíble. Pensándolo bien, tenía todo el sentido del mundo. Ron había coqueteado descaradamente con ella, una mujer casada. Y ella le había seguido la corriente, por supuesto, porque era infeliz. Estaba desesperada, necesitada, abierta a lo que fuera. ¿Qué excusa tenía él? ¿Ella lo atraía tanto que le había dado igual que estuviera casada? En ese caso, ¿por qué no le había pedido ni una sola vez que dejara a su marido por él?

Solo quería sexo. Lo hacía por diversión. Era lo único que buscaba Ron. Con ella. Con cualquiera.

Se moría de vergüenza.

—Después de eso, los estuve vigilando a todas horas —confesó Matt emplatando el tocino y cascando los huevos en el canto del sartén, un ritual que a ella seguía pareciéndole disparatadamente corriente—. A ti, a él, a ella. Era como mi propia telenovela. Luego, un día, vi a Olive hablando contigo en el jardín trasero. Tú tenías esa cara que pones cuando te han agarrado con las manos en la masa e intentabas despacharla mientras tu cerebrito buscaba una solución. Sabías que yo estaba en casa; ella también, supongo. ¿Qué te dijo? ¿Si no dejas de verlo se lo cuento a tu marido?

Chrissy no contestó. Se le llenaron los ojos de lágrimas.

—Debió de afectarte que te reclamara así. Tuvo que preocuparte que yo pudiera enterarme, porque le pediste a ese tipo que dejara de venir, ¿verdad que sí? Por un tiempo, por lo menos. Y entonces volvió. ¿Dónde te lo tiraste, Chrissy? ¿Eh? ¿En nuestra cama? ¿En la mesa? ¿En el sillón?

A ella le empezó a dar vueltas la habitación.

Y entonces su cerebro se centró en un solo pensamiento claro.

—Un momento... —le dijo—. Todas esas veces que me has sorprendido últimamente llegando pronto a casa..., ¿lo sabías? Me estabas...

—¿Vacilando? —Matt se volteó a mirarla—. Sí. ¿Verdad que no te cae nada bien enterarte de que te han estado mintiendo, manipulando?

—Pero ¿por qué no me reclamaste? —susurró Chrissy—. ¿Por qué no me armaste un escándalo la primera vez? ¡Aaah! —Calló. Rio sin ganas, en voz baja, por la paradoja—. Me estabas castigando. Te divertía verme la cara de pánico cada vez que aparecías inesperadamente. Bien jugado, Matt. No sabía que pudieras ser tan retorcido. Supongo que ya somos dos. Imagino que tampoco te perturbaba demasiado, entonces, si te daba igual que siguiera adelante con mi aventura.

Él le dio la espalda.

Chrissy se le quedó mirando. Ella le había sido infiel, pero ¿su marido era una especie de psicópata? ¿De qué más era capaz?

—¿Eso es lo que piensas? —replicó él por lo bajo—. ¿Que me daba igual? —Negó con la cabeza—. No, Chrissy. No te reclamé porque no podía. No era capaz de decir en voz alta lo que sabía que estabas haciendo porque, al hacerlo, se habría convertido en realidad y yo no quería que fuera verdad. Podía odiar a todos los demás, pero a ti no. A ti nunca.

Matt se puso a llorar.

Chrissy se quedó inmóvil.

# OLIVE
## LA DEL 4

En los días posteriores a mi intento de apartar a Chrissy de Ron, me di cuenta de que su tenacidad era solo fachada. Estaba claro que me había tomado en serio, porque estuve semanas sin ver a Ron acercarse a la casa de los Hennessy. Además, no debía de haber comentado con él nuestro encuentro, porque, como ella no estaba disponible, Ron venía a mi casa más que nunca.

Habría cantado victoria de no ser porque, un par de meses después, Chrissy Hennessy, por lo visto, decidió que no podía vivir sin Ron, y él, como hombre débil e infiel que era, empezó a ir a verla otra vez y me dejó a mí tirada durante semanas.

Claro que yo no soy de esas que culpan de todo a la mujer. El problema no era solo Chrissy; era Ron.

Pero ¿cómo podía castigarlo?

Si le contaba a Matt en lo que andaba su mujer, se armaría un gran problema, desde luego, pero Ron sabría de mi implicación y ese sería el fin de lo nuestro.

Quería darle una lección y, al mismo tiempo, empujarlo a mí, un hombro en el que llorar, una mujer que siempre lo apoyaba, que estaba ahí para él y solo para él. No alguien a quien le valía con tener un poco de reserva.

Empecé a planear mi venganza.

Ni me imaginaba que Cam Hennessy se enredaría en mi guerra contra Ron y su madre. Cam era un niño muy gracioso.

Lo había visto crecer (de lejos, porque, para entonces, Chrissy ya había dado la espalda a todos los vecinos). Al principio era una lindura de niño. Lo veía en el jardín, zascandileando por ahí en su cochecito de bomberos, chutando el balón, tropezando con sus piernecitas regordetas. Siempre sonreía. Luego creció. A sus diez años, Cam era un chico larguirucho, casi del tamaño de su madre. Pero no había cambiado solo de tamaño. Cam era un niño enojado. Se le veía en la forma en que fruncía los ojos, en cómo torcía malhumorado la boca.

A mí me daba pena. Los niños que no tienen hermanos la pasan mal. Lo sabía porque yo también era hija única. Cuando el niño está solo, los padres tienen que esforzarse mucho para hacerle compañía. Mis padres lo habían hecho. A Alison Daly se le veía hacerlo con Holly. Chrissy Hennessy, en cambio, estaba demasiado ocupada con el adulterio. Se merecía a Cam tan poco como a su marido.

Cuando Cam vino a mi casa aquel día de otoño, a pesar de que no teníamos relación, me alegré de verlo. Supuse que había visto entrar y salir a Wolf y quería participar él también de lo que hiciéramos allí, a ver si me sacaba algún chocolate o una Coca-Cola. Me hacía sonreír pensar que yo era como la tía de todos los de la colonia, la de los caprichos, la que se tomaba la molestia de hablar con los niños.

—Has disgustado a mamá —me dijo rascándose la nariz pecosa. Así, con ese descaro.

Lo miré extrañada.

—¿Cómo dices?

—Que has disgustado a mamá. Te vi.

—No es cierto.

—Sí es cierto. Cuando estaba tendiendo la ropa. Yo estaba en la casa del árbol.

Abrí la boca, pero volví a cerrarla enseguida, sin saber qué

190

decir, más interesada en lo que fuera a contarme él a continuación.

—Yo sé algo que ella no sabe.

En contra de mi instinto, pregunté:

—¿El qué?

—Ella no sabe que el señor Ryan y tú son amigos especiales. Lo he visto entrar aquí. Es el único que usa la puerta de atrás de tu casa.

—No sabes lo que dices. —Reí nerviosa, hasta yo me di cuenta. Pero es que me había tomado desprevenida. Estaba acostumbrada a ser yo la que espiara a los demás, no a que me espiaran a mí—. Sí, discutí un poco con tu madre, pero no fue por el señor Ryan.

—Sé muy bien lo que digo —replicó con asombrosa frialdad. Yo no recordaba haberme enfrentado a un adulto con tanta seguridad a su edad. Habría temblado como una hoja. Resultaba inquietante—. Le tuviste que decir algo sobre el señor Ryan, porque antes venía a casa también y ya no viene. Oí a mamá decirle por teléfono que no viniera más durante un tiempo. Justo después de que te pelearas con ella.

—Sería por otra cosa distinta —dije—. Es casualidad, Cam.

—Me parece que a papá y al señor Ryan no les va a hacer mucha gracia cuando les cuente que hiciste llorar a mamá.

Casi me atraganto. Aquello no me convenía nada.

Sonreía tan fuerte que por poco se me encaja la mandíbula.

—Creo que te has hecho un pequeño lío —insistí—. Yo soy muy amiga del señor Ryan y sé que él también es amigo de tu madre. Esto son cosas de mayores. En realidad, es una bobada.

Me devolvió la sonrisa.

—Necesito una *tablet* —dijo.

—¿Qué?

—Un iPad. ¿Una *tablet*? ¿Esa especie de laptop? Mamá no me la quiere comprar.

Yo sabía perfectamente lo que era un iPad.

Enarqué las cejas. ¿En serio? ¿Esa era su jugada?

—Pues pídesela a Papá Noel —repliqué.

—Estamos en octubre y falta muchísimo para Navidad.

—Pues para tu cumpleaños.

—Aún quedan dos semanas.

Me encogí de hombros.

Dio media vuelta.

—¿Adónde vas? —le dije con el corazón alborotado.

—A casa del señor Ryan.

Lo dejé llegar hasta la cancela.

—¡Oye! —le grité—. ¿Por qué no entras a tomarte una Coca-Cola y unas galletas?

Se volteó, me sonrió y deshizo el camino por el senderito.

# GEORGE
## EL DEL 1

La policía había entrado en casa de las Daly. George los vio por la ventana. Últimamente lo hacía a menudo, lo de mirar por la ventana. Tenía que parar. Ya se había metido en líos por eso. Cuando Olive había ido a verlo aquel día... Dios, no tenía ni idea de lo que se le venía encima. Ni siquiera se había andado con rodeos: se lo había soltado de sopetón.

—Sé lo que eres.

Solo había hablado en condiciones con ella una vez, aquella que había ido a su casa para que le prestara no sabía ya qué y se había pasado una hora sentada en su cocina. Nunca le había caído bien. Cuando se había mudado a la colonia, Lily le había advertido de que tuviera cuidado con lo que decía delante de ella.

—Es muy chismosa —le explicó—. Y muy crítica. Lo gracioso del asunto es que estoy convencida de que piensa que yo tengo complejo de superioridad, ¡yo!

A George le agradaba Lily. Se fiaba de ella. Por eso evitaba a Olive todo lo posible. Así que no acababa de entender cómo podía saber ella algo de su vida. Sin embargo, cuando lo había encarado, había empezado a reprocharle sus vergonzosos secretos y que era impropio de un hombre de su edad.

Él la había parado en seco.

—¿De qué me estás hablando? —le preguntó—. ¿Qué sabes tú de mí?

Ella parecía avergonzada.

—Tuve que entrar el otro día —respondió ella—. No estabas en casa y el cartero tenía un paquete para ti. Te lo metí dentro...

—¡¿Cómo!?

George se puso mal al pensarlo. El sermón de Olive parecía preparado, como si hubiera dedicado días a pensar lo que iba a decir. ¿De qué paquete hablaba? ¿Del libro que había pedido? Pero ese se lo había encontrado en el tapete del recibidor al llegar a casa el otro día. Lo había tomado, le había extrañado que el cartero hubiera conseguido meterlo por la ranura del correo y no le había dado más vueltas.

—Bueno, me diste una llave de tu casa —repuso ella con la cara colorada, espetando las palabras muy deprisa. Estaba nerviosa e intentaba anticiparse a él, como si el fin justificara los medios—. Lo llevé a la sala y tenías la computadora abierta. Rocé sin querer el teclado.

George le lanzó una mirada asesina.

Había estado en su casa. Había hurgado en sus cosas. La laptop de George estaba protegido con contraseña, pero era su nombre y su fecha de nacimiento. Vivía solo; tampoco hacía falta complicarse. Cualquiera la podía adivinar.

¡Alguien la había adivinado!

Aquel día había salido con prisa porque había encendido la computadora y se había encontrado de inmediato viendo porno y Adam le había dicho que a veces lo mejor era apartarse de la tentación. Así que se había subido al coche y hecho una excursión al monte. Se había estacionado cerca de un sendero y había caminado un montón de kilómetros, respirando aire puro perfumado de musgo y agujas de pino, y sintiéndose vivo, porque, por primera vez en mucho tiempo, había dicho que no.

Y ya de vuelta en casa había visto que había llegado el libro que Adam le había recomendado que comprara. George había pasado la noche enfrascado en él, leyendo sobre las etapas de la recuperación de una adicción.

Era un comienzo. Tímido, pero un comienzo.

Y de pronto su vecina lo había regado de gasolina y había encendido un cerillo.

—¿Quién te crees que eres? —le gruñó a Olive.

Ella levantó una mano para callarlo.

—No he venido aquí a discutir contigo —le dijo ella—. He venido a advertirte. Sé lo que eres, George Richmond: un pervertido.

—¿Peeerdooona? ¿Me lo estás diciendo en serio? ¿Cómo te atreves? Te cuelas en mi casa, me jaqueas la computadora, ves que hay porno y ya piensas que... ¿Estás loca? ¿Qué le vas a decir a la policía cuando te denuncie? ¿Crees que no te van a acusar de allanamiento de morada porque vayas de monjita?

Era tan absurdo que George se echó a reír.

Olive frunció los labios.

—Tú di lo que quieras, pero te vi, el verano pasado, mirando fijamente a Holly Daly por la ventana mientras te masturbabas. Te vigilo desde entonces. Es una niña y tú un adulto. Un asqueroso. Te lo advierto: ni te acerques a los niños de la colonia, porque si se te ocurre acercarte, le cuento a todo el mundo lo que eres.

George se paralizó porque, cuando se había enterado de lo joven que era Holly, se había muerto de vergüenza. Sabía que lo de Holly lo había inducido a lo otro. Entonces se había tomado en serio lo de ir al psicólogo.

Ni siquiera había sido capaz de replicar a Olive, que esperó a que dijera algo y, al ver que lo había dejado sin habla, dio media vuelta y se fue con cara de satisfacción.

George no sabía dónde meterse. Quería que se lo tragara la tierra.

Tenía un problema. No era... peligroso y, maldición, menos aún para los niños. Cualquier hombre habría mirado a Holly Daly de la misma forma. No había tenido ninguna relación con ella ni con su madre cuando se habían mudado, así que no sabía que solo tenía quince años. Solo había visto a una joven sexi. ¿No había dicho Ron Ryan lo mismo la noche anterior?

Se juró que no iba a permitir que el veneno de Olive lo pudriera por dentro, pero esa semana faltó a la sesión de terapia y, poco a poco, como era de esperar, recayó en la adicción. Solo pretendía sentirse mejor, aun cuando, desde el punto de vista racional, sabía que era la peor de las reacciones.

Entonces, una noche se dio cuenta de lo que Olive Collins le había hecho. Era ella la que lo había hecho mal. Por mucho que tuviera llave de su casa; lo de cómo la había conseguido era, en cualquier caso, discutible. Había entrado en su casa y hurgado en sus pertenencias.

Olive no era pura. Ni mucho menos. Era una piedra muy sucia.

## OLIVE
## LA DEL 4

Que ninguna buena acción quede impune. ¿No es eso lo que dice el refrán?

Mi madre solía decir que solo los entrometidos se meten en los asuntos de los demás. Una vez la desafié.

—¿Qué sería del mundo si cada uno se ocupara solo de sus asuntos y nadie interviniera ante la injusticia?

—Olive, bichito, intervenir no sirve más que para complicar las cosas.

—No lo creo, mami. La abuela no quería ir a ver al doctor Neely aquella vez y tú la obligaste y, si no lo hubieras hecho, nunca le habrían detectado el cáncer y se habría muerto una noche mientras dormía, sin saberlo, pero, en cambio, recibió todo el tratamiento y los cuidados necesarios en el hospital.

Mi madre se puso a llorar al oírme decir aquello.

No era mi intención entrometerme, al menos cuando era innecesario, cuando pensaba que iba a empeorar las cosas, pero ¿qué clase de persona, después de ver lo que había hecho George Richmond ese día junto a su ventana, no le habría reclamado?

Pasaron meses hasta que pude entrar en su casa después de conseguir las llaves. Casi nunca salía y, cuando lo hacía, casualmente había salido yo también. Supongo que los nervios también me hacían posponerlo. Tampoco es que yo fuera experta en meterme en casas ajenas.

. Luego, un día, lo vi salir disparado por la puerta y subirse al coche como alma que lleva el diablo. En cuanto se fue llegó el cartero. Ese día llovía y el pobre estaba parado delante de la puerta de la casa de George con un paquete en la mano y mirando alrededor, como intentando decidir qué hacer con él. Fui a su encuentro.

—¿Lo puedo ayudar en algo? —dije—. Vivo en el número 4.

El cartero, que me conocía de vista, sonrió aliviado.

—No sé qué hacer con este paquete —respondió—. No cabe por la ranura del correo y no hay nadie en casa. No quiero dejarlo en la puerta con la que está cayendo.

—Lo tomo yo si quiere. Tengo llave, así que se lo puedo dejar en la mesa.

«Tengo llave» fue la frase mágica.

Dos minutos después, estaba parada en el porche de George, muerta de miedo.

Si estando en la casa lo oía llegar con el coche, no tenía más que ir corriendo al vestíbulo y dejar el libro en la mesa, abrir la puerta de la calle, salir y decirle que le había dejado una cosa dentro.

Eso si me sorprendía.

George había dejado en el sillón la laptop abierta, protegida por contraseña.

Fue ahí donde posiblemente me extralimité y luego, bueno, ya no hubo quien me parara.

Me llevó unos cuantos intentos y, si él hubiera tenido dos dedos de frente, yo no habría conseguido nada. Sabía en qué año había nacido: su padre me había dicho en una ocasión que, a pesar de parecer joven, tenía ya un hijo nacido en 1982. Así que probé suerte con su cumpleaños, después su apellido y su cumpleaños, su nombre de pila y el año de nacimiento y... ¡bingo!

Perversiones. Ventanas y ventanas de perversiones.

Además de en la computadora, tenía montones de estanterías de porquerías de esas en un cuarto del piso superior. Y tampoco eran de lo normal, bueno, de lo que yo consideraría normal. ¡Muy fuerte lo que estaba viendo en internet! ¡Dios mío! Yo no soy precisamente cándida, pero aquello era perturbador de verdad: sadomaso, sexo violento, fantasías de violación grupal, porno macabro y cosas así. Nada me espantó más que la página que tenía abierta, en la que supuestamente se podía ver a hombres mayores con jovencitas.

Por eso subí al piso superior. No me habría extrañado que tuviera a una mujer encadenada allí arriba o a una sumisa en el armario.

Sé que las chicas de esos videos son mayores de edad, pero las hacen parecer más jóvenes. Bueno, así debería ser. Pero, después de haber visto a George en acción mirando a Holly Daly, no me quería arriesgar.

No podía ir a la policía a contar lo que había visto porque, entonces, tendría que explicar cómo lo había visto. No me quedaba otra: debía reclamarle a George. Visto lo visto, quizá hasta estuviera pensando en ganarse a Holly para abusar de ella. Dicen que suele ser alguien a quien la víctima conoce bien. Y que siempre es quien menos te esperas.

## HOLLY Y ALISON
## LAS DEL 3

Holly había dejado los audífonos.

Estaba acostada en la cama, contemplando las estrellitas que había pegado en el techo de su cuarto cuando se habían mudado allí. Tenía la música a todo volumen, unas letras que lo significaban todo y nada, dependiendo de su estado de ánimo. Ese día carecían de importancia. No eran más que ruido que ahogaba todo lo demás.

No habían comprado las estrellitas para Holly, pero habían llegado en su bolsa, de todas formas, cuando su madre había hecho las maletas corriendo aquella noche. Ignoraba si Alison sabía que las tenía pegadas en el techo. Si era así, no le había dicho nada.

Como si la hubiera convocado con el pensamiento, Alison apareció en el umbral de la puerta.

—¿Puedes bajar un poco la música? —le gritó.

Holly suspiró. Agarró el control que tenía al alcance de la mano y pulsó el botón del volumen unas cuantas veces.

—¿No vas a ir a la tienda? —le preguntó a su madre, y siguió mirando al techo.

—Cambio de planes —contestó Alison. Notó que se hundía el colchón y supo que su madre se había sentado al borde de la cama. No contenta con eso, se acercó con disimulo a su hija y se

200

acostó a su lado, con una mano debajo de la cabeza, imitando a Holly.

—¿No fuiste tú la que dijo que teníamos que ser normales?

—¿Eso dije? La normalidad está sobrevalorada.

Holly miró a su madre de reojo. No lo iba a hacer otra vez, ¿verdad? No podía soportar que Alison se fuera. La última vez había sido un suplicio, aunque hubieran sido solo unos días.

Lo peor no era que su madre estuviera hospitalizada, sino cuando volvía a casa. Holly iba por la casa con pies de plomo, aterrada. Pero Alison se lo había tomado con mucha filosofía. Hasta bromeaba sobre sus crisis nerviosas, soltando con disimulo indirectas sobre que iba a tener que volver al loquero cada vez que hacía alguna tontería o se olvidaba de algo.

—Demasiado pronto, mamá —le decía Holly, y Alison fruncía los labios y asentía a modo de disculpa.

Con lo que no bromeaba era con el episodio en sí: los gritos, el llanto y el destrozo de cosas. Después de tenerlo controlado durante muchísimos años, de estar serena y tranquila, Alison había vuelto a estallar y había sido aterrador. Holly no quería volver a ser testigo de algo así.

Alison volteó la cabeza para mirar a su hija.

—¿De qué se trata todo eso que les contaste a los inspectores? —preguntó Holly—. No tenía ni idea de que hubieras vuelto a casa ese día.

—No fue nada. Tú estabas acostada. Entré, tomé el pasaporte y me fui corriendo. Lo había olvidado por completo.

—¿Te acercaste a casa de Olive?

—No, por Dios.

—Pero ¿por qué no paras de preguntarles qué han encontrado en la casa? —insistió Holly.

—¡Por curiosidad! —exclamó Alison exasperada—. Sé que piensan que la asesinaron. Solo me pregunto cómo.

—¿En serio? ¿Te encuentras bien, mamá? Es que... ¿Hago algo?

—Estoy perfectamente, Holly. Eres tú la que me preocupa.

—¿Yo? —preguntó Holly extrañada—. ¿Por qué te preocupo yo?

—Cariño, creo que deberíamos contarles a los inspectores por qué estamos aquí. Antes, cuando el Valle era anónimo, era lógico pensar que podíamos escondernos, pero ahora nuestro comportamiento llama la atención y podrían pensar que es porque tenemos algo que ver con la muerte de Olive porque no saben lo otro. Si nos sinceramos con ellos, sabrán que somos buena gente, que no tenemos nada que ocultar.

Holly apretó los dientes.

—Lo que pasa es que estás deseando contárselo a alguien —espetó—. Por eso hablaste con Olive. ¿Por qué, mamá? ¿De verdad pensabas que era de fiar?

—Sí, Holly, lo pensaba.

—Pero ¿por qué?

—Porque también era mujer, una mujer independiente; parecía fuerte, era amable conmigo y yo necesitaba a alguien con quien desahogarme.

—¡Me tenías a mí! —replicó Holly en un tono más ñoño de lo que pretendía; ya no era una niña y le fastidiaba parecerlo.

—Ya sé que te tenía a ti, ¡te tengo!, pero hay cosas con las que no deberías cargar, cariño. Bastante has pasado. Demasiado. Lo que él nos hizo, lo que me hizo, no tendrías que haberlo visto nunca. Jamás tendrías que haberte visto expuesta a algo así, a nada de lo ocurrido, incluida la forma en que lo resolví después.

Holly no dijo nada. El nudo que se le había hecho en la garganta era demasiado grande. Tuvo que tragar saliva unas cuantas veces para poder hablar con la tranquilidad de saber que no iba a terminar llorando.

—Lo entiendo —dijo en voz baja—. Entiendo que quisieras hablar con alguien de tu edad. Bueno, no de tu edad, ya sabes a lo que me refiero. Supongo que no tenías por qué saber que Olive era una bruja asquerosa.

Alison inspiró hondo.

—Holly, escúchame: tienes que dejar de decir eso. Olive no entendió lo que habíamos pasado. Yo podría haber intentado explicárselo, pero oír algo no es lo mismo que vivirlo. Para entender por qué huimos, tienes que haber llevado esa vida. Además, la verdad es que tampoco me esforcé mucho por que lo comprendiera.

—¿A qué te refieres?

—Ni siquiera intenté contarle toda la historia, Holly. Solo le dije que huíamos, de quién huíamos. No me pareció que tuviera que darle más explicaciones. Di por supuesto que, siendo mujer, lo entendería, pero no fue así. Sacó sus propias conclusiones. Me di cuenta demasiado tarde de que no era lo que se dice una defensora de la mujer. No tengo claro cuál de las dos fue más estúpida, si ella o yo. Tendría que haberle pedido que no viniera a la tienda hacía mucho tiempo. Supe lo que pretendía cuando vi que no paraba de venir. Cada vez que la veía se me hacía un nudo en el estómago. Ella sabía perfectamente lo que estaba haciendo, aunque no quisiera reconocerlo. Debería haber sido más rotunda. Ese es mi problema, cariño, ¿no? Tengo miedo hasta de mi propia sombra.

Holly no contestó. En su lugar, le apretó la mano a su madre. Solo ella era consciente de lo mucho que combatía su madre la timidez a diario.

—Son preciosas —dijo Alison.

—¿El qué?

—Las estrellitas.

Holly le siguió la mirada a su madre.

—Las... las pegué cuando nos mudamos —dijo casi sin aliento. ¿Qué diría Alison a continuación? ¿Cómo reaccionaría? ¿Volverían las lágrimas?

Pero Alison se limitó a suspirar. Soltó un suspiro hondo, desconsolado, dolorido. Sin lágrimas.

—La extraño —dijo apretándole la mano a Holly, que cerró los ojos y volvió a mirar las estrellitas.

—Yo también.

Estuvieron allí acostadas un rato, en silencio, salvo por los acordes de fondo de la música bajita.

—¿Mamá?

—¿Sí?

—Hice algo.

Alison suspiró.

—Lo sé, cariño.

# EMMA

Habían ido a casa de los Solanke, los del número 2, pero resulta que Lily aún andaba por ahí buscando a Wolf.

—Estará en la casita del árbol —les dijo David—. Lily fue por él.

—Vamos a acercarnos a ver qué pasa —contestó Emma.

Salieron del jardín, Frank chasqueando la lengua por el camino.

—Tanto lío por nada —le comentó a Emma—. ¿Es cosa mía o los padres de hoy hacen que educar a un niño parezca una labor titánica? Tanto pensar y tanto hablar. Toda esa política familiar. Esos dos van a afectar a los niños por mucho esfuerzo que hagan. Como todos los padres.

Emma sonrió con tristeza.

—¿Tienes hijos, Frank? —le preguntó.

La pregunta le molestó.

—No, pero eso no me impide tener una opinión.

—Yo no dije eso —repuso Emma, pero ya era demasiado tarde: Frank había vuelto a salir disparado, a un paso al que sabía que ella no podía darle alcance. El muy tonto parecía haberse propuesto malinterpretarla siempre.

Pudieron acceder al jardín trasero de los Hennessy por el lateral de la casa. Al fondo, Lily estaba parada debajo de un árbol enorme, gritándole a las ramas, con los puños apretados a ambos lados del cuerpo.

Mientras se acercaban, Emma pisó algo blando. Miró al piso.

—¡Puaj! ¡Maldita sea...!

Frank, a su lado, pegó un bote de casi un metro. Hasta Lily se volteó a mirar.

—¿Qué demonios...?

Emma señaló el pájaro muerto del piso. Le había aplastado el estómago y esparcido por la hierba algunos de los gusanos que se lo estaban comiendo.

Su compañero tuvo la decencia de no hacer bromas.

—Voy por una bolsa —dijo—. No lo vamos a dejar ahí. ¿Te tienes que limpiar el zapato?

Emma se puso verde solo de pensar en lo que podía llevar en la suela. Metió la mano en la bolsa y sacó unas bailarinas que llevaba siempre allí para conducir.

—¿Sabes qué? Trae dos bolsas.

Se agarró al brazo de su compañero para quitarse los zapatos de tacón grueso y ponerse las bailarinas.

—Me siento como si llevara a mi sobrina al ensayo de baile —bromeó Frank.

—Tampoco soy tan joven —repuso ella—. Y, si a mí no se me permite recordarte los años que tienes, no veo por qué razón tú puedes seguir haciendo bromas sobre mi edad.

Frank se quedó pasmado, pero no dijo nada. En cambio, se acercó a la puerta trasera de la casa de los Hennessy y la golpeó con fuerza.

Emma dejó los zapatos manchados en la hierba y avanzó por el jardín de los Hennessy. Conforme se acercaba, pudo ver la construcción de madera en lo alto de las ramas.

—¿Qué fue eso? —quiso saber Lily.

—Un pájaro muerto.

Lily arrugó la nariz.

—¿Su hijo está ahí arriba, entonces? —preguntó Emma.

—Sí. No quiere bajar. Y yo no quiero subir. Se pone... —dijo Lily gesticulando mucho con los brazos.

Emma se quedó mirando la marca roja que Lily tenía en la mejilla. No había reparado en ella cuando se habían visto en la calle, a lo mejor porque el rostro moreno de Lily estaba colorado de correr.

—¿Qué le pasó?

—¿Cómo?

Lily se llevó la mano enseguida a la mejilla.

—¿Se lo hizo Wolf?

—Fue sin querer.

Emma asintió con la cabeza.

—¿Le parece que suba yo? Una policía siempre impone más que una madre.

Lily parecía a punto de protestar, pero cedió con la misma rapidez.

—Tiene que bajar —dijo derrotada—. Tengo vértigo. Lo sabe perfectamente.

Frank estaba donde el pájaro muerto, con dos bolsas del súper en la mano. Metió los zapatos en una.

Emma localizó la rama más baja y empezó a trepar por el árbol. Había olvidado lo bien que se le daba. Tenía un don natural, pies pequeños con el puente muy pronunciado. Ayudaba que las bailarinas fueran flexibles: encajaban en los mejores huecos y rincones y, además, ella era ágil. Llegó a la casita en un santiamén.

Se permitió disfrutar de aquel logro por un instante.

El niño estaba sentado en el piso, trenzando juncos en forma de cuenco o algo por el estilo. Había tallos por todo el piso. Ignoraba si ya estaban allí o los había llevado el niño.

No miró a Emma cuando esta reptó por los maderos hasta

su lado, pero sus dedos se ralentizaron, y también su respiración.

Emma se sentó con las piernas cruzadas. Tomó tres juncos largos y empezó a trenzarlos.

—Soy Emma —dijo.

Wolf no dijo nada.

—Soy policía. Inspectora. Como en la televisión.

Silencio.

—Me encanta eso que estás haciendo. A mí no se me da muy bien hacer cosas; de hecho, se me da mucho mejor deshacerlas. Igual por eso soy buena inspectora, porque me meto en las cosas.

Wolf siguió trabajando despacio en su diseño. No estaba trenzando los juncos sin más, observó Emma; estaba dando forma a un intrincado nido. Era hermoso.

—Tu mamá está ahí abajo —continuó Emma—. Está un poco preocupada por ti, supongo que ya lo sabes. La oirás llamarte. Pero no quiere subir. Piensa que te vas a disgustar. Eso y que tiene vértigo.

El niño se encogió de hombros.

Emma llegó al final de su trenza.

—¿Quieres usar esta? —le preguntó ofreciéndosela.

Él la miro.

—Está muy bien —dijo mirándola a los ojos y apartando enseguida la vista.

Los típicos síntomas, se dijo Emma. Pero leves.

—Yo hacía mucho esto con mi hermano —contestó ella—. Ahora ya es mayor. Estudia para ser científico. Es listísimo. Se me hace que tú también eres muy listo, ¿verdad?

Wolf volvió a encogerse de hombros.

—Mis padres dicen que sí. Mi hermana piensa que no.

—¿Tu hermana Lily May? Es tu melliza, ¿no?

—Sí.

—De pequeña, siempre quise tener un mellizo.

—No es divertido.

—¿No?

—No. Me sigue a todas partes. Quiere hacerlo todo conmigo. Una vez leí un artículo en una revista, que supongo que no debería haber leído, donde decía que un bebé se había comido a su gemelo en el útero.

—Menos mal que tú no te comiste a Lily May.

—Menos mal que ella no me comió a mí.

—No pasa nada porque quieras estar solo. Yo ahora vivo sola. Nunca pensé que me fuera a gustar, pero me encanta. El baño nunca está ocupado cuando quiero entrar. Nadie se bebe la leche ni se come los caprichos que compro. Y me puedo dar un baño tranquilamente sin preguntarme si mis compañeros de piso me habrán dejado suficiente agua caliente.

—Sí. Antes nos bañaban juntos, pero ya somos demasiado mayores para eso. Me gusta estar solo, pero...

—¿Sí?

—También me gusta tener amigos. Lily May no es mi amiga. Es mi hermana. Nunca la escogería como amiga.

—Lo entiendo. Creo que a mí también me pondría nerviosa que alguien se me pegara como una lapa; tampoco querría estar con esa persona a todas horas. Imagino que la señorita Collins lo entendía bien. Ella vivía sola. Comprendía que alguien necesitara tiempo para estar a solas. Claro que tú le hacías muy buena compañía también. —Wolf empezó a asentir con la cabeza, luego paró, como intentando decidir si se lo estaba ganando—. No tienes que hablar conmigo de nada que no quieras —le dijo Emma—. Lo que pasa es que, como soy inspectora de policía y la señorita Collins murió, tengo que platicar con todos los que la conocían para saber si pasaba algo. Hoy íbamos a hablar contigo de todas formas.

Wolf titubeó en el siguiente nudo. Lo estaba pensando.

—¿Está todo bien ahí arriba? —se oyó la voz de Lily entre las hojas.

Emma maldijo para sus adentros. Se acabó lo que se daba. No debería estar teniendo aquella plática con Wolf, por informal que fuera, pero... su madre le había dado permiso para subir a buscarlo.

—Me gustaría hablar contigo —le susurró Wolf—, pero mamá dice que no puedo.

—Ah —contestó Emma—. Entiendo. —Le dio un pequeño vuelco el corazón—. ¡Un minuto! —le gritó a Lily.

—Me siento muy mal —confesó el niño.

—¿Por qué?

—Ojalá hubiera ido a verla. Habría podido salvarla.

—Ay, Wolf, no creo que lo hubieras conseguido. Murió muy rápido. Tu visita no habría cambiado nada.

—Pero no se habría quedado sola. ¿Qué aspecto tenía cuando la encontraron? ¿Llevaba vendajes?

—¿Cómo dices?

—Como en *La momia*. Papá dice que debía de estar momificada y luego mamá dijo que debía de estar horrible con tanto bicho.

Emma negó con la cabeza.

—No, parecía que se había quedado dormida y se le veía muy contenta.

—Ah.

Wolf no llegó a sonreír del todo, pero lo vio un poco menos preocupado.

—De verdad es una preciosidad eso que estás haciendo —dijo Emma—. ¿Me podrías hacer uno?

—¿Por qué?

—Me podría ser útil.

—¿Para qué?

—Para meter cositas.

—Ah. Está bien, pero este no te sirve. Se te caerían las cosas por los agujeros.

—Eso estaba pensando.

—Te haré uno más apretado.

Emma sonrió.

—Gracias. Voy a bajar y le diré a tu mamá que me estás haciendo un encargo. Nos vamos a tu casa, ¿está bien? Tú baja cuando quieras.

Wolf asintió con la cabeza. No dijo nada más. Ya estaba ocupado seleccionando juncos nuevos del piso.

Emma quiso bajar del árbol con la misma elegancia con que había subido, pero la gravedad añadió una inercia no deseada a su descenso y lo hizo torpe y poco artístico; se magulló las espinillas y se arañó los nudillos en el camino.

En cuanto se irguió, vio que Lily la miraba inquisitiva.

—Está perfectamente ahí arriba —le dijo ella—. Bajará en breve, pero me gustaría hablar con usted un momento.

Lily arrugó el gesto.

## ED Y AMELIA
## LOS DEL 6

Les había emocionado tanto la noticia que habían tomado un vuelo de regreso a casa esa misma mañana, un capricho increíblemente caro.

De todas formas, solo tenían alquilado el departamento para una semana más y luego Ed debería negociar largo y tendido con el propietario. Probablemente habrían tenido que mudarse a otro lugar: en España, los alquileres por periodos cortos subían cada día, y se acercaba los meses fuertes de verano.

A Amelia le gustaría hacer otro crucero en julio. Había visto uno que incluía Dubrovnik y las islas griegas. Ed tenía ganas de probar el famoso licor de mastiha de Chios. No le iba a discutir la decisión a su mujer.

Podían volver a casa, airear y habitar la vivienda otra vez, incluso alquilarla quizá, y tomar después un vuelo en julio para pasar tres semanas en el Mediterráneo. Después de eso, ya pensarían en algo más a largo plazo. Su casa de Valle Marchito tenía un excelente valor neto. Si la vendían, podrían comprarse algo en Portugal tal vez, donde los inmuebles no eran tan caros y había una población considerable de expatriados británicos e irlandeses con los que convivir. Si aguantaban un poco, hasta puede que con el Brexit todos esos británicos tuvieran que vender y ellos terminaran consiguiendo algo bajo de precio. Todo el bogavante para ellos, como solía decir Ed.

El primer indicio de que quizá habían errado el cálculo fue que, cuando el taxi los dejó en la puerta de su casa, Ed vio a dos desconocidos acompañando en su domicilio a Lily Solanke, la vecina de enfrente. Lo que lo alarmó no fue la presencia de un hombre y una mujer a los que no conocía, sino los andares de aquel tipo: los hombros encorvados y el paso decidido de alguien con un propósito. Un hombre que había ido allí a hacer preguntas.

Ed lo observó detenidamente y luego miró el precinto amarillo que se había soltado de la cancela de la vivienda de Olive Collins y aleteaba con la brisa.

El hombre se detuvo y miró a Ed y Amelia, que esperaban a que el taxista les sacara el equipaje de la cajuela para poder pagarle. Aquella mirada decía: «Son presuntos implicados». Ed lo sabía porque ya lo habían mirado antes así. Otro inspector, en otro tiempo.

Amelia pagó al taxista de su bolsillo antes de que a Ed le diera tiempo a decirle que había cambiado de opinión y que volvían directamente al aeropuerto. Ni siquiera vio al inspector, que se había desviado de su camino hacia la casa de los Solanke y se dirigía despacio a ellos.

—Los señores Miller, ¿verdad? —les gritó.

A Amelia casi se le cae la bolsa.

—Eso es —contestó Ed con un recelo comprensible, porque quién no iba a recelar cuando lo abordaba en la puerta de su domicilio un desconocido que obviamente sabía quién era.

—Soy el inspector Frank Brazil y esa que está allí con su vecina es mi compañera, Emma Child. Perdonen que los asalte así. No sé si se enteraron, pero una de sus vecinas falleció.

Ed asintió con la cabeza. No quería que lo encontraran en una mentira. Puede que Matt no se hubiera puesto en contacto

213

con ellos por iniciativa propia, sino porque se lo hubieran pedido.

—Sí, tristemente. Me lo contó Matt, el vecino de al lado. Una noticia terrible. Íbamos a volver de todas formas, pero al menos así estamos aquí para el funeral.

—Ya. El caso es que estamos pasando por todas las casas. Nos gustaría hablar con ustedes sobre la señorita Collins. ¿Podríamos venir a verlos cuando terminemos de platicar con la señora Solanke?

—Acabamos de volver —terció Amelia—. No tengo nada, ni leche ni té... La casa estará llena de polvo.

El inspector movió la cabeza, como restando importancia a su inquietud.

—No se preocupe, por favor. Será solo una plática rápida. No esperamos hospitalidad. Podrá seguir deshaciendo el equipaje enseguida.

Amelia parecía dispuesta a continuar protestando, pero Ed la interrumpió.

—Sin problema, inspector. Perdone, es que estamos agotados. Ha sido una mañana muy larga.

—Completamente comprensible. Nos vemos dentro de un rato. Igual su vecino le puede prestar leche para que se tomen un té y se relajen. Creo que les vendría bien.

Ed sonrió. Cuando el inspector se alejó, se volteó hacia su mujer.

—Déjalas ahí —le dijo refiriéndose a las maletas—. Ahora vengo. Voy un momento a casa de Matt por té.

Amelia asintió con la cabeza.

Ed fue a casa de los Hennessy, subió los escalones de entrada, tocó el timbre dos veces y después golpeó la puerta de roble con el canto del puño.

Abrió Matt, dispuesto a matar a alguien.

—Ah, Matt, estás ahí. Ya regresé.

El vecino lo miró sorprendido, luego atónito.

—Ed, sí, genial. Me alegro de verte. Me encuentras ocupado con una cosa. ¿Necesitas algo?

—¿Así es como saludas a tu vecino que ha estado fuera tres meses? —dijo Ed con una sonrisa de «Aquí no pasa nada. Somos todos amigos».

Matt iba a decir algo, pero lo pensó mejor. Le devolvió la sonrisa sin ganas.

—Perdona. No, claro. Estoy distraído. Un poco agobiado, ya sabes. No esperaba verte. ¿Tenías pensado volver ya? No contestaste el correo que te mandé ayer.

—Por eso he venido. Íbamos a volver de todas formas, pero tu correo llegó justo antes. ¡Qué tragedia! Nos acaba de abordar la policía, mientras bajábamos del taxi. Quieren hablar. ¿Qué le pasó? A Olive, digo.

Matt se encogió de hombros.

—Como te dije, no lo saben, o por lo menos no nos han dicho nada.

—Pero ¿no fue por causas naturales? Deduje eso de tu correo. ¿Por qué quieren hablar con todo el mundo?

El otro se estaba poniendo nervioso. Ed vio que empezaba a sudarle el labio superior. Parecía estresado, desde luego. Y estaba más calvo que la última vez que lo había visto. Ya debía tener cuidado. Esa Chrissy era muy guapa. No iba a querer estar casada con un vejete que se había quedado sin pelo a los cuarenta.

—Lo hacen siempre así, ¿no? —contestó Matt—. Perdona, Ed, pero no puedo entretenerme más ahora. Tengo que...

Ed asintió con la cabeza, dio media vuelta y regresó a su casa.

No lo hacían «siempre» así. La policía jamás hacía algo sin un buen motivo.

Él, precisamente, lo sabía bien.

# OLIVE
## LA DEL 4

Ay, Ed.

El pobre abuelo.

Cuando Ed y Amelia se mudaron a la colonia, de verdad creí que había encontrado dos buenos amigos. Aunque me llevan diez años, eran más de mi estilo que los otros que fueron instalándose en la colonia. Ed y Amelia viajaban. Ed era inteligente, un gran lector, algo que siempre es un plus para mí. Siempre que conocía a alguien que me decía que no leía, sonreía, asentía con la cabeza y le restaba treinta puntos o así a su cociente intelectual.

Ed y yo nos prestábamos libros. Ninguno de los dos tenía Kindle, por lo que teníamos la maravillosa ventaja de no solo poder recomendar una novela excelente, sino también de prestarla de verdad.

Amelia era callada y le encantaba estar en la cocina y unirse a nosotros para tomar un café o un vino cuando ya habíamos agotado los debates de género frente a obra literaria, clásicos frente a modernidades... No era tan leída, pero sí lista, interesante.

Los Miller me convencieron para que contratara mi primer paquete de vacaciones. Según ellos, daba igual que fuera sola porque, en esos viajes, a menudo se conocía a solteros que querían ver el mundo, pero no eran lo bastante intrépidos como para viajar en solitario. Las comidas eran en grupo y a la gente le gustaba platicar, pero, claro, yo tendría mi propia habitación si quería paz y tranquilidad.

Lo hice. Solo había ido de vacaciones fuera de Irlanda en una ocasión: dos semanas con las mujeres del trabajo a un complejo vacacional de Tenerife. No era lo mío. Solo querían pasarse la mañana tiradas al sol en la piscina y la noche bebiendo tinto de verano barato del que te da acidez. A mí me gustaba conocer el lugar en el que me alojaba, ver los lugares de interés, beber un vino que no me produjera úlceras y no requemarme al sol.

El viaje que Ed y Amelia me recomendaron era un recorrido por los Alpes, empezando en Salzburgo y terminando en Chamonix. De niña era adicta a los libros de *Chalet School*, algo que después había olvidado por completo. Me apasionaba la idea de conocer la región, sus picos nevados y la flor de las nieves, beber vino caliente con especias en los mercadillos navideños y comer castañas asadas.

Y fue casi tan bueno como me habían asegurado los Miller. La gente del grupo era muy amable, pero eran todos mayores. Mucho mayores. No como los Miller, sino más bien pensionados. Me acogieron y yo se los agradecí, pero habría estado bien conocer a alguien de mi edad.

Solo sirvió para consolidar mi amistad con Ed y Amelia, eso sí. A mi regreso, tuvimos ocasión de hablar largo y tendido del viaje y yo empecé a emocionarme pensando en el siguiente lugar al que podíamos ir todos juntos.

Consumimos muchas botellas de burdeos planeándolo.

Todo iba de maravilla hasta aquel fatídico día.

Resulta muy impactante descubrir que alguien a quien crees que conoces miente más que habla. Y no solo en cosas sin importancia.

Sí, entiendo que a Ed le inquiete que los inspectores quieran hablar con él.

# GEORGE
## EL DEL 1

George había huido de la colonia. Bueno, en teoría. De lo que había huido en realidad era de su computadora. Una escapada necesaria.

Ya había estado en el Horse and Hound antes: una vez se había tropezado con Lily en el pueblo y habían tomado un café en aquel pub. Pero George no era de esos que van a los bares a beber solos. No tenía claro cuál era el protocolo. ¿Había que comprar un periódico? ¿Estarían poniendo deportes en alguna televisión gigante? ¿Podía pedirse un whisky a la hora de comer o lo mirarían como si fuera alcohólico? ¡Ja! Mejor eso que lo que era en realidad.

Teniendo en cuenta que había salido de casa por instinto, le estaba dando muchísimas vueltas a lo que iba a hacer cuando llegara al pueblo. Abrió y cerró la puerta del coche varias veces antes de decidirse. Al final, se metió en la librería que había a un par de portales del pub y tomó la última novela publicada de un montón que tenían en una mesa a la entrada. Había llegado a la conclusión de que a nadie le importaría interrumpir a alguien que leía el periódico, pero quizá se lo pensara dos veces si estaba enfrascado en la lectura de un libro.

—¿Estás leyendo eso?

El barman era joven, de unos veintitantos.

George miró alrededor para asegurarse de que le preguntaba a él.

El pub estaba lleno (jugaba algún equipo luego, a juzgar por la cantidad de camisetas rojas que se veían), pero George era el único sentado en aquella parte de la barra.

—Lo acabo de comprar —contestó con vacilación.

El barman movió la cabeza compasivo.

—Se lo regalé a mi madre por su cumpleaños. Me dijo que le habían dado ganas de cortarse las venas. Es muy fan de Lee Child, ¿eh?, pero igual yo no elegí bien.

George le dio la vuelta al libro y leyó en voz alta la sinopsis.

—«Este viaje de un hombre a sus pensamientos y sentimientos más íntimos, a lo largo de varios decenios, por encima de clases y lugares, es un análisis existencial de la mente humana.» Sí. Nada que ver con Jack Reacher. Creo que coincido con tu madre en eso.

El barman rio.

—¿Otro? —preguntó señalando el vaso vacío de whisky rebajado con agua. ¿Cuándo se lo había terminado?

—Eeeh..., sí, gracias.

George echó un vistazo a su alrededor mientras el barman le servía otro whisky. Había algunas parejas y una o dos familias, pero casi todo eran hombres y algunos estaban solos, como él. Con lo que no era el único. Aquello lo reconfortó. Aunque quizá fuera el whisky.

El barman le trajo otro vaso y un periodicucho.

—Las reflexiones menos elevadas de los simples mortales —le dijo sonriendo.

George le devolvió la sonrisa y se acercó el periódico.

En portada había dos noticias: una sobre la investigación de una serie de policías corruptos que estaban anulando las multas de tráfico a sus familiares y amigos, y la otra sobre Olive.

George se notó la acidez en el estómago. ¿No había forma de librarse de aquella mujer? Le dio la vuelta al periódico y fingió que le importaba algo la alineación del partido de futbol de ese día. Al cabo de unos minutos se rindió y empezó a observar a la gente.

Los hombres que tenía a su espalda estaban hablando de una mujer llamada Sarah que, por lo visto, había estado con un par de ellos en diversas ocasiones. Y las mujeres pensaban que los hombres nunca hablaban de ellas. Aquellos tipos casi se sabían de memoria las medidas de pecho, cintura y cadera de la tal Sarah.

George desconectó enseguida de aquella conversación. En la barra, el barman le estaba tirando una cerveza a un anciano que debatía en voz alta quién iba a ser el primero en apretar el botón, si Trump o Kim Jong-un. El barman miraba ceñudo la cerveza que estaba tirando mientras el anciano seguía balbuciendo. George observó la cerveza: estaba plana. Se le había ido el gas.

—Mierda.

El barman dejó la cerveza en el mostrador y la miró. El anciano contempló lo que le ofrecía.

—¿Dónde está Bobby?

Por la autoridad que parecía acompañar a aquel nombre, George supuso que Bobby era el jefe. El barman, aterrado, consultó el reloj y luego miró hacia la puerta.

—Fue un momento al mayorista. Aún tardará una media hora en volver.

Y, de pronto, George vio su oportunidad.

—Te puedo cambiar el barril si quieres —propuso.

—¿Sabes cambiarlo? —preguntó el barman.

—No se habría ofrecido si no supiera, hijo —espetó el anciano.

George asintió con la cabeza.

—Sí, trabajé en un bar cuando estaba en la universidad.

El barman miró a George como si fuera su salvador.

Y George cayó en la cuenta de que podía volver a haber vida fuera de su casa. No necesitaba ni quería un trabajo que lo obligara a utilizar computadoras. Quería uno puramente físico, algo que lo distrajera y no lo dejara pensar en nada ni nadie más. Además, siempre había sido muy bueno con las manos.

# FRANK

—¿Dónde está Wolf? —preguntó David cuando los recibió en la puerta a los tres, a Frank, Emma y Lily.

—Su hijo está en casa de los Hennessy —contestó Emma—. Lo dejé con un encargo. Me está haciendo algo. Es un niño muy creativo.

David sonrió de oreja a oreja.

—Sí que lo es, sí. ¿Preparo un té?

—¿Podría ser café? —preguntó Frank. No estaba dispuesto a volver a beber lo que fuera que les habían servido el día anterior.

—Sí, claro. Tengo un poco molido. Creo.

Lily entró en la cocina y se dejó caer en una silla. David siguió a su mujer sin mediar palabra y los dos inspectores fueron detrás. Empezó a hablar antes de que Frank y Emma sacaran siquiera las sillas.

—Fue un accidente —dijo—. Lo juro. No sé qué me pasó. Ella me estaba provocando, para fastidiarme. Yo no quería...

Frank y Emma se miraron. David, que estaba junto al fregadero, se quedó inmóvil, con el hervidor en la mano.

—Señora Solanke, va a tener que empezar por el principio —terció Frank impidiéndole que continuara—. Estamos hablando de esa discusión que tuvo con su vecina por su hijo, ¿verdad? —Lily asintió con la cabeza—. ¿Cuando se enteró de que le estaba dando carne?

—Sí. Cuando supe que, una vez más, se proponía desautorizarme. Desautorizarnos a los dos. Le pedí a David que fuera a su casa a reclamarle.

Miró de reojo a su marido.

—No me pareció que fuera para tanto —contestó él sonriente—. Pensé que se las podían arreglar ellas. —Tanto Lily como Emma lo miraron sorprendidas. Frank le lanzó a David una mirada de advertencia, de hombre a hombre, como diciendo: «Calla, anda, que lo estás arreglando»—. A ver... —prosiguió, consciente de la tensión—, sí que me pareció para tanto, pero no quería pararme allí en plan padre furibundo. Un hombre puede resultar muy intimidatorio para una mujer soltera. Eso lo tengo claro, sobre todo con mi tamaño. Tenemos que mantener una convivencia sana en la colonia. Pensé que Lily podría solucionarlo sin necesidad de grandes reproches.

—Fue idea tuya —dijo ella en voz baja. David la miró pasmado—. Fue idea tuya que los niños fueran vegetarianos. Lo decidiste tú, no yo.

David frunció el ceño y miró de reojo a las visitas, avergonzado.

—Eso es absurdo —replicó nervioso—. ¿Cómo van a comer carne si no la compramos? ¿Cómo íbamos a dejarles comer carne? Sabemos cómo afecta el consumo de carne al planeta y a nuestro organismo.

Frank tosió para recordarles a los Solanke que Emma y él seguían allí. Eso lo podían discutir cuando ellos se hubieran ido. De momento, lo importante era la relación de Lily con Olive Collins.

—¿Prescindimos de las ventajas de ser vegetariano y hablamos de lo que ocurrió entre su vecina y usted, señora Solanke?

Su marido le dedicó una última mirada de perplejidad y empezó a hurgar en los estantes en busca de café.

—Bueno, el que los niños sean vegetarianos es relevante, inspector, porque esa es la razón por la que fui indignada a su casa, dispuesta a reclamarle. Fui a decirle que, si no podía respetar las decisiones que habíamos tomado respecto a nuestros hijos, los niños no pasarían más tiempo en su compañía. Y entonces ella...

—¿Ella qué?

—Me tachó de hipócrita.

David dejó lo que estaba haciendo.

—Eso no me lo habías contado —replicó.

Lily se encogió de hombros.

—Te dije que nos habíamos enemistado.

—Ya, pero no me habías contado que te había llamado hipócrita. Me dijiste que había sido muy desagradable contigo. ¿Por qué te llamó hipócrita?

Lily titubeó mordiéndose el labio inferior.

—Porque me había visto en el centro comiéndome una hamburguesa.

Frank y Emma se miraron a los ojos y enarcaron las cejas. Si aquella hubiera sido su primera visita a los Solanke, a lo mejor la habrían encontrado divertida. Ahora ya estaban al tanto de la política alimentaria de la casa.

David puso cara de incredulidad, luego se echó a reír.

—¿A ti? ¿Te estabas comiendo una hamburguesa?

Lily bajó la vista a la mesa.

—Sí, un cuarto de libra, con queso, cebolla, pepinillos y cátsup. Riquísima. Mataría por una ahora mismo.

A Frank le rugió el estómago. Y tenía el terrible presentimiento de que no le iban a servir ese café.

David abrió y cerró la boca como un pez.

—Uau. Está bien. Me cuesta digerir esto, Lily. Tú eres precisamente la razón por la que yo me hice vegetariano. ¿Sabes?, eso que dices de los niños..., no tiene mucho sentido para mí. Pero, está bien, fingimos que yo lo decidí por ellos, que tú no tuviste nada que ver con que nuestros hijos sean vegetarianos. ¿Me vas a decir ahora que yo te obligué a renunciar a la carne también? Porque, en nuestra primera cita, yo me pedí un entrecot y tú no podías ni mirarme al comérmelo. ¿Te acuerdas?

Lily se succionó los carrillos. A Frank le preocupaba. Parecía que se esforzara por contener la respiración. Daba la impresión de que estuviera a punto de explotar.

—No, claro que no me obligaste a ser vegetariana.

—Entonces ¿podrías explicarme qué está pasando?

—Insisto —los interrumpió Frank—, ¿podría atenerse a la discusión que tuvo con la señorita Collins?

Lily se estremeció. Frank suponía que lo ocurrido entre Olive y ella era una bobada y que Lily lo sabía.

—Me estaba pinchando —contestó—. Olive sabía que estaba obrando mal, pero era tan terriblemente necia que, en vez de aceptarlo, fue por mí. Aunque yo me hubiera estado comiendo una pata de cordero, columpiando desnuda de la maldita lámpara, ella no habría tenido ningún derecho a discutir conmigo sobre cómo educamos a nuestros hijos. —Miró a David en busca de confirmación. Frank no acababa de entender qué le estaba pasando al marido. Parecía confundido, enojado, receloso..., todo a la vez, pero, sobre todo, parecía que quería decirle a su mujer que dejara de hablar. Y aquello intrigaba mucho a Frank—. Y... no sé cómo ocurrió, pero le di un puñetazo en la cara.

David soltó un resoplido y después calló bruscamente.

—¿Le diste un puñetazo? ¿Tú?

—Sí. Soy perfectamente capaz de pegar a alguien, demonios. No soy una santa.

David levantó una mano para hacerla callar. No lo pudo evitar, Frank se dio cuenta de eso. Estaba silenciando a su mujer.

—Inspectores, ¿qué relevancia puede tener esto? ¿Le pasó algo a Olive? ¿Alguien le hizo daño deliberadamente?

Frank se recostó en la silla.

—Hace unas treinta y seis horas que se halló el cadáver de su vecina —contestó el inspector—. Aún es todo muy reciente. Estamos explorando todas las opciones, incluida la posibilidad de que alguien le jugara una mala pasada a la señorita Collins.

A Lily se le descolgó la mandíbula.

—¡Vamos ya! ¿En serio piensan que porque me comí una hamburguesa y le pegué a alguien soy capaz de asesinar? —Rio—. Le di un puñetazo. Y, cuando después me enteré de que seguía haciendo lo mismo, me arrepentí de no habérselo dado más fuerte. Pero, por disparatado que suene, ¡conseguí no asesinarla!

—¿Qué hizo después de que le pegara? —quiso saber Emma.

Lily se miró fijamente las manos.

—Me dijo que me iba a denunciar y que iba a dar parte en la escuela. Una crueldad de su parte. Podría haberse limitado a devolverme el golpe. Pero entonces intervino Wolf...

—¿Wolf vio todo esto? —preguntó David.

—Sí. Me gustaría creer que no me pegó porque él estaba allí, pero, en realidad, pensándolo bien después, decidí que era más retorcida de lo que yo había imaginado. Olive Collins sabía que el que informara a la escuela de que le había dado un puñetazo a alguien sería terrible para mí. Doy clases a niños en una escuela pequeña. Me van a hacer directora. Conocemos a todos los padres y todos los padres nos conocen a nosotros. Se supone que tenemos que ser personas impecables, no de esas que van por ahí atacando a sus vecinos. Y yo tengo que ser aún más perfecta que nadie. Por razones obvias. —Rio sin ganas—. Le dije que adelante, pero me puse mal de pensarlo. Podría haberme arruinado la vida.

226

Emma se volteó hacia David.

—¿Sabía lo disgustada que estaba su mujer con este asunto?

«Buena pregunta», se dijo Frank.

David miró a Emma, inmutable.

—Me dijo que Olive se había portado mal con ella..., eso sí lo sabía. La consolé, ¿verdad, cariño? Pero di por sentado que la cosa se olvidaría.

—¿Cuándo ocurrió eso? —le preguntó Frank a Lily—. ¿Cuándo la amenazó?

Lily lo miró a los ojos.

—El fin de semana anterior a cuando dicen que murió —contestó.

Frank vio que David se revolvía nervioso.

Alargó el brazo y le tomó la mano a su mujer.

—Lily estaba aquí, conmigo y con los niños, la noche del 3 de marzo —aclaró—. Lo vi en mi agenda. Volví pronto del trabajo. Es raro en mí. Hacía una noche estupenda y le pregunté a Lily si quería que diéramos un paseo con los niños. Pero tú estabas trabajando en aquel proyecto de Pascua, ¿te acuerdas? Aquel huevo gigante para tu clase.

Ella lo miró extrañada. Luego se le encendió el foco y asintió.

—Ah, sí, ya me acuerdo.

David se volteó hacia los inspectores.

—Miren, Lily es una buena madre. Y es muy protectora con Wolf. Seguro que lo entienden. Wolf es... especial.

Emma cabeceó afirmativamente.

—A mi hermano le pasa lo mismo —dijo—. Es autista. Cuando se disgusta empeora. Probablemente por eso le pegó hoy, Lily. Imitaba algo que había visto.

—No, Wolf no es autista —dijo David—. Un momento..., ¿te pegó?

—Sí, antes. Sí, David, sí es autista.

227

—A veces es un niño difícil, Lily, pero me parece que, si fuera autista, lo sabríamos.

—Lo llevé al médico a que le hicieran pruebas —informó ella.

David miró fijamente a su mujer. Luego, despacio, se zafó de su mano y apretó los dientes. Estaba furioso, Frank se lo notó. Bajo aquella fachada serena y comedida, David Solanke estaba bullendo, pensando seguramente qué otras cosas no le habría contado su mujer.

Frank también se lo preguntaba. Eso y de qué era capaz David Solanke.

# ED Y AMELIA
## LOS DEL 6

No habían dado de baja nada mientras estaban fuera.

El WiFi funcionaba perfectamente.

Ed entró en la web de Aer Lingus y exploró las opciones.

No se había dado cuenta de que Amelia salía de la cocina. Se había puesto un café solo y había empezado a hacerle a su marido una lista de las compras. No mentía cuando le había dicho a la policía que no tenían nada de nada.

—¿Vas a subir las maletas? —le preguntó encendiendo la televisión y zapeando distraída. Él no contestó. Había visto un vuelo con dos lugares libres. Salía para Copenhague por la mañana—. ¿Ed? ¿Vamos a deshacer las maletas o no?

Ed levantó la vista.

—Igual no, cariño.

Amelia se sentó en el sillón a su lado.

—¿Copenhague? Nunca he estado ahí. No la tengo por una ciudad de relax.

—Están los Jardines del Tivoli —respondió él—, la sirenita... De todas formas, el lugar es lo de menos.

—¿De verdad estás preocupado? —preguntó Amelia.

Ed asintió.

—No sé por qué. Me noto algo. Aquí —comentó llevándose la mano al vientre.

Ella movió la cabeza.

—Creo que te estás dejando llevar por tu imaginación, Ed. Si estás preocupado, nos vamos, pero, en serio, no creo que sea necesario. No hemos hecho nada.

No le dio tiempo a contestar. Sonó el timbre.

—Ya voy yo —dijo él.

Su mujer había recobrado la compostura que casi había perdido cuando estaban fuera con los inspectores. Ya estaba supertranquila. Bien. Tenían que dar esa imagen. Nada que ocultar.

Ed hizo pasar a los inspectores con las palabras de cortesía justas. Debía quedar claro lo mucho que los estaban fastidiando.

Un policía le había dicho una vez que, si la policía tenía a cuatro sospechosos de un delito y solo uno de ellos era culpable, había una forma sencilla de detectar al delincuente: los hacían pasar una noche en el calabozo. Y el culpable dormiría, le había dicho el agente, porque, sabiendo lo que había hecho, descansaría y se guardaría las energías para las mentiras que les diría al día siguiente. Los inocentes no podrían dormir; como es lógico, se angustiaban mucho cuando se les acusaba de algo que no habían hecho.

Así que Ed se mostró angustiado cuando llevó a los inspectores a la sala, donde la computadora con las horas de los vuelos ya estaba guardada.

—Entonces ¿han estado fuera mucho tiempo? —preguntó el hombre, Brazil.

—Sí y no —contestó Ed—. Viajamos mucho. Estamos jubilados los dos. No tenemos hijos ni ataduras. Nos gusta ver el mundo, pero ahora sobre todo en los climas cálidos. A los dos nos encanta la vida más relajada de España, Italia y lugares así.

—No recuerdo la última vez que estuve de vacaciones en el extranjero —dijo Frank—. Tengo una hermana que vive cerca de la playa de Curracloe. ¿La conocen? Es la playa en la que se rodó *Salvar al soldado Ryan*. Me gusta bajar allí cada dos veranos.

—Un lugar precioso —repuso Ed—. Buenos pubs. Buena comida.

Invitó a los inspectores a tomar asiento.

—¿Quieren un vaso de agua? —preguntó Amelia.

—Ah, no, no vamos a estar mucho, de verdad —contestó la inspectora—. ¿Conocían bien a Olive Collins?

Ed y Amelia cabecearon afirmativamente.

—Muy bien —dijo Ed—. Pasó muchas veladas aquí y nosotros en su casa. Teníamos intereses comunes, aunque ella no viajaba tanto como nosotros. Supongo que se podría decir que vivía de nuestras experiencias. Nunca se aburría de las fotos de los lugares en los que habíamos estado ni de mis tostones sobre la cocina de cada lugar. Perdone la indiscreción, inspectora, pero ¿qué le pasó? No tenía más que cincuenta y pico años y gozaba de una salud excelente.

Brazil ladeó la cabeza, como sopesando la respuesta.

—Sabemos con certeza que tuvo un infarto —contestó el inspector. Ed procuró disimular el alivio. Un infarto. ¡De eso no podían culpar a nadie! Pero el alivio le duró poco—. Aunque parece que se lo provocaron ciertas circunstancias sospechosas.

—No lo entiendo. ¿Cómo se puede provocar un infarto?

El inspector negó con la cabeza.

—Eso es lo que intentamos determinar. ¿Fueron a casa de Olive en algún momento antes de su última escapada?

—Por desgracia, no. Andábamos organizándolo todo.

—¿Y usted, señora Miller? —Ella negó también—. Pero eran superamigos —prosiguió Brazil—. ¿No querían despedirse, sabiendo que estarían meses fuera?

Ed se encogió de hombros.

—Ahora nos sentimos mal. De haber sabido que...

—¿Cuándo fue la última vez que la vieron?

—Creo que fue como un par de días antes de irnos. ¿No vino a devolvernos unos libros, Amelia?

—Sí, Ed, me acuerdo. Le dijimos que nos íbamos, ¿verdad? —Se volteó hacia el inspector—. Creo que le dije que pasaría a verla antes de que nos fuéramos, pero se me olvidó por completo. Ya sabe cómo son estas cosas.

El inspector asintió con la cabeza.

Ed, a pesar del sermón que se había soltado a sí mismo, empezaba a sentirse agotado. ¿Lo habría visto alguien entrar en casa de Olive el día que se iban? ¿Por eso les hacían esas preguntas? Había tenido mucho cuidado, pero ¿y si alguien lo había visto por la ventana?

—Entonces ¿no se enemistaron con Olive? ¿Su relación era perfectamente amistosa?

—Sí, por supuesto.

—¿Y qué día se fueron exactamente?

—El 3 de marzo —contestó Amelia sonriente—. Lo comprobé. Pensé que querrían saberlo.

—Sí —dijo Brazil—, su vecino mencionó algo así. Qué extraña coincidencia.

—¿Y eso? —preguntó Ed.

—Olive Collins murió el 3 de marzo.

Ed procuró no tragar saliva demasiado fuerte. Amelia se sofocó.

—¿Está seguro de que murió ese día? —preguntó—. Si estuvo en la casa tanto tiempo, ¿cómo pueden saber el día exacto?

—Llamó a emergencias aquella noche —contestó la inspectora— y ninguno de los vecinos volvió a verla después de esa fecha.

—Ah —se limitó a decir Amelia.

—Por cierto —añadió Brazil—. ¿Necesitan ayuda con las maletas del vestíbulo? ¿Para subirlas arriba, digo?

—No, de verdad, no hace falta. Luego lo hago yo.

—Muy bien. Es un mero trámite burocrático, pero nos avisarán si vuelven a marcharse, ¿verdad?, para que lo tengamos en cuenta.

Ed asintió en silencio.

¿Para qué demonios habrían vuelto a casa?

# OLIVE
## LA DEL 4

Cuando Ed vino a verme la mañana del 3, me enteré de que se iban de viaje. Me aseguró que lo tenían pensado desde hacía tiempo, pero apuesto a que reservaron el vuelo esa misma semana.

¡Qué rápido se había estropeado todo! No fue cosa mía. Además, de no haber estado yo aquí esa noche en que vino el hermano de Ed, dudo que hubiera cambiado nada. Habríamos seguido siendo tan amigos como antes.

Yo había pasado a su casa a rematar los preparativos de la siguiente cena cuando oí los gritos. Habíamos decidido ir los tres a probar el nuevo restaurante del centro, ese asiático fusión tan elegante en el que, por lo visto, te invitaban un cóctel nada más entrar por la puerta.

Como es lógico, al ver que estaban discutiendo, mi primer instinto fue ir corriendo al auxilio de Ed y Amelia. A medio camino del sendero de entrada, aunque no lograba distinguir lo que decían, sí detecté la rabia en la voz de Ed y del hombre con el que discutía, y que sonaba muy parecido a él, con aquel mismo acento cantarín del condado de Cork. Apreté el paso hasta que estuve a escasa distancia de la ventana abierta.

«¿Cómo demonios nos encontraste?», le oí decir a Ed antes de llamar a la puerta para alertarlos de mi presencia. No curioseé más. No soy tan chismosa.

Amelia abrió la puerta, sofocada y descontenta.

—¿Qué pasa? —pregunté indignada por ellos—. ¿Puedo ayudar?

En vez de invitarme a pasar o agradecerme que quisiera ayudar, Amelia se quedó parada en la puerta impidiéndome ver.

—No es un buen momento, Olive —dijo seca y cortante.

Me dejó paralizada.

—Amelia, si pasa algo... —insistí.

—Ya te dije que no es buen momento —espetó.

—Ah —contesté—. Muy bien.

Deshice el camino y crucé a mi casa, donde subí a mi cuarto y me senté junto a la ventana, mirando hacia la casa de los Miller.

Era una noche oscura de enero, pero hay un farol potente justo en la puerta de su casa, que era donde se había estacionado el desconocido. Tomé nota de su coche y, cuando salió de la casa veinte minutos después, lo vi claramente.

Ahí habría terminado la cosa aquella noche desapacible si no hubiera pasado nada más.

Yo estaba dolida por el desplante de Amelia, desde luego, y no volví a verlos ni a ella ni a Ed ni esa noche ni la siguiente, con lo que me quedó todo claro. Ninguno de los dos volvió a decirme nada de la reservación en el restaurante asiático, a pesar de que les mandé un mensaje a ambos.

Acababan de dejarme claras las limitaciones de la amistad que yo creía que teníamos.

Días después, vino a verme Amelia. Era otra. Me refiero a que era la misma persona de siempre y a la vez completamente distinta de cómo se había mostrado conmigo hacía unas noches.

Le ofrecí un café, aunque ya fueran las seis de la tarde, hora ideal para tomarse una copa de vino. Si ellos podían enfriar su relación conmigo, yo podía hacer lo mismo.

Estuvo sentada a la mesa de mi cocina media hora larga, hablando de nimiedades y sin mencionar en ningún momento nuestro último y desagradable encuentro.

Al final, perdí la paciencia.

—Ese hombre del otro día... —dije metiéndolo en la conversación como si fuera lo más natural del mundo—. Confío en que no hayas vuelto a tener problemas...

Amelia sorbió los posos del café, tiesa y distante. Por eso había venido a verme, entendí entonces, para valorar mi reacción, para ver si yo quería saber más. Y quería.

—Ah, ese hombre... —contestó—. Es un antiguo empleado descontento de Ed, me temo. La tiene en contra de mi marido porque no le dio carta de recomendación. No tienes una idea, Olive, de verdad. En este momento de nuestra vida, lo que menos queremos es ese tipo de líos.

—Ya, claro —dije yo—. Bueno, ya te dije que, si me necesitas para cosas así, me llames. Sé que la otra noche no lo hiciste, pero no temas pedirme ayuda.

Ella asintió con una sonrisa forzada e indescifrable en el rostro.

—Más vale que vuelva —terció—. Dejé a Ed a cargo del pollo asado. Quién sabe lo que estará haciendo.

—¿Ya es hora de cenar? Uf, yo aún no me he hecho nada —comenté.

—Nos vemos durante la semana —se despidió Amelia sonriente mientras dejaba la taza en el fregadero.

Contuve la rabia como pude mientras salía por la puerta.

Conque esas teníamos...

No tenía ni idea de por qué, pero aquello me pasaba una y otra vez: por mucho que me esforzara en ser amable con la gente, siempre me decepcionaban.

# CHRISSY
## LA DEL 5

Matt estaba acostado en su sillón, toqueteando el control que tenía al lado, desesperado por accionarlo, por encender la televisión y apagar la realidad.

Hacía horas que no abría la boca. Matt solo podía hablar de sus sentimientos durante un periodo de tiempo establecido y ya estaba emocionalmente agotado. Pero su silencio inquietaba a Chrissy. Prefería que la atacara. Por lo menos entonces sabía lo que se le pasaba por la cabeza. Que había sido toda una revelación para ella.

Cuando Matt se había puesto a llorar en la cocina, ella se había quedado pasmada. Tanto que no había sabido qué decir ni qué hacer. La había desconcertado de verdad que pudiera afectarle tanto que le hubiera puesto los cuernos.

Pero era consciente de que iban a tener que hablar bastante para que él se abriera un poco. ¡Quién sabe qué más le pasaba! Le costaba creer que no hubiera estallado ya. O que lo hubiera sabido todo el tiempo. Su marido, que antes era un ser despreciable, de pronto era un enigma.

—Matt, habla conmigo, por favor.

Su marido la miraba como si su mera existencia le revolviera el estómago. La espantaba que pudiera mirarla así.

—¿Tanto me odias, Chrissy? En todo este tiempo, jamás se me ha ocurrido, ni una sola vez, mirar siquiera a otra mujer.

Y podría haberlo hecho, ¿sabes? He estado en clubs nocturnos con clientes, clubs de esos en los que las mujeres se te tiran encima si tienes dinero. Ni se me pasó por la cabeza.

Chrissy se estremeció.

¿No había dado ella por supuesto, en el fondo, que Matt le era infiel? Todas esas noches que se había quedado trabajando hasta tarde. Todo ese tiempo que no quería pasar con ella. Y, en cambio, siempre andaba superjusto de dinero; si tanto trabajaba, ¿cómo era que nunca le llegaba? ¿Iba a sonar peor o mejor si le decía ahora que había imaginado que él también le ponía los cuernos?

—Pensabas que yo estaba con otra, ¿verdad que sí? —le preguntó Matt con un hilo de voz—. No lo puedo creer. ¿Por eso te enredaste con él? ¿No se te ocurrió preguntarme si te había engañado antes de vengarte?

—No fue una venganza. Yo era infeliz, Matt. Me sentía sola. Necesitaba a alguien. Por eso... No tenía nada que ver contigo, sino conmigo.

—Chrissy, si eras tan infeliz que tenías que buscar consuelo en los brazos de otro hombre, tenía muchísimo que ver conmigo.

—Está bien, muy bien, pues tenía que ver contigo. Todo tiene que ver contigo. Yo no soy más que un satélite de tu universo.

—No te pongas melodramática.

Ella se irritó. ¿No se podía alterar sin que la tachara de melodramática?

—Genial, Matt, ¿qué quieres que diga, que igual si hubieras estado aquí alguna vez no habría tenido tiempo de acostarme con otro?

—¿Ves? Claro que es culpa mía.

Chrissy notó que empezaba a bullirle la rabia en el cerebro.

—Está bien, Matt. Pensemos. ¿Cuándo decidí que no era feliz? A lo mejor fue cuando nos mudamos a esta colonia cerrada en la que yo no iba a encajar ni en un millón de años.

—¿Te refieres a cuando tuve que pedir prestada una fortuna para que pudiéramos comprar la mejor casa posible y mi mujer y mi hijo estuvieran a salvo?

—¿Qué? Puede que tú vieras seguridad en este lugar, pero yo vi una cárcel. Cuando nos mudamos aquí, yo no sabía conducir, Matt. Eso ni se te ocurrió. No podía ir caminando a las tiendas. Estaba atrapada. Sin familia, sin amigos. Y luego tuve a Cam y ¿dónde estabas tú? ¿Dónde estabas? ¿Cuándo decidimos que yo no iba a volver a trabajar? Ah, espera, que no llegamos a hablarlo nunca. Se dio por supuesto. Tú dijiste que no querías que tu hijo se pasara el día en la guardería, pero tampoco te ofreciste a cuidarlo tú. La maldita Madre Naturaleza de enfrente tuvo mellizos y siguió trabajando.

Chrissy se levantó. El dolor de cabeza era ya un recuerdo lejano. Estaba furiosa. Todas las discusiones que no habían tenido, todo lo que siempre había querido decirle eran como un grano enorme reventado por el que estaba saliendo todo.

—A ver, yo quería tener hijos, pero no pensaba que fuera con condiciones. No era consciente de que me estaba casando como en la Edad Media, que iba a tener que ser el ama de casa sumisa que te esperara en casa a todas horas. —Iba con todo. Ya nada podía pararla—. Así que, sí, Matt, otro hombre, un adulto, un adulto de verdad, me vio y habló conmigo. No solo gruñidos, cabezadas de asentimiento y quejidos por las facturas que había que pagar ni por lo que había dicho no sé quién en la oficina, sino que habló conmigo como es debido. Además me deseaba y, Dios, me daba igual quién fuera o qué aspecto tuviera de lo contenta que estaba de que alguien ¡me viera!

Chrissy inspiró hondo por primera vez quizá desde que había

empezado a despotricar, no estaba segura. La habitación dejó de darle vueltas. Miró a Matt, que se había quedado inmóvil en el lugar, como un ciervo deslumbrado por los faros de un coche.

—Sí —continuó mientras se sentaba en el sillón—, supongo que podría decirse que tú has tenido algo que ver, Matt.

Se hizo el silencio.

No se oía a Cam, escondido en su cuarto con la *tablet*, en principio jugando a *Roblox*, aunque seguramente estaba viendo videos groseros en YouTube. El vecindario estaba fuera, como siempre, en silencio: no se oía ni siquiera una podadora batallando con la hierba rebelde ni el ronroneo del motor de un coche mientras su dueño se preparaba para sacarlo. Solo existía lo de allí dentro y la cruda verdad reverberando por la estancia.

Chrissy esperó. ¿La echaría de casa? No se iría sin Cam. Además, ¡qué demonios!, ¿por qué se iba a ir ella? Era la que se encargaba realmente de su hijo. Cam tenía derecho a quedarse en su casa. Su madre había tenido una aventura. No era para tanto, por mucho que Olive Collins se hubiera empeñado en hacerle creer.

—He sabido desde el principio que lo nuestro terminaría así. Lo sabía. Siempre has sido demasiado buena para mí, Chrissy —dijo de pronto Matt en voz baja—. Lo supe desde el momento en que entraste en mi despacho buscando trabajo. Ibas de chica dura, con esa cara de «soy una mujer trabajadora; no me mires a los ojos que te como vivo». Tonterías. En mi vida he conocido a nadie con mejor corazón ni una sonrisa más tierna ni una cara más bonita. Eras impresionante. Me enamoré de ti nada más verte. Y me preocupó que se me notara en la cara, que pensaras que te ofrecía trabajo un pervertido, una especie de director de reparto asqueroso que lo único que quería era llevarte a la cama.

Matt rio.

Chrissy contuvo la respiración.

—Quería dártelo todo, demostrarte que era digno de ti. Vi este lugar y pensé: «No me lo puedo permitir, pero a Chrissy le va a encantar». No soy idiota, Chrissy. Sé por qué las mujeres como tú se casan con hombres como yo. Así que di un anticipo y luego tuve que trabajar catorce horas al día para pagar la hipoteca. Pagamos muchísimo. Después, durante la recesión, la empresa pasó por un mal momento, pero no quise decírtelo porque Cam se enfermó. Acepté un recorte de sueldo y estaba superestresado. Y... y supongo que, en el fondo, me alegré de que te quedaras en casa.

»Lo cierto es que siempre he sabido que me dejarías, que encontrarías a alguien que te mereciera y te irías. Me engañé pensando que, si te quedabas en casa, serías solo para mí. Sé que eso está mal, pero no lo pude evitar. Sé que eso me convierte en un tonto misógino y anticuado, pero, por favor, créeme, tú eres la única mujer a la que he querido y nunca he deseado otra cosa que hacerte feliz.

Chrissy se tapó la boca con la mano. No lo creía. No podía creerlo.

—¿De verdad crees que me casé contigo por tu dinero?

—¿Por qué si no?

—Ay, Matt... Yo te quería. ¿Cómo pudiste pensar por un segundo que era tan superficial? ¿Ya no te acuerdas de lo mucho que nos reíamos juntos? A todas horas. Yo habría vivido en cualquiera de los departamentos contigo, idiota. —Su marido la miró como si no le creyera, pero no pudo obviar la sinceridad de su voz. Chrissy estaba diciendo la verdad—. ¿Pensabas todo eso y no te dieron ganas de matarme? —preguntó.

—Ni una sola vez. Te quiero, Chrissy. Volvía a casa y me quedaba ahí fuera, sentado en el coche, preguntándome si estarías dentro con él. Lo habría matado, me habría suicidado, pero jamás te habría tocado un pelo a ti. Estaba enojado contigo, desde luego, pero, en el fondo, confiaba en que te hartarías de él y cortarían. Estaba esperando.

—No tenía ni idea. Dios, ¿cómo hemos podido llegar a esto? ¿Cómo ha podido arruinarse todo tanto?

—Ni maldita idea. Podría ser peor, supongo. Podríamos estar como la vecina, con tan pocas personas en su vida que se ha estado pudriendo en su propia sala.

Chrissy movió la cabeza.

—Imagino que te da pena, teniendo en cuenta que lo que hice también le dolió a ella.

—No —contestó Matt—. ¿No lo entiendes, Chrissy? Me da igual lo que me hagas. Sigues siendo mi mujer y la madre de mi hijo. Aún somos nosotros contra ellos. Cuando Olive se convirtió en tu enemiga, también empezó a ser enemiga mía. Nadie amenaza a mi mujer sin pagar por ello, independientemente de cuál fuera el motivo.

Chrissy se estremeció. No le gustaba pensar en aquella mujer, ni viva ni muerta.

Se ciñó la bata con el cinturón. Todavía estaba en pijama y aún llevaba los calzones del día anterior. No se había lavado los dientes ni se había peinado. Y le hacía mucha falta un té o algo de comer.

—¿Qué vamos a hacer? —preguntó.

—¿Tú qué quieres hacer? —dijo Matt asustado, como si dependiera de ella, cuando, en realidad, dependía de él, ¿no?—. ¿Quieres el divorcio?

—¿Tú quieres el divorcio?

—Yo ni siquiera quiero que nos separemos, Chrissy. Lo que quiero, lo que he querido siempre es que trabajemos en nuestra relación. Me da igual si eso me hace parecer bobo, pero quiero que lo arreglemos. Por favor, pase lo que pase, no me dejes por él. No podría soportarlo.

—No te voy a dejar por él.

Eso lo tenía clarísimo. Cada vez que pensaba en Ron ahora, se lo imaginaba con Olive y se le revolvía el estómago.

—¿De verdad?

—Pues claro.

—¿Entonces...?

Matt se levantó y se acercó al sillón. Se arrodilló delante de ella. Ella le vio la coronilla, donde había perdido ya tanto pelo que empezaba a parecerse a la tonsura de un monje. Últimamente, cada vez que se la veía le daban náuseas. Otra parte de su marido que no soportaba mirar.

Pero en ese momento, toda aquella rabia ya no tenía sentido. Él la miraba con ese amor que ella había dejado de ver. Aunque lo hubiera traicionado, aunque le hubiera hecho daño. Le aterraba que fuera ella la que deshiciera su matrimonio.

—Lo siento mucho —sollozó ella.

—Entonces ¿se acabó? —preguntó él con cara de pena.

—No, por Dios, no. Me refiero a que siento haberte puesto los cuernos, Matt, que siento haber hecho lo que he hice.

Él negó con la cabeza.

—Yo te empujé a hacerlo. Tienes razón.

—No, por favor, no hagas eso. Te mereces mucho más que esto. Yo ya he decidido. No quiero el divorcio.

—¿Quieres que intentemos arreglarlo?

Chrissy asintió con la cabeza, tan enérgicamente que se mareó.

—No puedo prometer que vaya a salir bien, pero estoy dispuesta a hablar las cosas si tú también quieres.

Él le tomó las manos y se tapó la cara con ellas. A ella le sorprendió, pero no se zafó de él. Lo dejó seguir así unos minutos... hasta que, de repente, le vino la idea a la cabeza.

—¿Matt?

—¿Sí?

—Cuando has dicho que si Olive se convertía en mi enemiga también se volvía enemiga tuya..., ¿a qué te referías?

# RON
## EL DEL 7

No había ruido ni movimiento en la cama. Cuando Dan no estaba sacudiéndose o revolviéndose, ni mirando nervioso a todas partes como si quisiera decirte algo pero no le saliera la voz, era uno de los momentos más tranquilos del día.

A Ron siempre habían sido los que más miedo le habían dado. De niño, solía tomarle las manos a Dan y gritarle con urgencia: «¿Qué pasa? Cuéntamelo. Te puedo ayudar», pero sus padres y las enfermeras siempre le explicaban que, aunque a él le pareciera que la mente de su hermano estaba atrapada en un cuerpo que no cooperaba, en realidad su cerebro no tenía actividad alguna. Eran todo reacciones y espasmos musculares.

Ron no lo creía. No podía creerlo, porque a veces Dan sonreía. Le sonreía a Ron y uno solo sonríe cuando está contento, ¿no?

Alargó la mano y acarició la de su hermano, de piel suave como la seda.

—Tengo un problemilla, hermano —le dijo—. Las mujeres. Ya sabes que son mi perdición, pero esta vez me equivoqué a lo grande.

La puerta de la habitación estaba abierta. Pasaba por delante una voluntaria del turno de noche, el equivalente en una residencia de las auxiliares voluntarias de los hospitales. Miró a Ron, que hablaba con la figura postrada de Dan, y enarcó las cejas, no dijo nada y siguió su camino.

—Supongo que tú tendrás los tuyos con las chicas de aquí, chico. ¿Cómo mantienes la compostura cuando te lava alguna como esa? —prosiguió Ron guiñándole el ojo. Le gustaba decirse eso: que Dan tenía lo mejorcito, que no se sentía solo ni abandonado.

Cuando sus padres le habían dicho que Dan ya era demasiado grande, que ellos ya no eran lo bastante jóvenes ni fuertes para seguir ocupándose de él, a Ron le había costado mucho digerirlo. Le había parecido una decisión de lo más egoísta. Había montones de padres mayores que cuidaban de sus hijos discapacitados aun cuando ya eran adultos. ¿Por qué eran distintos los suyos?

Muy en el fondo lo entendía, sobre todo cuando el médico se sentó con él y le enseñó los escáneres cerebrales de Dan, le habló de su esperanza de vida (mucho mayor de lo que nadie podía haber imaginado) y le indicó todo el dinero y cuidados que se iban a necesitar para su hermano. Veinticuatro horas al día y siete días a la semana.

Pero él había protestado con contundencia porque eso lo hacía sentirse menos culpable. Los padres eran una mierda. No se podía confiar en ellos para nada. Como los suyos no habían querido encargarse de su hermano pequeño, Ron había resuelto ser como un padre para Dan. Lucharía por él. Y solo tenía tiempo para cuidarlo. Nada de hijos, una carga que nunca había querido tener.

—No quiero ir a la cárcel —espetó. Se produjo un movimiento nervioso en la cama y Dan movió la mano ligeramente. Ron alargó la suya, le aplastó el flequillo a su hermano y le limpió una baba del labio—. Si voy a la cárcel, ¿cuándo te voy a ver, chico?

Un estremecimiento bajo los párpados.

Nada, diría el médico.

Todo, replicaría Ron.

La falsa voluntaria de hospital estaba de vuelta.

—La hora de visita ha terminado, señor Ryan.

Ron ni la miró; se limitó a asentir con la cabeza. Tenía los ojos empañados y no quería que lo viera nadie.

—Claro. Mañana vuelvo. ¿Tú también sales ya?

Notó, más que ver, la sonrisa halagada de la voluntaria. Asombroso, teniendo en cuenta que se lo había dicho como un autómata. A veces se le escapaban esas cosas sin más. Le sonaba falso hasta a él y, sin embargo, las mujeres siempre reaccionaban. Algunas, por lo menos. Suficiente.

Ron le apretó la mano a Dan.

Había que vivir la vida. Aquella era la enseñanza que Ron había extraído de ser hermano de Dan: que debía vivir la vida por los dos. Así que se giró y esa vez le guiñó el ojo a la enfermera. ¡Lo que se habría reído Dan!

# FRANK

Frank no sabía bien qué le había impulsado a hacerlo, pero estaban en el estacionamiento de la comisaría y Emma estaba a punto de bajarse del coche para tomar el suyo cuando se lo espetó.

—¿Quieres tomar una copa?

Emma vaciló, con un pie dentro y otro fuera.

—¿Dónde?

—Me da igual.

Ella frunció los labios.

—Hay un bar en mi colonia. Podría dejar el coche en casa y nos tomamos una rápida allí.

—Perfecto —contestó Frank.

Hubo un tiempo en que ir directo al pub después del trabajo era lo habitual para Frank. No le faltaban amigos. Frank Brazil era popular entre sus compañeros. Un buen inspector, uno de esos tipos poco frecuentes a los que les encantaba su trabajo y les daban igual las jerarquías. Pero bastaba con que dijeras «No, esta noche no» más de un par de veces para que dejaran de pedírtelo. Nadie lo había aislado intencionadamente. Se había aislado él solo a medida que se acercaba a la jubilación. Había empezado a darse cuenta de que, quitándoles el trabajo y la copa de rigor al terminar la jornada, los compañeros de trabajo no eran más que eso: compañeros de trabajo, no amigos en el mundo real. Cuando se fuera, no volverían a verse mucho. Podría contar con los dedos de la mano cuántos de ellos querrían verlo. Prefería ir distanciándose de ellos poco a poco a vivir con el trauma de darse cuenta, al recoger su reloj de mesa y su P45, de que el trabajo por el que lo había sacrificado todo no le había dejado a nadie en su vida.

Si a Emma le parecía raro que de pronto le propusiera ir a tomar algo, por primera vez después de meses de trabajar juntos, lo disimuló bien. Frank casi esperaba que le respondiera que tenía que volver a casa con su novio o que quería hacer algún papeleo esa noche. Los que aspiraban al ascenso rápido siempre tenían «papeleo».

A lo mejor se sentía solo. La casa estaba supersilenciosa con los vecinos de vacaciones: no se oían carreras por las escaleras ni portazos ni gritos de Yvonne.

Fuera lo que fuera, esa noche quería estar acompañado.

Ella se dirigió a su vehículo con el paso suave de sus bailarinas y, en la mano, la bolsa donde llevaba los zapatos con los restos de pájaro muerto aún en las suelas.

Frank metió reversa.

El bar no era muy de su gusto. A Frank no le avergonzaba reconocer que prefería lo que Mona solía llamar «bares de viejo», oscuros, revestidos de madera, con meseros de cierta edad, una televisión en la que podían verse las carreras de caballos y que nadie te preguntara a qué te referías cuando pedías una cerveza. El bar de Emma era de esos que tenían taburetes altos y bonitos y ventanales grandes, carta de cócteles y cuencos de cristal llenos de agua con velas flotando en ellos.

El barman aconsejó a Frank que probara una de sus cervezas de grifo especiales y Emma pidió una copita de prosecco. Era lo que bebían los jóvenes ahora, eso lo sabía: una porquería espumosa y azucarada a nueve libras la copa. Cinco copas en una botella que el dueño del local compraba por diez libras al mayoreo. Tendría que haber detenido al propietario del bar por estafa. Era como si le hubiera puesto a Emma una copa de 7-Up. Le faltaba añadir una bolsa de papas fritas para que quedara aún más patente la edad, que, por lo visto, a él ya no le estaba permitido mencionar.

—Muy lindo, este lugar —dijo Frank brindando al aire con su ridículo vaso de tubo.

Emma soltó una pequeña carcajada.

—Sí, estoy convencida de que es como el de tu barrio. Anoche hubo jazz en vivo.

Frank no supo disimular su desagrado.

Ella volvió a reír.

—¿No tienes que llamar a tu chico o algo? —preguntó él—. No estás casada, ¿no?

Emma negó con la cabeza.

—Ni marido ni novio. Tuve un novio. Hasta hace unos meses.

—¿Qué fue de él?

—Que era un tonto.

—Bueno, como dice el refrán, mejor haberte enamorado de un tonto y darte cuenta a tiempo de que prefieres seguir soltera.

Ella sonrió.

—Me enteré de lo de tu mujer.

—Ya hace mucho de eso.

—¿Nunca has pensado en volver a casarte?

—No, Mona fue el amor de mi vida. Habría sido injusto para cualquier mujer que viniera después de ella, que habría tenido que vivir a la sombra de Mona.

—A Rebeca no le importó.

—¿A quién?

—¿Daphne du Maurier?

Frank negó con la cabeza: no conocía a aquellas mujeres de las que hablaba.

Emma rio.

—¿No presentaste el examen a la universidad?

—No se llamaba así cuando yo iba a clase. Usábamos tablillas de piedra y ábacos. Y teníamos a los Hermanos Cristianos, que te pegaban en la mano con la regla solo por diversión.

—¡Qué tiempos aquellos!, ¿eh? Bueno, está bien saber que hay cosas en las que te llevo la delantera.

—Estoy convencido de que sabes montones de cosas de las que yo no tengo ni idea. Detectaste enseguida a ese niño, a Wolf.

—Me recordó a mi hermano. Saldrá adelante. Justin lo ha hecho, vamos. Pero, en el caso de Justin, todo el mundo de su entorno está al tanto de su trastorno y él también se lo cuenta a todo el mundo, con lo que son tolerantes. Cuando finges que no es un problema es cuando termina convirtiéndose en uno.

—Como hace David Solanke.

—Eso es.

—¿Tú crees que Lily Solanke pudo ser capaz de taparle con cinta adhesiva las rejillas de ventilación a Olive Collins y sabotearle la caldera?

Emma pasó el dedo por el borde de la copa, cuyo contenido iba bajando rápido, observó Frank. Ese era el problema de las bebidas dulces: que entraban demasiado bien. Él aún tenía un barreño de cerveza delante. Le hizo una seña al barman para que le rellenara la copa de prosecco.

—Ay, gracias —dijo Emma distraída—. ¿Tenía motivo suficiente para querer asesinar a alguien tan a sangre fría?

—¿Alguna vez hay un motivo suficiente? Está pendiente de un ascenso y Olive estaba a punto de jalar la cobija. Me pareció bastante desesperada.

—Cierto. La verdad, no sé. Yo creo que Lily está enojada consigo misma, no con su vecina, aunque su enojo se haya manifestado en ella. Siento que es infeliz.

—Tiene un problema con su marido —terció Frank.

Emma se encogió de hombros.

—El problema es la imagen que él tiene de ella. Debe de ser agotador mantener ese nivel de perfección. Aunque yo a él tampoco lo entiendo del todo. Está obsesionado con controlarlo todo, eso está claro.

Frank descansó la barbilla en la mano.

—Emma, ¿has estudiado Psicología en la universidad o algo así?

—Sí. Ya te lo había dicho, seguro.

¿Se lo había dicho? No se acordaba. No lo ponía en duda. A veces, cuando ella le hablaba, él desconectaba.

La miró detenidamente. Parecía más relajada de lo normal.

Por unos segundos, oyó en su interior la voz de Mona diciéndole que la chica era joven y que con toda probabilidad se ponía nerviosa en su presencia. Puede que por eso hablara como una cotorra. Y puede que Frank hubiera sido injustamente desdeñoso con ella. Puede.

—En cualquier caso —continuó Emma—, la otra razón por la que no me imagino a Lily Solanke haciéndolo es que le dio un puñetazo en la cara a Olive; ella sería más bien una asesina impulsiva. La veo más hartándose de pronto y matando a Olive a golpes con un atizador. Más tipo señora amable y cariñosa sufre un arrebato que mujer que sabotea la caldera de su vecina con diligencia y esmero. Además, para hacerlo tendría que haber estado en la cocina sola... ¿Tú te imaginas a Olive dejando a Lily deambular por su casa después de haber discutido con ella? Sabemos que nadie vio a Olive salir de la colonia. No hemos visto su coche en las grabaciones de las cámaras de seguridad del pueblo ni del centro de Wicklow, así que solo podemos deducir que pasó el día en casa. No, quienquiera que le manipulara la caldera lo hizo con premeditación. Fue alguien a quien se le da bien la estrategia. Y ella le permitió entrar en su casa.

Frank asintió con la cabeza.

—¿Como Ed Miller? Parece que esa pareja se pasa la vida haciendo planes, un viaje detrás de otro.

—Ajá. Pero, como en el caso de Alison, ¿mienten cuando dicen que no fueron a ver a Olive ese día o miente Ron cuando asegura haberlos visto?

—Buena deducción —comentó Frank—. Todos mienten sobre algo, eso lo tengo clarísimo, pero ¿hemos descartado demasiado rápido la posibilidad de que alguien a quien no hayamos conocido aún la odiara y estuviera en su casa esa tarde?

Emma se encogió de hombros.

—No lo creo. No hay pruebas de que esa mujer tuviera ni un solo amigo en el mundo. Su nombre ha salido hoy en los periódicos y la noticia ha llegado enseguida a las redes sociales. A estas alturas, ya sabríamos de alguien, de cualquiera, aunque solo fuera por protagonismo. Además, en esa colonia hay mucho veneno. Olive había discutido con varios de sus vecinos: los Solanke, las Daly, Ron Ryan... De los otros aún no sabemos si hay más que no nos han contado. Eso son muchas personas con motivos, si es que no fue un accidente.

—Siempre es lo mismo, ¿no? —dijo Frank.

—¿El qué?

—A puerta cerrada no se sabe lo que pasa. Todas esas personas aparentemente respetables...: Lily, la profesora, dándole un puñetazo en la cara a su vecina; Olive, la logopeda jubilada, enredándose con un hombre guapo y luego haciéndole el numerito con las fotos; y todos los regalos sospechosos de Alison, que, bueno..., quién sabe qué se traen entre manos su hija y ella. Si seguimos rascando...

—Quién sabe qué más saldrá —terminó la frase Emma.

Frank sonrió con tristeza.

—Uno de ellos podría haberla matado. Lo paradójico del asunto es que apuesto a que muchos de sus vecinos deseaban verla muerta y, ahora que estamos indagando en sus asuntos y están manteniendo conversaciones incómodas unos con otros, seguro que piensan que igual tampoco era para tanto.

Frank levantó su vaso y miró por el ventanal. Los barcos se mecían suavemente en el puerto y las luces arrojaban leves destellos amarillos sobre el agua. Aquel no era su tipo de bar favorito, pero tampoco estaba mal.

# ED Y AMELIA
## LOS DEL 6

Por primera vez en mucho tiempo, Ed se tomó la presión antes de acostarse. La tenía alta, mucho más alta de lo normal. Como en los malos tiempos, cuando estaba sometido a tantísimo estrés.

Es lo que tiene la familia: que te mata sin pensárlo dos veces.

Resultaba paradójico lo sana que estaba Amelia en comparación con Ed. Había ido engordando y engordando durante los últimos años, a pesar de sus continuos viajes. Tenía muy buen apetito, le encantaba beber y su forma natural de pera y su metabolismo lento no eran buenos compañeros de todo aquello. Pero Amelia no sufría hipertensión. Afrontaba todos los problemas con serenidad.

Olive había sido una mujer atractiva, a Ed siempre se lo había parecido, aunque con mala cara. Sería por la mala sombra que tenía. Olive era mucho más cruel con los demás de lo que ella creía. Crítica, diría Ed. Por lo demás, le recordaba a Amelia: también se le daba muy bien salirse con la suya. Ed se había preguntado a menudo cómo sería su vida si estuviera con Olive en vez de con Amelia. Pero eso ya no era posible. Amelia y él habían pasado mucho juntos.

—¿La tienes alta otra vez, Ed?

Amelia salió del baño-suite envuelta en la bata de color azul claro que cada vez le tapaba menos por delante.

Ed asintió.

—Catorce nueve —dijo.

Amelia chasqueó la lengua.

—Acuéstate —le ordenó—, que te voy a masajear las sienes. Tú no pienses en nada, ¿me oyes? Y menos aún en la estúpida esa.

Ed se acostó sobre el amplio regazo de su mujer y dejó que le diera un masaje en ambos lados de la cabeza, procurando ignorar su perorata sobre la estúpida esa de Olive Collins.

# LILY
## LA DEL 2

Había tenido que salir de casa.

Lily estaba delante de la puerta de su domicilio, respirando el aire fresco de la noche.

Cuando se fue la policía, se lo contó todo a David. Lo que había estado comiendo. Lo que había estado comprando.

Y peor aún. Uy, muchísimo peor.

Lo que había estado fumando.

Había enterrado a sus dos progenitores, ambos muertos de cáncer de pulmón. ¿Cómo se podía ser tan estúpida?

David se había quedado allí sentado, negando con la cabeza y juzgándola.

Al final, había cerrado la boca. Se había agotado. Era una charlatana. Había pasado tanto tiempo despreciándolo en silencio, creyéndolo un inmenso farsante, y resulta que la que no tenía valores era ella. La que no tenía corazón.

Lo más paradójico de todo era que había hecho falta que Olive Collins muriera para que todo aquello saliera a la luz. A la muy desgraciada le habría encantado.

Sin saber bien por qué, se dirigió a casa de Alison Daly.

Lily y Alison eran más o menos de la misma edad, pero nunca habían intercambiado más que las típicas palabras de cortesía: «¿No hace un tiempo estupendo?», «¿Qué tal tus hijos?», «¿Cómo está Holly?», «Pásate por la tienda algún día»...

256

Lily había decidido que Alison era una empresaria sofisticada y que no tendrían nada en común. Absurdo, teniendo en cuenta cómo se ganaba la vida su marido. Una vez más, había sacado conclusiones desde lo alto de su torre de marfil.

A lo mejor fue eso lo que la llevó a la puerta de la casa de Alison y no de la de George: aquel empeño masoquista en demostrarse a sí misma que, en realidad, se equivocaba en todo y con todos.

Fue Holly la que abrió la puerta, con la boca llena, el pelo recogido en un moño, tan guapa como de costumbre. Diecisiete añitos y ya llamaba la atención. Cuando se atreviera a salir al mundo de verdad, los hombres se le iban a echar encima.

—Ay, perdona..., ¿estabas cenando? —dijo Lily.

Holly masticó y tragó despacio.

—No, me estaba comiendo un sándwich. ¿Buscas a mi madre?

Lily asintió. Holly la miraba con cara rara. Normal. ¿Para qué demonios iba a ir Lily a su casa preguntando por Alison?

—¡Mamá! —voceó Holly—. ¡Es Lily, la de al lado!

Alison apareció por encima de su hombro en cuestión de segundos.

—Eeeh... Hola, Lily.

Holly parecía debatirse entre la indiferencia absoluta y la necesidad desesperada de saber por qué la vecina había ido de pronto a verlas. Su madre estaba tan sorprendida que se quedó allí parada. Lily, nerviosa, descargaba el peso del cuerpo en una pierna y luego en la otra. Ahora que estaba allí, no sabía qué decir. Holly enarcó las cejas y se retiró. Todo aquello era demasiado raro para ella.

—Ay, qué maleducada soy —dijo Alison—. Pasa, por favor.

Lily agradeció tanto que la dejara pasar que le dieron ganas de abrazar a Alison.

Siguió a la otra por la cocina, donde Holly vaciaba un plato mientras veía una serie en la laptop.

—Ay, Lily May quería verla —dijo Lily señalando la pantalla.

—¿En serio? —replicó Holly—. Igual es un poco pequeña. Esto es *Por trece razones*. Trata de una adolescente que se suicida.

Alison y Lily se dedicaron una mirada cómplice.

—No me había dado cuenta —le dijo Alison a su hija.

—Relájate, mamá. Es una serie con moraleja, no un manual de instrucciones. —Alison rio nerviosa—. Me voy arriba. Si ves caer un cuerpo por la ventana, tú tranquila, ¿está bien? —dijo Holly.

—Ja, ja.

Lily sonrió. La relación que tenían Alison y Holly era supernatural. ¿Y por qué no iba a serlo? Eran madre e hija. ¿No debería tener ella esa misma relación con Lily May? Su niña solo tenía ocho años, pero, por desgracia, presentía que jamás se llevarían tan bien.

—Siéntate —le dijo Alison—. O quizá estés más cómoda en la sala...

—Aquí estoy muy bien —contestó Lily.

Alison seguía mirándola atentamente, como si fuera un pez fuera del agua. Lily le estudió con disimulo la espalda. Su vecina estaba distinta aquella noche. Llevaba unas mallas y un chaleco de tirantes finos. No iba maquillada y el pelo moreno le caía suelto por los hombros. Sin traje ni maquillaje, parecía diez años más joven. Más de veintitantos que de treinta y tantos. Casi podía pasar por hermana de su hija.

—No sé a ti, pero se me está antojando un vinito —sugirió Alison—. Eeeh..., ¿tú bebes?

La Lily de antes habría sonreído con indulgencia y habría

dicho: «Yo me tomaría una infusión de hierbabuena, pero bebe tú». La nueva Lily dijo:

—No te molestes en traerme una copa; pásame la botella con un popote.

—¿Un mal día? —dijo Alison sonriendo.

—Un mal día.

—Entonces no te pregunto si prefieres tinto o blanco.

—Por mí los puedes mezclar.

Alison tomó unas copas tan grandes que parecía que cupiera una botella entera en cada una; luego sacó una botella de vino blanco empezada del refrigerador y la repartió entre las dos.

—Hay mucho más ahí dentro —dijo.

Lily no respondió enseguida. Bebía como si acabaran de darle medio litro de agua después de un maratón.

—Perdona —se disculpó cuando dejó la copa—. Me parece que hace un par de días, al levantarme, descubrí que soy alcohólica. Intento recuperar el tiempo perdido.

Alison soltó una pequeña carcajada. Se sentó enfrente de Lily.

Era verdaderamente menuda. A su lado, Lily se sentía inmensa, y eso que solo medía uno setenta y era de constitución muy esbelta.

—No eres alcohólica —contestó Alison—. Estás hablando con una mujer que tiene un arsenal de vino en el refrigerador. Creo que es esta semana. El que la policía haya encontrado a Olive así... Nos ha afectado mucho a todos.

—Eso es un eufemismo —replicó Lily, y bebió otro sorbo. Las dos mujeres se miraron a los ojos por encima de los lentes—. Pero era una mujer horrible —añadió. Alison se mostró extrañada—. Es que es verdad, Alison. Ya sé que tú eres demasiado maravillosa para verle nada malo a nadie, pero, créeme, Olive no era un angelito.

—Era una persona difícil —reconoció Alison y le dio un buen trago al vino—. Tendría que haberme dado cuenta desde el principio. ¿Sabes la familia a la que le compré la casa..., los Kazemi? El padre, Mahmoud, me dijo: «Ojo con la racista de al lado. Le dije que era médico y no para de contarme sus dolencias».

Lily rio.

—Lo recuerdo. Eran muy reservados. Él era profesor de Historia en la universidad, ¿no? ¿Qué pasa, que ella dio por sentado que era médico solo porque era de Oriente Próximo? Si te soy sincera, nunca me dio la impresión de que fuera racista. Y, si medimos la negrura, yo...

—Ya —rio Alison—. Él era bastante clasista, la verdad, y probablemente algo antipático en ese sentido. Se hacía llamar «doctor», no «profesor», pero, sí, ella debió de darle mala espina. Si vieras lo que la llamó Holly delante de la policía...

—¿Qué la llamó?

—Rima con «túpida».

—Uau —dijo Lily—. Tiene ovarios, tu chica. Aunque yo le dije a la policía que Olive y yo no éramos precisamente colegas. Por cierto, me parece que sus amigos de verdad volvieron: los Miller. Los vi llegar antes.

—¿De verdad piensas que Olive tenía amigos? —preguntó Alison—. Me parece que era una mujer muy solitaria.

—¿Tú crees?

—Sí —contestó Alison extrañada—. Se empeñaba en conocer a todo el mundo, pero, en realidad, nunca parecía salirle bien, ¿no? Yo pienso que, al principio, sí que quería que fuéramos amigas, pero se le veía un poco desesperada. Era muy pesada y se me hacía raro. Además, era un poco fantasiosa, ¿sabes? Le daba por contarte lo buena que era en su trabajo o lo popular que era, pero... yo era la única que iba a verla. Y eso que nos llevábamos bastantes años: diecisiete. Y los Miller..., calculo que serán bastante mayores de lo que era ella, ¿no?

—Sí, pero también son raritos esos dos —respondió Lily—. Dan un poco de repugnancia.

—¡Repugnancia! ¿En serio lo crees?

—Completamente.

—Bueno, supongo que la policía querrá hablar con ellos también —dijo Alison agitando la copa de vino—. Estoy convencida de que se fueron de viaje más o menos cuando dicen que murió Olive.

—Igual tienes razón. De todas formas, no me hables de la policía. Tengo la sensación de que mi vida se ha ido a pique en estos últimos dos días. Muere alguien de la colonia y, de pronto, examinan nuestra vida con microscopio. También te voy a decir...: Olive y yo tuvimos un encontronazo.

—¿Un encontronazo? —repitió Alison.

—Sí —contestó Lily—, su cara se encontró con mi puño.

—¡No fastidies!

—Ya... Esa soy yo: Lily la hippie pesopluma. No suelo ser violenta, créeme, pero es que consiguió sacarme de mis casillas. —Lily no sabía bien por qué, pero sentía la necesidad de justificar sus actos. Alison la miraba como si la estuviera descubriendo de repente. ¿Sería así como la mirarían todos en adelante?—. Aun así, estuvo mal —añadió en voz baja—. No tendría que haberle pegado.

Alison negó con la cabeza, como quitándole importancia.

—¿Es eso lo que le contaste a la policía? —preguntó.

—Sí. No me quedó de otra. Wolf me vio hacerlo.

—¡Ay, no! —exclamó Alison con los ojos muy abiertos—. ¿Y qué te dijeron?

Lily suspiró.

—No mucho, la verdad. Piensan que estoy loca. David, en cambio...

Levantó la copa y apuró hasta el fondo.

Alison se puso de pie, se acercó al refrigerador y volvió con otra botella.

—No bromeabas con lo del arsenal —comentó Lily.

—Nunca bromeo con algo tan importante como el vino. —Le llenó la copa a Lily y luego vaciló, con la botella aún en la mano—. ¿Cómo es que no hemos hecho esto antes? En condiciones, digo, las dos... O con Chrissy.

Lily movió la cabeza, incapaz de encontrar una respuesta.

—No sé. La verdad es que yo podría haberlo hecho. Antes de venir aquí, me llegó un correo electrónico de una amiga. ¿Sabes lo que va a hacer mañana? Va a un fiestón de día. Tiene treinta y tres, y se levanta a las seis de la mañana para ir a bailar antes del desayuno. Pero no te lo pierdas: ¡sin alcohol!

Alison la miró espantada.

—¿Con qué clase de raritos te relacionas tú? —le preguntó.

Lily se encogió de hombros.

—La conozco de toda la vida. Como a casi todos mis amigos. No había caído en la cuenta de lo paralizante que puede llegar a ser eso. Cuando la gente te conoce de siempre, no puedes cambiar. Si haces algo distinto, se piensa que o te ha dado un ataque o te crees especial. Te meten en un cajón y de ahí no sales. ¿Y sabes qué es lo peor? Que ese cajón te lo hiciste tú cuando eras adolescente sin saber siquiera que era un cajón. Ahora entiendo por qué tanta gente emigra. Nueva vida y a empezar de cero.

—Uau. Qué... profundo. ¿Estás hablando de...?

—Sí, hablo de mí. —Lily alzó su copa—. Hola, me llamo Lily Solanke y soy un desastre.

Alison alzó la suya y brindó con Lily.

—¿No lo somos todos? —dijo.

262

Se sonrieron tímidamente.

—Me quiero alisar el pelo, de verdad —espetó Lily.

A Alison se le fue el vino por la nariz.

—¿Cómo?

—Que me quiero alisar el pelo —repitió pasándose las manos por el afro y jalando de aquellos rizos prietos, tratados para que estuvieran más definidos—. Los negros también nos lo podemos alisar, ¿como Beyoncé? Algunas mujeres se hacen trencitas y se ponen extensiones, otras se lo alisan con algún producto. Es una especie de antipermanente. Malísimo para el cuero cabelludo. A ver, a mí me gusta mi pelo, pero a veces pienso que me gustaría tenerlo liso. Solo por probar.

Alison la miró extrañada, perpleja.

—Eres guapísima, Lily. No tienes que hacerte nada en el pelo. Pero ¿por qué no te lo vas a cambiar si es lo quequieres?

—Porque David pensará que me avergüenzo de lo que soy, que quiero parecer blanca, que lo hago para asegurarme el ascenso en el trabajo —explicó con un gesto de desesperación—. Lo que pasa es que él no entiende que me he pasado la vida entera sintiéndome orgullosa de mi color de piel, aunque, por lo visto, la he tenido más difícil que él. Es él quien intenta ser más blanco. ¿A qué viene eso de ser vegetariano? Sus hermanos casi se caen de culo cuando se lo dijo.

Alison rio.

—Siempre me ha parecido raro..., aunque solo sea porque es inmenso. Me lo imagino comiéndose un costillar entero.

Lily soltó un bufido.

—No se puso así de grande comiendo semillas de ogbono, ya te lo digo yo. ¿Sabes lo que me dijo hoy? Que se hizo vegetariano porque, cuando salimos juntos por primera vez, se pidió un entrecot y yo no era capaz ni de mirarlo, cuando lo que pasó fue que yo procuraba no mirarlo a los ojos porque me gustaba mucho. En serio.

—Uau. —Alison se quedó como pensando algo—. Ven a mi tienda. El lunes. Ven y te busco algo que no sea de flores. Te buscamos algo escotado, cortito, lo que te guste. Luego te haces lo que quieras en el pelo. Lily, no dejes que un hombre te haga pensar que tienes que vestirte o peinarte de una forma concreta. Haz lo que tú quieras.

Lily sonrió. A lo mejor iba.

—Voy a sacar algo para picar —dijo Alison y empezó a llenar un cuenco de galletitas saladas y papas fritas.

Lily echó un vistazo a la cocina. Era de un color crema cálido, como una auténtica cocina rústica, pero limpia y ordenada, sin trastes por ningún lado. No como la suya, con sus frascos de especias y sus tarros de infusiones, los dibujos de los niños colgados en el refrigerador, los celulares de campanillas y los cojines de múltiples colores.

La cocina de Alison también daba la impresión de estar habitada, pero ella no tenía que esforzarse tanto. Ella no pretendía dejar claro su estilo de vida con la decoración. Había fotos en la pared. Todas de Alison y Holly, sobre todo recientes. Salvo la de la ecografía del bebé.

—David tiene un álbum entero de los mellizos con cosas de esas —dijo Lily señalando el marco—: las ecografías, las pulseras del hospital, mechones de pelo de cuando eran bebés... ¿Sabes?, antes me sentía muy culpable por lo poco que me importaban cuando nacieron, pero, con el paso del tiempo, me he dado cuenta de que, en realidad, estaba superdeprimida después del parto. Deprimida de verdad. Tuve un embarazo muy difícil con la preeclampsia y luego nada salió según lo previsto ni en el parto ni después. Me sentía abrumada, esa es la verdad.

—Y, mientras tú estabas deprimida, ¿David hacía manualidades?

Lily se ruborizó.

—Supongo que debería agradecérselo. Al menos, ahora lo tienen los mellizos. ¿Tú le hiciste un álbum a Holly?

Alison miró la imagen aquella, con añoranza, con tristeza.

—No —contestó.

—Ah, bueno... Pero tienes la eco en un lugar especial.

—No es de Holly —contestó Alison con una voz rara, como si se le hubiera quedado algo atascado en la garganta. Lily no supo qué decir—. Esa es Rose.

Alison levantó la copa y bebió. Le habían salido ronchas en la cara y el pecho.

—Perdona —dijo Lily—, no sabía que habías tenido otra hija. ¿Qué... qué le pasó?

Alison miró fijamente la barra.

—No era mía. Era de Holly. —Lily se quedó pasmada—. Holly quedó embarazada. A los catorce años. De un chico cualquiera. Ella ni siquiera sabía aún lo que era el sexo. O lo sabía, pero no pensó en las consecuencias. Supongo que pretendía encajar porque es lesbiana. Cuando me dijo que le gustaban las chicas, no me preocupó ni un segundo, salvo, paradójicamente, por una cosa: me pregunté si perdería la ocasión de ser madre. Y me preocupaba lo duro que podía ser para ella. Supongo que, con lo rápido que está cambiando todo, le resultará más fácil que antes, pero aún lo pienso. El caso es que tendría que haber cuidado mejor de ella. Pero yo estaba... Que Dios la proteja. Ella estaba aterrada. Yo aprendí la lección. No permitiría que volviera a pasar por algo así. Jamás. Costara lo que costara.

El aire se había impregnado de tristeza. Lily casi no se atrevía a respirar.

—¿La dio en adopción? —preguntó.

Alison negó con la cabeza.

—Lo mantuvimos en secreto todo lo que pudimos. Esa es la eco de las veinticuatro semanas. Quería saber si era niño o niña. Ya había elegido los nombres. Pero...

—La perdió —se adelantó Lily. Pobrecilla, haber tenido que enfrentarse a algo así tan joven.

Alison, sentada enfrente de ella, había empezado a llorar con disimulo.

—Ella no perdió a Rose. —Lily se llevó la mano al pecho. El corazón le iba a mil por hora. Alargó el brazo y le tomó la mano a Alison—. Hay muchas cosas... muchas cosas de las que no puedo hablar —dijo Alison—. Quiero, necesito hacerlo, pero es decisión de Holly. Lo siento, Lily. No pretendo sonar... misteriosa.

Lily negó con la cabeza.

—No, qué va, no te disculpes, por favor. Apenas nos conocemos, Alison, no tienes que contarme nada que no quieras contar. Pero puedes hablar conmigo cuando quieras, cuando estés lista. Dios sabe que lo que has dicho antes es cierto, ¿no? Somos todos un desastre. Pero a veces tenemos que recordarnos que no estamos solos.

Alison asintió con la cabeza. Se limpió las lágrimas y miró fijamente su copa de vino.

—Me voy —se despidió Lily—. Llámame, de día o de noche, y vengo enseguida, ¿está bien? Prométeme que me vas a tomar la palabra...

Alison le apretó la mano a Lily también.

—Yo quise confiar en alguien, en Olive. No funcionó, pero tengo el presentimiento de que contigo podría ser distinto.

—No me parezco en nada a Olive, créeme.

Se miraron y se sonrieron tímidamente.

Quizá saliera algo bueno del sufrimiento de las dos.

# CHRISSY
## LA DEL 5

Encontraron a Cam debajo del edredón, viendo una película de miedo en la *tablet*.

—No fastidies que tienes eso encendido, Cam, chico. —Matt le quitó la *tablet* a su hijo—. ¡Dios mío!, pero ¿qué es esto? *The Purge: la noche de las bestias...* ¿Tú has oído hablar de esto, Chrissy?

Chrissy negó con la cabeza mientras el hombre de la pantalla de siete pulgadas apuñalaba con saña a una mujer. Se sentían culpables por haber dejado a su hijo casi todo el día solo. La cosa era peor de lo que pensaban.

—¡Qué horror! —exclamó ella mirando alternativamente la pantalla y a su hijo de once años—. Cam, ¿cómo pudiste acceder a esto si tengo activo el control parental en Netflix?

Por un instante, la conversación que habían tenido abajo había dejado de importar. Chrissy y Matt eran padres y, mientras habían estado hablando del desastre en que se había convertido su matrimonio, su hijo estaba arriba viendo una película para mayores de dieciocho años que daría miedo a la mayoría de los adultos.

Cam los miró a los dos avergonzado.

—El perfil que tiene activo el control parental es el mío, no el suyo.

—¡La madre que te...! Te dije que era un disparate comprarle esto, Matt.

267

—Esto no es cosa mía —repuso Matt.

Chrissy negó con la cabeza y apagó el dispositivo. Casi no lo oía con los alaridos y la carnicería.

Si Cam estaba viendo ese tipo de cosas, bueno, por lo menos explicaría el que le hubiera dado por matar pájaros. Iban a ponerle freno a aquel problema de inmediato.

Chrissy se sentía mejor, mejor de lo que se había sentido en mucho tiempo. Con cada decisión que tomaba era como si fuera recuperando un poco de control.

Se había dado un baño cuando Matt y ella habían decidido hacer una pausa para cenar. Luego se había tomado el té con pan tostado que él le había preparado. Mientras tanto, él había mandado un correo electrónico al trabajo para decir que se iba a tomar unos días libres a inicio de semana.

El plan era ir despacio, hablar, buscar una terapia de pareja... Empezarían a buscar casa por internet. Tenían que mudarse, no quedaba otra. Pero era un buen momento: la vivienda empezaba a recuperar su valor de mercado. La podían vender y mudarse a algún lugar en la periferia de Dublín y salir ganando, con una hipoteca más baja, además.

Matt se había destensado visiblemente ante la perspectiva, algo que hacía que Chrissy se sintiera aún peor. No tenía ni idea de que él estuviera tan estresado. Se había centrado en sus propios problemas y no le había quedado espacio para los de él. Pero ahora, con perspectiva, podía comprender lo mal que él debía de haberlo pasado los últimos años para poder mantener el ritmo de vida al que estaban acostumbrados. Dios, era absurdo el poco caso que se habían hecho el uno al otro.

Se sentaron a ambos lados de Cam. El pobre estaba aterrado.

—Cam, queremos hablar contigo de la señorita Collins, la de al lado —dijo Matt—. Lo que le dijiste anoche a tu madre de que no era buena persona... ¿Ella te dijo o te hizo algo que debamos saber?

El niño miró al uno y al otro alternativamente.

—No, se portaba muy bien conmigo.

Chrissy miró a Matt por encima de la cabeza de su hijo.

—Entonces ¿por qué dijiste...? Espera, ¿a qué te refieres con que se portaba muy bien contigo? ¿Qué hacía?

Cam se encogió de hombros.

—Me daba cosas.

—¿Como qué?

El niño guardó silencio.

—Se referirá a galletas y cosas así —dijo Matt—. Te refieres a eso, ¿verdad, hijo?

Chrissy sabía que era más que eso. Conocía a Cam. Ocultaba algo.

—¿Qué has dicho hace unos minutos, Matt?

—¿Cómo?

—¿Que cómo era eso de que... lo de la *tablet* no era cosa tuya? Eh, eh, ¿adónde crees que vas?

Cam había intentado escabullirse de la cama. Sus padres lo agarraron fuerte de los hombros.

—Que no la compré yo —contestó Matt—. Me dijo que se la habías comprado tú.

Se voltearon los dos hacia el niño, que miraba al infinito, como queriendo encogerse y hacerse invisible a la vez.

—¿Te la regaló Olive? —preguntó Chrissy señalando el elemento agresor, que había dejado encima de la cómoda.

—Eeeh...

—¡Cam! ¿Por qué no me lo dijiste?

Matt movió la cabeza.

—No, Chrissy, la pregunta es... ¿por qué se la regaló?

Durante un instante terrible, Chrissy se planteó lo peor.

Cam se había portado mal aquellos últimos meses. Su vecina, una mujer a la que ella apenas conocía pero que cada vez que había estado en contacto con ella le había parecido una buena pieza, le había estado regalando cosas a su hijo. El mal comportamiento, los regalos... ¿Se habría sobrepasado Olive con Cam? Chrissy creyó que se le iba a parar el corazón.

El niño suspiró.

—Le dije que la había visto con el señor Ryan y que sabía que eso iba a fastidiar a mamá porque a mamá también le gustaba el señor Ryan. Quería que dejara de ser mala contigo. Y también quería una *tablet*.

Chrissy se tapó la boca con la mano y luego se tapó los ojos. No podía mirar. No podía mirar a su hijo ni a su marido. Su hijo, su pequeño, sabía desde hacía tiempo que ella tenía una aventura y que la estaban amenazando. Por eso se estaba portando mal. Y a ella le había faltado tiempo para culpar a otros.

Se moría de vergüenza. Notó que Matt pasaba la mano por encima de Cam y le apretaba el hombro.

—Todo eso es cierto, Cam —dijo su marido. Chrissy no sabía cómo lo hacía. Su voz sonaba normal, serena, paternal, no furiosa como habría sonado la de ella. Ella habría sido incoherente—. Tu madre era amiga de... ese hombre, pero la señorita Collins lo entendió mal. Se estaba portando mal con nosotros. Está muy bien que quisieras defender a mamá; lo que no está bien es que aprovecharas la situación para conseguir una *tablet*. ¿Sabes cómo se llama eso?

Cam los miró de reojo.

—Eeeh..., ¿chantaje?

¿Cómo conocía siquiera la palabra? Chrissy hizo memoria. ¿La habría oído acusar a Olive de eso? «Ni se te ocurra chantajearme.» Eso era lo que Chrissy le había dicho a ella cuando había ido a verla por última vez. Había vuelto con Ron y no quería que Olive se lo arruinara. «Mi casa y mi jardín son intocables. Mi familia es intocable. Y, si vuelves a meter las narices en mis asuntos, te liquido, ¿me entiendes? Te liquido.»

Había sido desagradable.

—Sí, se llama chantaje —asintió Matt—. Y no es un juego. La policía te puede detener por hacer algo así.

—¿Va a venir la policía? —preguntó Cam con un hilo de voz, asustado.

—No, no va a venir, pero no puedes volver a hacer algo así, ¿lo entiendes?

—¿Van a venir por ti, papá?

Chrissy miró a Matt.

—¿Por qué preguntas eso? —dijo él.

—Te vi ese día, cuando le estabas gritando a la señorita Collins.

Matt puso cara de espanto.

—¿Qué? —espetó Chrissy pasmada—. Me dijiste que no habías hablado con ella.

Matt miró fijamente a Cam, como diciendo «¿En serio vamos a tener esta conversación delante de nuestro hijo?».

Chrissy frunció el ceño. Habían ido demasiado lejos para eso.

Matt suspiró.

—No fue nada. Ni lo pienses, Chrissy. Le pedí que nos dejara en paz. —Miró a Cam—. Pero solo fue una discusión tonta. Siento que lo oyeras. Y también que te hayas visto envuelto en este absurdo lío de adultos. No va a venir la policía ni les vamos a contar nada de esto, ¿está bien?

—¿Vamos a mentir?

—No, no contar algo no es mentir. No tiene relación con la muerte de la señorita Collins. Lo suyo fue..., no sé..., un accidente. Esto otro no tiene nada que ver con eso.

Cam asintió con la cabeza y se volteó hacia su madre en busca de confirmación. Chrissy cabeceó afirmativamente, aunque con menos rotundidad que su marido. ¿Por qué le había mentido Matt abajo cuando en todo lo demás que habían hablado había sido tan sincero?

Cam aún los miraba con expectación.

—Hay otra cosa de la que queremos hablar contigo —dijo ella, creyendo preferible seguir adelante, de momento.

—No los robé yo. Wolf me dijo que los había encontrado en el clóset de su madre y que quería que yo los escondiera, que su padre se enojaría si los veía. —Chrissy y Matt se miraron completamente perdidos. Cam se levantó y se acercó a la cómoda. Abrió el último cajón, donde estaban, bien dobladitos, sus suéteres de invierno, metió la mano hasta el fondo y sacó una cajetilla de tabaco—. No los he tocado —dijo—. El tabaco te da cáncer y te mueres. Lo pone en el paquete. Solo se los escondo a Wolf porque dice que no quiere que su madre se muera.

Cam parecía más asustado por la cajetilla de Benson & Hedges que por la revelación de la *tablet*.

—Vaya, vaya, vaya —manifestó Matt levantándose y tomándole la cajetilla a su hijo—. Parece que... ¿Cómo la llamabas...? ¿La «maldita Madre Naturaleza»...? Parece que tiene secretos como todo el mundo.

A Chrissy le costaba creérselo. Bien hecho, Lily. Fumar a escondidas la convertía en una mujer muy distinta a ojos de Chrissy.

—¿Escondes algo más? —dijo Matt volteándose hacia Cam—. No tendrás un esqueleto en el armario, ¿no? —Cam negó con la cabeza. Menos mal. Matt seguía evitando mirar a Chrissy a los ojos y eso la incomodaba. ¿Cuándo habría tenido aquel encontronazo con Olive?—. Está bien, lo otro —prosiguió su marido—. Estamos pensando en mudarnos a algún lugar donde haya más niños con los que puedas jugar, pero no lo vamos a hablar siquiera hasta saber si tú te apuntas. ¿Te gustaría que nos cambiáramos de casa?

El niño no supo disimular su alegría.

—¿Cuándo nos vamos? —preguntó.

Sus padres sonrieron sorprendidos.

—Pronto —contestó Matt—. En cuanto podamos. Nos largamos de este lugar y empezamos de cero.

# OLIVE
## LA DEL 4

Nunca me importó demasiado no hacer buenas migas con Lily, Alison o Chrissy. Sobre todo con Chrissy. Después de todo, tenía a los Miller. Por eso la pérdida de mi amistad con Ed y Amelia me afectó tanto.

No pensé mucho más en el desconocido que había armado semejante alboroto en su casa en los días posteriores al suceso. Después de que Amelia viniera a verme, decidí olvidarme de aquel hombre y de los Miller. No valían la pena. Además, por aquel entonces, tenía otras cosas en la cabeza. Había vuelto a ver salir a Ron Ryan de la casa de al lado y Chrissy había venido a advertirme de que los dejara en paz. Esa era mi principal preocupación.

Sin embargo, a la semana de la disputa en casa de los Miller, estaba en el pueblo comprando una caja de analgésicos en la farmacia cuando vi el coche del desconocido, del que había ido a casa de mis vecinos, estacionado a la puerta del Horse and Hound.

El pub también era pensión y se me ocurrió que, si el desconocido era de la ciudad de Cork, igual que Ed, lo lógico era que hubiera reservado alojamiento mientras andaba por la zona. Pero ¿qué hacía aún allí?

Entré en el local. Era la hora de comer y se me antojaba un buen sándwich de ensalada con un café recién hecho. ¿Por qué no allí?

Me encontré al desconocido sentado a la barra, con una pinta de cerveza y un enojo descomunal. Al principio no parecía interesado en hablar conmigo, ni siquiera de las nimiedades que yo le comentaba. Paul Miller era mucho más discreto de lo que pensaba su hermano. Pero también era aficionado a la bebida y, cuando le pedí otra pinta a la vez que mi gin-tonic después de comer, se mostró un poco más amable. Al mencionarle que vivía en Valle Marchito, su interés aumentó.

Hablamos un poco ese día, él nervioso y yo procurando no parecer demasiado curiosa. Nos caímos bien y eso facilitó un poco las cosas.

Quedamos en volver a vernos.

## HOLLY Y ALISON
### LAS DEL 3

—¿Se fue ya, entonces, tu nueva amiguita?

Holly había bajado a la cocina y se había encontrado a su madre sentada aún a la barra de desayuno, mordisqueando unas galletitas saladas y mirando al infinito. Había oído la puerta de la calle y no había podido resistir la tentación de enterarse del motivo de la visita de Lily. Que ella supiera, solo Wolf y Lily May habían estado alguna vez en casa de las Daly; sus padres, nunca. Más concretamente, Holly quería saber lo que le había contado su madre a Lily. Alison estaba un poco rara últimamente.

—Hola —contestó Alison—. Ven, siéntate a mi lado.

Holly tomó asiento, inquieta, en el taburete.

—¿Cuántas te has tomado? —preguntó al ver la copa de vino.

—¡Esta es solo la segunda!

La joven se encogió de hombros.

—Me parece bien que te tomes unas copas y te relajes, mamá.

—¡Qué generoso de tu parte!

—Ya sabes a lo que me refiero. Lo único que me preocupa es que te relajes demasiado..., después de lo de Olive.

—De eso quería hablarte.

—No se lo habrás contado todo a Lily, ¿verdad? —preguntó Holly horrorizada. No la creía capaz de una tontería así, por segunda vez.

—No, Holly. No se lo conté. Pero esto se tiene que acabar. Hay que contarle a la gente lo que él nos hizo.

Holly negó con la cabeza.

—No, mamá. No podemos. ¿Y si nos encuentra?

—Holly —dijo Alison con rotundidad, más de la que acostumbraba—, ¿seguro que la razón por la que no quieres que lo sepa nadie es porque nos pueda localizar? ¿No será que no lo quieres decir en voz alta, que no quieres hablar de Rose?

La joven se estremeció.

Rose. Un nombre precioso para un bebé precioso.

Su padre no le había pegado antes. Era su princesita; así la llamaba siempre. Y, aunque Holly le veía los moretones a su madre y oía los gritos y la violencia, sabía que lo único que podía hacer era seguir siendo una niña buena, no hacer nunca nada que disgustara a su padre.

Cuanto mayor se hacía, más le costaba. A los diez años, ya podía decir en alto que lo despreciaba. Se lo decía a la almohada, pero daba igual. A los doce, ya fumaba detrás de los campos de futbol. A los trece, se bebió su primera lata de sidra.

Quería hablar con su madre de lo que hacía su padre, pero, cada vez que sacaba el tema, Alison la tranquilizaba, la abrazaba y le decía que aquella era una cruz que no debía llevar ella. Alison pensaba que protegía a su hija cuando lo único que Holly quería era proteger a su madre.

Tenía trece años y ocho meses cuando se emborrachó con cuatro latas de sidra y se acostó con Kevin Robinson. Él era un año mayor, pero ninguno de los dos sabía realmente lo que estaba haciendo. Él le preguntó si podía probar una cosa con ella, ella estaba demasiado enojada para decir que no y, cuando se quiso dar cuenta, tenía los calzones en las rodillas y el chico la estaba penetrando. A la mañana siguiente, ella no estaba segura de qué había pasado en realidad, si es que había pasado algo. Solo hacía un año que tenía la regla.

Su madre se lo imaginó enseguida. Les dijo a los del hospital y a la trabajadora social que sufrían abusos en casa y no podían revelar el embarazo de Holly a su padre. Se creó un equipo para ayudarla. Holly se negó por completo a darles el nombre de Kevin. Insistió en que había sido consentido y en que no quería meterlo en aquello. Si los padres de él se enteraban, no serían capaces de guardar el secreto.

Cuando su padre finalmente se enteró de que estaba embarazada, ¿qué fue lo que le dijo? Que no era más que una zorra, igual que su madre. Holly recordaba aquellas palabras espetadas con asco y desprecio. Ella había estado poniéndose suéteres grandes y vestidos, y tenía un vientre tan minúsculo que él ni siquiera se había dado cuenta, pero aquel día Holly había hecho algo, se había volteado de lado o echado hacia atrás o movido de algún modo y él lo había notado. Había visto que estaba embarazada.

Y ahí se acabó todo. Él le puso fin a patadas.

Veintisiete semanas. ¡Tan cerca!

Holly había tenido al bebé, que había nacido muerto. Las enfermeras habían dejado que ella y Alison tuvieran en brazos a aquella niña minúscula un rato que les habían parecido unos segundos, pero habían sido horas. Luego Holly, que también era una niña, había tenido que entregar al bebé para que lo enterraran en una caja sin que hubiera respirado ni una sola vez, sin que nadie volviera a tenerla en sus brazos nunca más.

El odio que Holly sintió por su padre en esos momentos era puro y absoluto. Habría podido matarlo. Habría podido hacerle lo que él le había hecho a su madre, a ella misma y a Rose, una y otra vez, hasta que no fuera más que un charco de sangre en el piso.

Pero no pudo hacer nada de eso porque tuvieron que huir.

A lo mejor su madre tenía razón. A lo mejor había llegado el momento de dejar de esconderse y empezar a hablar.

Porque Holly sabía que la rabia que llevaba dentro no era sana. Le hacía pensar cosas raras, hacer cosas raras.

## OLIVE
## LA DEL 4

Siempre lamentaré que mi relación con las Daly, las del 3, se fuera al demonio. Le tenía cariño a Alison y pensaba que podía acoger a Holly bajo mi protección.

Le hablé a Alison de mi vida y ella me contó un poco de la suya.

Se confesó conmigo una noche mientras nos bebíamos una botella de vino. Parecía tan desesperada por hablar.

Alison me dijo que había huido de su marido.

Me dijo que el matrimonio no había funcionado y después me contó a qué se dedicaba él y que la única forma de librarse de él era salir corriendo, porque él no había dejado nunca de buscarlas.

Apenas había pronunciado las palabras cuando empezó a arrepentirse, como si lamentara de inmediato hacer públicos sus secretos.

Me dio pena el pobre hombre, que llegara una mañana a casa y se encontrara con que su mujer y su hija se habían largado solo porque tenían problemas conyugales. ¿A quién no le perturbaría eso?

Debió de verme el asombro en la cara y por eso cerró la boca totalmente y ya no quiso hablar más.

Seguí intentando reconectar con ella, pero se retraía. Pensaba que empezábamos a tener una amistad, pero Alison era claramente una de esas personas que hablaban de más con unas copas encima y luego les daba vergüenza mirarte a los ojos por la mañana.

Su actitud empezó a molestarme cada vez más. Por eso no paraba de ir a su tienda, para dejar clara mi postura. Aunque ella estuviera rara, yo no había hecho absolutamente nada malo. Me pregunté qué más ocultaría. Entonces me di cuenta de que ni Alison ni Holly estaban en Facebook, Twitter o Instagram, algo que debería haberme alertado enseguida de lo rara que era aquella casa. A ver, lo de Alison, está bien, pero ¿qué adolescente no es adicta a las redes sociales?

El que no parara de regalarme cosas me produjo la sospecha de que era bastante manipuladora. Intentaba comprarme. Eso me hizo compadecerme aún más del exmarido.

Pero me equivoqué con las Daly.

Y me equivoqué muchísimo con los Miller.

Quedé de ver a Paul, el hermano de Ed, unos días después de nuestro primer encuentro. Yo había ido al pueblo a usar una de las computadoras que había al fondo de la biblioteca cuando él me mandó un mensaje para decirme que ya estaba de vuelta. Iba y venía con la intención de conseguir que su hermano hablara con él. La cosa no se veía bien. Creo que por eso se abrió conmigo. Nos vimos otra vez en el bar.

Paul me recordaba a Ron: el mismo bronceado intenso, ojos bonitos... ¡Maldición!, veía a Ron por todas partes.

—Apuesto a que Ed no te ha contado nada de sí mismo —dijo Paul mirándome intrigado.

—Un café, por favor —le pedí al barman—. No conozco muy bien a Ed —mentí—. Solo somos vecinos.

—Nadie conoce bien a Ed —respondió Paul. Y entonces me contó cómo se había enriquecido tanto su hermano. Una historia interesantísima—. Somos siete hermanos. A casi todos nos va bien. Las chicas tienen la vida resuelta. Mary se casó con un operador financiero y se mudó a Dublín, y Jean trabaja en Nueva York. De los chicos, un par de ellos consiguieron empleo en Cork después. Cuando nos dimos cuenta de que Ed lo había hecho, que de verdad había vendido la empresa y se había largado, tuvimos que buscar trabajo todos.

Removí el café con el palito de madera.

—¿Teníais un negocio familiar?

—Algo así. Trabajábamos en la granja de nuestro padre. Había sido el sustento de la familia durante decenios. Luego mi padre enfermó. Tendríamos que haberlo visto venir. A Ed y a Amelia les faltó tiempo para irse de Dublín y mudarse a la granja con él. Apenas habíamos visto a Ed desde que se había ido a vivir a la capital; Mary decía que no había manera de contactar con él. Y, de repente, se regresa volando a Cork. Su mujer había sido enfermera, ¿sabes?, en la capital, con lo que tenía sentido que se ocupara ella de papá. Supongo que podría haberlo hecho alguna de mis hermanas, pero el marido de Mary trabajaba muchas horas y tenían niños, y Jane ya se había ido a Estados Unidos por entonces.

Empecé a olerme lo que había pasado con los Miller. No era nuevo precisamente. Uno de los hijos se muda a la casa del enfermo y de pronto cambia el testamento. Tan viejo como la propia avaricia.

—A ver si lo adivino —dije—: murió tu padre y se lo dejó todo a Ed.

—Cien hectáreas de tierras de cultivo de la máxima calidad. Ninguno de nosotros habría querido que la granja se parcelara, ¿sabes? Nos habría bastado con ser todos accionistas y llevarla conjuntamente. Pero Ed se lo quedó todo. Se lo vendió a un promotor. Le pagaron una millonada. Ahora toda esa zona está edificada. Aquella tierra preciosa ya no existe.

—¡Qué horror! —dije negando con la cabeza—. Estarás enojadísimo con Ed.

—Uy, aún hay más, Olive. No te imaginas de lo que son capaces mi hermano y la asquerosa de su mujer. ¿Otro café?

Asentí.

Por supuesto. No tenía otra cosa que hacer en ese momento.

# RON
## EL DEL 7

Ron estaba muy nervioso.

La declaración que le habían tomado los agentes aquella tarde había sido casi idéntica a lo que les había contado a los inspectores cuando habían ido a su casa por la mañana, pero, cuando volvió de ver a Dan y empezó a hacerse de noche, no conseguía quitarse de encima la sensación de que todo iba a salir a la luz.

Había destruido las fotos. Se había deshecho de sus calzones.

La policía sabía que Olive y él se acostaban. Sabía que había discutido con ella.

Pero no sabían lo otro.

¿Qué bicho le había picado?

Picado estaba, desde luego. Ese era el problema.

Por entonces, ya hacía una semana que sabía que Olive era responsable de las fotografías. La había evitado todo lo posible porque no se fiaba de sí mismo. Si le veía la cara, le iban a dar ganas de soltarle una bofetada.

¿Quién se creía que era?

Crystal lo había llamado primero. Le había dejado un mensaje de voz:

Ron, soy yo, la madre de tu hija. Solo quería que supieras que tengo tus fotos. Me alegro de que hayas rehecho tu vida. Becky

284

necesita ortodoncia. Según el dentista, serán unos cuatro de los grandes. Como no me has dado ni un maldito penique para que la críe, pensé que podías pagársela tú. Espero noticias.

Rio nervioso al oír el mensaje. ¿De qué hablaba aquella chiflada?

Luego Abbie se había parado en su trabajo. La recepcionista lo había llamado en medio de una importante reunión comercial y le había sugerido que bajara rápidamente antes de que se armara un escándalo. Cuando Ron llegó abajo, se encontró a Abbie parada en medio de la gran recepción de mármol con la criatura en la sillita y una maleta grande.

—Quédatelo —le dijo empujando la carreola hacia Ron.

Todo el mundo los miraba.

—¿Qué?

—Que te lo quedes. Es tu hijo. Ahora ya lo puedes cuidar tú. No tardaste en ofrecerte a cuidar de tu hermano..., pues ahí tienes a tu hijo.

—Abbie, ¿a qué juegas? ¿Qué haces aquí?

—Las fotos, Ron. —Se las puso furibunda en las manos y Ron empezó a ojearlas. Parecían arrancadas de las páginas de sociedad de una revista del corazón y él era la celebridad en turno—. Vives como un rajá y yo en un cuartito en casa de mis padres. Me dijiste que estabas arruinado, que no tenías ni un penique a tu nombre, que te lo estabas gastando todo en la residencia de tu hermano... Bueno, pues hablé con un abogado. Quiero que me pagues todos los atrasos y te voy a perseguir hasta conseguirlo.

Se dirigió a la puerta y dejó allí al niño y la maleta. El niño miraba a Ron con sus ojos grandes, sin saber lo que estaba pasando. Ron salió corriendo detrás de ella mientras la recepcionista le gritaba que no dejara la sillita.

—Abbie, no lo puedes dejar aquí. Estoy trabajando. Mira, luego lo hablamos. Pero el niño necesita a su madre.

Justo entonces la criatura empezó a gritar. Ella titubeó al llegar a la puerta giratoria. Por suerte para Ron, Abbie no era capaz de abandonar a su bebé.

Al contrario que él.

Le iba a costar un buen dinero.

Está bien, era cierto. No se gastaba todos sus ingresos en el cuidado de Dan. Aportaba como la mitad, pero había invertido una fortuna en acondicionar la vivienda. ¡Qué forma de tirar el dinero! ¿Tan mal estaba que ahora quisiera darse caprichos, gastar dinero en cosas bonitas, en vivir un poco?

Ron pasó días y noches intentando averiguar quién lo odiaba tanto como para haberle hecho eso. Al final, fue a ver a las chicas para que le enseñaran las fotos otra vez. Con las de Crystal salió de dudas: había imágenes de él dentro de su casa y solo una persona había estado allí dentro con él lo bastante a menudo para tomarle fotos. En una de ellas, se veía el abrigo de ella colgado en una silla.

No entendía por qué lo había hecho, pero sabía que se lo iba a hacer pagar.

Ron pasó varias semanas madurando su venganza.

Y de pronto una noche tuvo una idea. Una venganza tan dulce que rio a carcajadas cuando se le ocurrió.

Él también sabía jugar.

Se iba a enterar.

# OLIVE
## LA DEL 4

La primera vez que vi a Ed y a Amelia después de aquella noche con Paul, no podía ni mirarlos a la cara.

Habíamos acabado en la cama, el hermano de Ed y yo. Era guapo, pero la verdadera razón, por mi parte al menos, era una combinación de los múltiples gin-tonics que siguieron al café y lo dolida que estaba aún con Ron. Eso fue lo que me instó a volver al hotel de dos estrellas de Paul, con sus anticuadas cortinas de rayas, su alfombra raída y su techo manchado de humo. Los muelles del somier chirriaban, las sábanas me irritaban la piel y me pasé el rato con ganas de llorar por todo lo que había tenido con mi amante más joven. Habría dado cualquier cosa por que volviera a estrecharme en sus brazos, por borrar de mi cabeza las imágenes que había creado de él con Chrissy Hennessy.

Paul, que era un caballero, me hizo un té con un hervidor que tardó una eternidad en calentar el agua; luego se sentó en la cama conmigo mientras yo lo sondeaba discretamente sobre lo que había empezado a contarme en el bar.

—Papá tenía cáncer, desde luego. Se estaba muriendo. Eso no lo negábamos ninguno. Pero aún le quedaban meses de vida, quizá un año. Ed dispuso de tiempo suficiente para hacerle cambiar el testamento, pero, aun así, lo hizo con premura. Con su propio padre. Acudió de inmediato a su lecho de muerte y se encargó de aislarlo de su familia, hasta que se lo dejó todo a Ed y después..., ¿sabes lo que hizo después?: lo asesinó.

—¿Qué?

Supongo que me lo esperaba, teniendo en cuenta el rumbo que había tomado nuestra conversación, pero, por cómo me lo había contado Paul en el bar, pensé que Ed y Amelia habrían sido negligentes, que habrían dejado que el anciano muriera. No que lo habrían matado.

Casi me desmayo del susto.

Ed y Amelia, mis amigos.

Ed y Amelia, asesinos.

—Sí, lo mataron. Hubo una investigación y todo. El inspector al mando me dijo: «Sé lo que han hecho esos dos». Pero no podían demostrarlo. Ninguno de nosotros podía. Así son las personas que tienes por vecinos, Olive: dos asesinos.

Su relato me hizo olvidar por completo mis problemas con Ron.

Solo podía pensar en que alguien debía castigar a esos dos.

# RON
## EL DEL 7

En principio, Olive ya no estaba con él cuando había ido a verlo la noche del 2 de marzo. No paraba de hacer comentarios insidiosos sobre que había desaparecido y que la ignoraba.

Él le dijo no sé qué tontería de que tenía problemas en el trabajo y estaba muy estresado. Incluso le dejó caer que tenía problemas personales con una de sus ex, a ver si lo creía. Pero la muy artera ni parpadeó.

Ron se comió la comida para llevar que había tomado, que le supo a suela de zapato, y se bebió un vino que le cayó por la garganta como si fuera ácido, sin dejar de sonreír y reír en ningún momento, procurando animarla. Dejó de lado todo lo que sentía y se la trabajó como jamás se había trabajado a otra mujer.

Tuvo que hacer un esfuerzo. Ahora que sabía cómo era Olive en realidad, le veía todos los defectos en los que nunca se había fijado o que no le habían importado. Le notaba la edad: las arrugas que le fruncían la boca, el pellejo colgado del cuello, aquel brillito desagradable de sus ojos apagados...

Al final, ella empezó a relajarse. Cuando ya llevaban una botella, ya reían juntos. A las dos botellas, se estaban besando.

A él le costó excitarse, rio y lo achacó al alcohol.

Pero, en general, fue la mejor actuación de su vida.

Cuando empezó a desnudarla, ella quería acostarse bocarriba.

Él negó con la cabeza y chasqueó la lengua.

—No, por detrás —le dijo—. Por detrás me encantas.

En cuanto terminó, agarró el celular y empezó a tomar fotos.

Ella se volteó a mirarlo y, al ver lo que estaba haciendo, se le esfumó la sonrisa.

—Solo estoy tomando unas cuantas para el álbum familiar —manifestó Ron.

Olive gritó, se retorció y lo apartó de un empujón, horrorizada.

—Para, Ron —le pidió.

Aún no tenía claro lo que estaba pasando, no estaba segura de si bromeaba.

—Es solo por tenerlas, Olive; no sé si tienes algún ex a quien se las pueda mandar —espetó él mientras se levantaba. Se guardó el celular en un bolsillo, los calzones de ella en el otro y se subió la bragueta—. Me parece que no te quedan muchos amigos ni amantes, pero eso da igual porque, si vuelves a tomarme una foto para mandársela a alguna de mis ex, subo estas a internet y subasto tus calzones junto con ellas. Seguro que me detienen, puede que hasta me metan en la cárcel, pero, por verte la cara cuando te ponga en evidencia, no me importa correr ese riesgo.

El primer instinto de ella fue abalanzarse sobre él. Empezó a arañarle los pantalones, intentando sacarle el celular. Olive era peleonera, eso había que reconocérselo. Pero no tenía la fuerza de él. Cuando vio que tenía todas las de perder, se puso a llorar y obviamente Ron se sintió mal. No era un monstruo. No tenía intención de compartir aquellas fotos con nadie, nunca. No valía la pena jugársela. Pero eso ella no lo sabía. Debía castigarla, protegerse. Esa noche, era importante que ella supiera de lo que era capaz.

De haber vivido, él habría terminado diciéndole que lo suyo

ya era historia. Quizá ella le hubiera contado por qué había hecho lo que había hecho. A lo mejor, hasta habrían hecho las paces, aunque lo dudaba.

Ya daba igual. Ella estaba muerta.

Le había advertido que lo dejara en paz.

Pero a Olive le encantaban los desafíos.

# EMMA

Un nuevo día. Un nuevo amanecer.

La noche anterior había sido fantástica.

Para empezar, el hecho de que Frank le hubiera propuesto ir a tomar una copa ya se había salido por completo de las normas (esas de las que él nunca le había hablado explícitamente, pero que sin duda existían). Y luego la cara que había puesto cuando ella le había sugerido el modernísimo Harbour Bar de su colonia. Jason, el barman, le había recomendado a Frank una Rebel Red, y Emma sabía que era la primera vez que su compañero cataba aquella cerveza en su vida, casi segura de que se pararía con el primer vaso y se pediría una Guinness.

Pero no. Desde el primer momento, le había demostrado que estaba equivocada.

A la una de la madrugada había tenido que pedir un taxi para que lo llevara a casa. Habían estado bebiendo seis horas seguidas. Bueno, Frank lo había hecho; ella se había pasado al agua a las once, sabiendo que al día siguiente tenía que ir a trabajar aunque fuera domingo. Le había aconsejado a Frank que hiciera lo mismo, pero él se había empeñado en pedir caballitos.

¡Caballitos!

Jason la había ayudado a meterlo en el taxi mientras Frank hacía riffs con una guitarra invisible y cantaba «The Chain» de

292

Fleetwood Mac todo el camino desde la puerta del bar. Aún lo oían aullar por la ventanilla abierta del vehículo cuando el taxista salía del estacionamiento.

Emma iba ahora camino de su casa a recogerlo. Era temprano, pero estaba espabilada y se sentía relajada y feliz. Había metido *Rumours* en el reproductor de CD para vacilarlo y «Dreams» sonaba a todo volumen por los altavoces mientras conducía, tan alto que ni se oía el aire acondicionado.

Alison Daly había llamado a las nueve de la mañana. Se había disculpado profusamente por molestar en domingo. Emma le había explicado que los inspectores siempre estaban de servicio mientras un caso estuviera abierto (aunque ella tenía pensado trabajar lo justo y dudaba que Frank tuviera pensado nada). Iría a recoger a Frank y les harían una visita rápida a las Daly.

Frank vivía en uno de esos barrios extensos y gentrificados de viviendas municipales de los sesenta. Las calles estaban repletas de adosados de tres recámaras con espacio para un coche a la entrada y un parque grande en el centro para que jugaran en él todos los niños del vecindario.

Aquellas fincas no se habían diseñado para la era moderna de traslados diarios al lugar de trabajo y el fin de semana daba fe de ello, porque había coches estacionados a diestra y siniestra. Ya nadie tenía un solo coche. Salvo Frank, que en esos momentos no tenía ninguno porque lo había dejado estacionado a la puerta del departamento de Emma.

Se subió al vehículo, la miró con recelo y toqueteó el asiento del copiloto hasta que salió disparado hacia atrás y le cupieron las piernas.

—¿A qué hora te levantaste? —le preguntó él mientras ella enfilaba despacio la estrecha carretera que permitía salir del barrio de él, evitando los vehículos de ambos lados.

293

—Poco antes de que llamara Alison.

—Te veo muy fresca para haber estado bebiendo anoche.

Emma se miró los labios pintados en el retrovisor.

—Estoy recién bañada y afeitada, Frank —bromeó ella frotándose la barbilla—. Lo podías haber intentado tú.

—Bastante he hecho con levantar la cabeza de la almohada. ¿Qué fue lo que bebimos anoche?

—Sambuca.

—¿Qué?

—Es un licor fuerte de anís. Fue idea tuya. Te tomaste dos. Y luego mis dos.

—¡Demonios! ¿Puedes bajar eso un poco? Aún me retumba la cabeza.

—Pero si te encanta Fleetwood Mac...

Frank miró por la ventana.

—No recuerdo haberte contado eso.

—Me contaste bastantes cosas anoche, pero lo de Fleetwood Mac lo supe porque no parabas de cantar canciones suyas.

Él rio medio avergonzado.

—«Landslide.»

—¿Cómo dices?

—Esa era la canción que Mona y yo bailamos en nuestra boda. De Stevie Nicks.

—Ah.

Emma sonrió con tristeza. La noche anterior le había hablado mucho de Mona, pero no había mencionado eso. Era obvio que Frank seguía locamente enamorado de su mujer. Pero también le había hablado un poco de Amira Lund, la de Científica. Emma no conocía bien a la paquistaní, pero parecía agradable. Quizá Frank terminara pasando página. Nunca se sabía.

—¿Qué crees que querrá? —preguntó Emma—. Alison, digo.

—Confesar, espero. Que mató ella a Olive Collins. Caso cerrado. La empresaria serena.

Emma no dijo nada.

Tomó despacio el desvío hacia Valle Marchito, resistiendo la tentación de pisar a fondo el acelerador y darle a Frank un susto de muerte, como solía hacer él. No quería arriesgarse a que le vomitara en la tapicería.

La colonia estaba tranquila al sol dominical. Alison Daly había preparado café para los inspectores y sacado un plato de bollería recién hecha. Holly también estaba allí, vestida con una bata completamente rosa. Emma la encontró distinta, más mansa.

—Muchísimas gracias por venir, inspectores —dijo Alison sin parar de estrujarse las manos—. Son muy amables. Permítanme que les sirva un café. ¿Quieren una caracola, una napolitana de chocolate...?

Emma aceptó el café. Frank titubeó y después accedió a tomarse uno también, solo y bien cargado.

—No hacía falta que sacara tanta cosa —dijo Emma—. No les estamos haciendo ningún favor. Es nuestro trabajo.

—Pero se lo agradecemos mucho —terció Frank—. Eso es lo que ha querido decir mi compañera.

—Por supuesto —contestó Emma—. A eso me refería.

¿Por qué se empeñaba en corregirla así? Iba a tener que decirle dos cositas.

Alison los miró a los dos y sirvió el café.

—Eeeh..., sí, desde luego. Es que..., bueno, tengo algo que contarles.

—Adelante —dijo Emma.

—No he sido del todo sincera con ustedes.

—Está bien.

—Sobre Olive Collins.

Emma asintió con la cabeza. Eso ya se lo habían imaginado.

—¿Te vas a sentar con nosotros, Holly? —preguntó Frank.

La joven los miraba con beligerancia. Su madre le lanzó una mirada suplicante.

—Muy bien —contestó y apartó el cuarto taburete de la isla de la cocina para instalarse en él.

—¿Qué pasó, entonces, con Olive? —preguntó Emma.

Alison inspiró hondo.

—Verán, no sé si esto se puede considerar chantaje y dudo sinceramente que Olive tuviera la más remota idea de cómo lo veían los demás. Se le daba muy bien sacar conclusiones precipitadas sobre todo el mundo, pero no era muy consciente de sus propios defectos. Pero bueno... El caso es que Olive se estaba excediendo con las visitas a la tienda. No paraba de venir. Después de la primera vez, cuando venía, tomaba cualquier cosita barata y luego empezaba a parlotear sobre lo bien que le quedaría aquel vestido o aquella blusa, pero que ella no se los podía permitir. Con un descaro increíble. Nunca decía nada de forma expresa. Nunca fue un *quid pro quo*, pero, desde luego, yo tenía la sensación de que debía seguir regalándole cosas para que... no le contara a nadie nuestro secreto.

—¿Qué es?

Alison parecía estar sufriendo.

—Que yo no voy a clase —saltó Holly—. O sea, estudio aquí, en casa, pero no voy a ningún centro.

—Está bien —dijo Frank volteándose hacia Emma, que se encogió de hombros con disimulo.

—Tienes diecisiete años, Holly —le dijo la inspectora—. No estás incumpliendo la ley.

—No puedo ir a clase. La última vez que lo hice, él nos localizó. Nos vinimos hasta aquí, desde Galway, y nos encontró igual. Yo no me llamo Holly. Y ella no se llama Alison. Ni siquiera somos las Daly.

Aquello despertó de pronto el interés de los inspectores.

—¿Son fugitivas? —preguntó Frank.

Alison asintió con la cabeza.

—¿Por su marido? —inquirió Emma.

—Sí. Era... era muy violento. Llevaba años siéndolo. Yo me resignaba porque siempre pensé que Holly estaba a salvo de él, pero...

—Me descarrilé un poco —terció la joven—. Bebía, fumaba... Sabía lo que él le estaba haciendo a mi madre y eso me tenía trastornada. Empecé a coquetear con chicos. Me... —Inspiró hondo, tragó saliva con fuerza y se echó a llorar.

Alison le pasó el brazo por los hombros y la estrechó contra su cuerpo.

—Esperaba un bebé. Él no se enteró hasta que ya tenía siete meses. Yo ahorraba todo lo que podía, aunque era difícil porque él se lo quedaba todo. Acababa de conseguir una beca para el London College of Design cuando lo conocí. Diseñaba prendas para una conocida firma de moda. Ganaba bastante, pero me pasé meses apartando dinero poco a poco para nuestra fuga. No tengo familia cercana, ¿saben? Nadie que fuera a creerme. Nadie que quisiera ayudarme. No se imaginan la clase de cosas que tuve que hacer: comprar pan de molde barato y meterlo en bolsas de otros más caros; comprar papel higiénico de saldo, sacar todos los rollos y quemar el envoltorio de plástico...

—No nos cuenta nada nuevo —comentó Frank con delicadeza.

—Sí, imagino que ya lo han oído antes. Bueno, todo eso dio igual. Se enteró de que la niña estaba embarazada antes de que pudiéramos escapar. Al principio, no dijo nada. Esperó. Esa noche me trajo flores y una botella de vino y me dijo que íbamos a celebrarlo. Yo le pregunté el qué y él se quedó allí sentado, tranquilísimo y me contestó: «Que vamos a ser abuelos». Llamó a Holly para que bajara y entonces caí en la cuenta. Le...

—Tómese su tiempo —le dijo Emma, que se notaba mareada y con el estómago revuelto.

—Le grité a Holly que se fuera, pero él me dio un botellazo en la cabeza. Estaba tirada en el piso, sin poder moverme, y ella no quería irse. Que era culpa mía, me dijo él, porque no me había ocupado de la niña. —Alison miró a su hija—. No querías irte —le dijo. La inspectora la vio acariciarle la mejilla con ternura a Holly. La joven ya no lloraba, pero Emma jamás había visto a nadie más destrozado. Alison se volteó hacia ellas—. Holly le gritó que se apartara de mí. Maldijo, berreó y lo puso verde. Era la primera vez que lo había visto pegarme de verdad. Él le dio un puñetazo en la cara y, cuando la tuvo en el piso, le dio una patada en el vientre.

Emma cerró los ojos. La habitación empezaba a darle vueltas. Se agarraba tan fuerte a la barra que los nudillos se le pusieron blancos. Le resultaba todo demasiado real, demasiado... familiar. Pero sabía que no le estaba pasando a ella. Aquella era la historia de otra persona. Debía recomponerse.

Frank estaba hablando.

—... terrible. Entiendo que huyeran. A veces esa es la única solución. Sé que no debería decir esto, que debería asegurarles que el sistema judicial se encargará de él, pero la triste verdad es que...

—Sí, pero ese es el problema, ¿no? —lo interrumpió Holly. Emma abrió los ojos. En los de Holly vio una rabia tan cruda que la creyó capaz de asesinar—. Casi mata a mi madre a palos. Mató a mi bebé. Y no es que ustedes, malditos, no pudieran hacer nada. ¡No quisieron! Está bien, se quedó sin trabajo, pero siguió siendo uno de los suyos, ¿no? Parte del rebaño. Aún protegido. Nunca fue a la cárcel. La condena quedó en suspenso. Eso fue lo único que le pasó, porque, ocurra lo que ocurra, ya no se manda a un policía a la cárcel, ¿verdad?

—¡Holly! —exclamó Alison, de pronto pálida.

—¿Era policía? —preguntó Frank.

—Era un maldito policía —espetó Holly—. Tenemos que vivir escondidas. Mamá debería tener tiendas por todo el mundo, pero solo puede tener un par de tiendecitas aquí por si él ata cabos. Yo no puedo inscribirme en ningún lugar. Y él anda por ahí sin una sola preocupación. ¡Malditos! ¡Son todos unos malditos!

Se bajó del taburete y salió furiosa de la cocina.

—Perdonen —dijo Alison—. Por favor, denme cinco minutos. Esta es la razón por la que ella no quería que se lo contara. Es que...

—Por supuesto —contestó Frank. Cuando oyó que los pasos de Alison seguían los zapatazos indignados de su hija por la escalera, se volteó hacia Emma—. ¿Te encuentras bien? —le preguntó—. Te has puesto muy pálida. —Emma asintió con la cabeza. Se encontraba mal. Tenía sudores fríos y palpitaciones—. Es muy duro, ¿verdad? Cuesta creerlo. O sea, he visto víctimas de violencia doméstica de sobra en mis años de servicio para creerles, pero ¿uno de los nuestros? ¡Qué animal!

Emma cabeceó en silencio. La cicatriz que le corría por la mejilla le escocía tantísimo que le daban ganas de arrancársela. Siempre le pasaba cuando pensaba en él.

Ella había tenido mucha suerte. Muchísima suerte.

Alison volvió al cabo de un par de minutos.

—Perdonen —se disculpó otra vez—. No quiere volver a bajar. Toda aquella época fue muy traumática para ella. Después nos fuimos, pero yo enfermé. Sufrí una depresión. La pobre tuvo que aguantar mucho.

—Lo entiendo —dijo Emma—. Ahora debe de tenerla entre algodones. En serio, Alison, es importante que lo haga.

Alison la miró intrigada y asintió.

—Lo sé.

—Entonces ¿le contó todo esto a Olive Collins y ella lo estaba usando en su contra? —preguntó Frank.

—No. Ese fue el problema: que no se lo conté todo. Creo que ese fue mi error. Empecé a contárselo, pero la vi..., no sé..., como demasiado interesada en mis asuntos. Soy de naturaleza cauta, por razones obvias, y me retraje cuando detecté aquello. Creo que eso la molestó un poco.

—Aun así —repuso Frank moviendo la cabeza.

—Ya... Anoche hablé con Lily y eso fue lo que me animó a contarles lo ocurrido. Por lo visto, Olive chocaba con unos cuantos de nosotros, pero creo que tampoco fuimos muy buenos vecinos con ella. Yo no la maté, pero hay más cosas que debería haberles contado. —Inspiró hondo—. Holly fue a su casa a reclamarle y Olive la amenazó con llamar a la policía si volvía a hacerlo. Fue un comentario cruel y ella lo sabía. Al poco vino a la tienda a contarme lo que había pasado. Nos dijimos... de todo.

—Entiendo —terció Frank—. ¿No hay nada más?

Alison negó con la cabeza.

—¿Están preparadas por si él vuelve a aparecer? —preguntó Emma.

La otra la miró extrañada, fijamente, y hubo entre ellas una comunicación muda. Luego bajó los ojos.

—Tenemos alarmas dentro y fuera. Tendría que conseguir entrar primero a la colonia, pero, suponiendo que lo consiguiera, lo tenemos todo cerrado con llave día y noche. Las dos hemos ido a clases de defensa personal.

—Es probable que ya sepan todo esto —comentó Emma—, pero no tengan en casa nada que él pueda usar contra ustedes:

ni machetes ni pistolas. Tengan a mano algo de fácil acceso: un espray de pimienta o algo así. Eso es lo que yo les aconsejaría, si no fuera policía, quiero decir. ¿Quiere decirme su nombre para que averigüe a qué se dedica?

—Pues... —Alison no supo qué contestar.

—Piénselo —insistió Emma—. Y no duden en pedir ayuda. Recuerden que aislarse las hace más vulnerables.

Alison cabeceó afirmativamente.

Se terminaron el café y se fueron con la promesa de seguir en contacto.

Ya en el jardín, Frank se volteó hacia Emma.

—Sabes mucho de todo esto —le dijo.

—Lo normal —contestó ella—. Soy mujer y agente de policía, Frank. Una de cada dos mujeres asesinadas en Irlanda muere a manos de su pareja.

—Conozco las cifras. Solo que me pareció que... No sé... —Emma no añadió nada—. Todo eso del espray de pimienta —prosiguió—, que es por completo ilegal...

Ella negó con la cabeza.

—Es largo de contar. Hoy no, ¿está bien?

—Claro. —Ella enfiló el caminito de salida—. Emma...

La inspectora suspiró.

—¿Sí?

—Solo quiero que sepas que, ahora que conoces mi secreto de Fleetwood Mac, me tienes aquí por si alguna vez quieres desahogarte.

Ella sonrió.

—Lo tendré en cuenta. Espera, Frank. ¿Holly?

Holly había salido de casa corriendo detrás de ellos. Esperó a que les diera alcance.

—Mamá no mató a Olive —declaró la joven.

—Está bien —contestó Frank.

301

—Yo tampoco la maté. Sé que mamá les contó que fui a su casa, pero fue peor que eso: amenacé a Olive. Le dije que la mataría si no dejaba en paz a mamá. Pero no era en serio. Lo dije por decir. No es algo que haría de verdad. No podría.

Se estaba poniendo nerviosísima. Emma la agarró por los hombros.

—Holly, no pasa nada. Cálmate. Nadie te está acusando de nada.

La niña asintió.

—Sé que piensan que la asesinó alguien. Solo quería decirles que creo que deberían volver a hablar con George Richmond.

Frank miró a Emma.

—¿Y eso por qué, Holly?

—Tuvo un problema grande con ella. Yo lo oí gritarle. Mamá piensa que soy boba, pero a mí me pareció que de verdad quería asesinarla. Además, fue más o menos por la época que dicen. No creo que fuera ese mismo día, pero por ahí, a finales de febrero o principios de marzo.

—¿Por qué discutían? —preguntó Frank.

Holly movió la cabeza.

—No sé, pero ese tipo no es normal del todo. Lo... lo he visto mirarme. No me gusta cómo me mira.

—Holly —dijo Emma—, esto es importante. ¿Dónde tuvo lugar esa pelea? ¿Dónde estaba George cuando le gritaba a Olive?

La joven se encogió de hombros.

—No estoy segura..., en el porche o en el jardín. No me asomé, pero los oí.

—Está bien, vamos a hablar con él. Vuelve con tu madre. —Cuando se fue, Emma se volteó hacia Frank—. ¿Tu resaca tolera otro interrogatorio ahora o necesitas una cura?

—Estoy de lujo —respondió él—, pero déjame hacer una llamada antes.

# GEORGE
## EL DEL 1

Cuando sonó el teléfono fijo de su casa, George sintió más alivio que irritación. Fue como otra intervención divina, un ser humano que quería hablar con él para recordarle que seguía siendo persona.

Adam le había prometido reservarle una sesión de terapia durante la semana, pero a lo mejor, aunque fuera domingo, le llamaba para avisarle que tenía un hueco. Iría si se lo pedía, a cualquier hora, a donde Adam le dijera. Lo que fuera con tal de poder empezar a hablar y recuperar aquel poder mágico que Adam le había conferido: la posibilidad de ser normal.

Pero no era Adam quien lo llamaba, sino Ron, y era para darle malas noticias.

—Definitivamente la asesinaron, chico —le explicó a George—. Yo te aviso por si acaso. Como te dije, tienen el ojo puesto en mí. Ya sabes cómo son estos cabrones. Tú no... no tuviste ningún desencuentro con Olive, ¿no?

—No —mintió George, que se había quedado pasmado—. Me llevaba genial con Olive. ¿Qué dicen que le pasó?

—No dicen nada, pero me hicieron presentar una declaración formal de que fui la última persona que la vio con vida y toda esa mierda. Eso no lo hacen cuando fue un accidente. Voy a hablar con un abogado.

Cuando colgó, George sacó la laptop.

Y fue directo a masturbarse otra vez.

# ED Y AMELIA
## LOS DEL 6

Amelia estaba sentada delante de la ventana de arriba, mirando a la banqueta de enfrente.

Ed le puso el té en el alféizar que tenía al lado.

—Han vuelto —dijo ella señalando con la cabeza a los dos inspectores, que acababan de salir del jardín de las Daly.

Ed suspiró. Eso parecía.

—No significa nada —repuso—. Nos fuimos de viaje el día en que ella murió, ¿y qué? No es más que una coincidencia. Si nos creyeran responsables de alguna forma, no andarían por ahí asoleándose y platicando con los vecinos.

Amelia le lanzó una mirada asesina.

—Eso no te lo crees ni tú, Ed. Como tampoco me lo creo yo. Ya sabes lo que pasó la última vez.

Tenía razón, por supuesto. La otra vez los inspectores habían hablado con toda la familia antes de interrogarlos a ellos. Fue lamentable lo que sus hermanos dijeron de él, pero Ed y Amelia habían contado «la verdad».

El padre de Ed se había debilitado durante el fin de semana. El sábado por la noche habían llamado a un médico, que, al llegar, había pasado un tiempo con Edward padre. Al marcharse, había insistido en que el enfermo debía guardar reposo absoluto y, si no podía comer, debían ponerle una vía con suero.

El médico le había dado a Amelia morfina para el dolor. Todo aquello lo dijo delante del enfermo.

Cuando el médico se fue, Ed observó que su padre estaba muy deprimido, a pesar de que el doctor le había asegurado que volvería el lunes y le había dicho que esperaba que, para entonces, estuviera mucho mejor. En el hospital le habían comentado que podía aguantar meses, incluso un año. No había peligro inminente de que muriera.

Pero el padre de Ed había empezado a decir que era una carga y que no quería pasar el resto de su vida en la cama. Ellos habían desestimado aquella bobada y lo habían puesto cómodo. Como estaban preocupados, Ed y Amelia habían acordado pasar la noche sentados junto al enfermo, por turnos.

Sí, Paul, el hermano de Ed, había llamado para decirle que quería ir a ver a su padre, pero, en aquel momento, el enfermo ya había conseguido sumirse en un sueño tranquilo que le hacía mucha falta y Ed le propuso a Paul que pasara por allí el lunes, porque, para entonces, posiblemente ya estaría levantado otra vez. Ed discutió con su hermano. Su padre había intentado contactar con Paul durante la semana y quería verlo. Al final, Paul reconoció que no era buena idea despertar a su padre y accedió a ir a verlo el lunes cuando estuviera allí el médico.

Amelia le contó a la policía que, en algún momento de su turno del sábado por la noche, se había quedado dormida y, al despertar sobresaltada, consciente de que se había quedado traspuesta, vio que Edward aún dormía. Reparó en que el anciano se había puesto de lado y le daba la espalda. Tomó el libro y leyó a la luz de la lamparita. Una hora más tarde, justo antes de que amaneciera, decidió despertar al enfermo para darle algo de desayunar y comprobar sus constantes vitales.

A Ed, que dormía en la habitación contigua, lo despertó un alarido. Bajó corriendo de la cama y, al entrar en la habitación, se encontró a su mujer arrodillada junto a su padre. Edward tenía una jeringuilla clavada en el brazo, con la ampolleta de morfina entera vaciada en ella. Como Ed y Amelia le habían dicho a la policía, era evidente que el anciano había aprovechado que ella dormía para agarrar la medicina que le había dejado el médico e inyectársela.

Edward había sido diabético toda la vida. Nadie ponía en duda su pericia en el uso de jeringuillas. Y lo más importante: había dejado una nota manuscrita que se había comprobado que era suya. La tenía en la mesita de noche. Decía: «A mis hijos, siento lo que he hecho. No me quedaba elección. Perdónenme, por favor».

Ed había llamado a emergencias enseguida y Amelia había intentado practicarle una RCP. Demasiado tarde.

Durante la investigación, el médico que había asistido a Edward padre declaró que aquel sábado lo había encontrado «muy bajito de moral». En su opinión, el señor Miller se había deprimido mucho en los meses anteriores y había manifestado que le angustiaba estar encerrado en casa todo el tiempo y haber perdido su independencia.

Todo el asunto se había considerado una terrible tragedia, como lo era, hasta que se leyó el testamento de Edward. Lo había cambiado dos semanas antes de morir. En el nuevo, incluía una nota que decía que, como Ed y Amelia eran sus únicos cuidadores, lo justo y necesario era que les dejara a ellos la finca completa; que temía que, si se la dejaba a todos sus hijos, no se pusieran de acuerdo en su gestión y que confiaba en que Ed llevaría satisfactoriamente la granja y todos podrían conservar sus empleos.

A los hermanos de Ed les había horrorizado.

Dos de ellos decidieron ir a la policía. El inspector al mando de la investigación preliminar del suicidio ya tenía sus sospechas. Habló con todos los miembros de la familia salvo con Ed y Amelia; todos hablaron mal de los dos. Aseguraban que, en cuanto habían vuelto a Cork, aquellos dos habían ido aislando poco a poco a su padre. Edward se había encerrado en sí mismo cada vez más y no había querido ver a su familia. Además, parecía haberse deteriorado más rápido desde que Amelia era su enfermera.

Ed y Amelia se defendieron alegando que, tan pronto como ellos se habían encargado del cuidado de Edward, el resto de la familia había abandonado sus responsabilidades. Sus hermanos y su hermana Mary habían vuelto a sus casas y Jean no había regresado de Nueva York ni una sola vez para ver a su padre antes de su muerte porque, para ella, Skype era una alternativa más que suficiente. Ed y Amelia habían tenido que hacerse cargo de la gestión comercial de la granja y de la salud de Edward.

Según Paul, la nota de suicidio de su padre era, en realidad, el principio de una carta en la que se disculpaba con sus otros hijos por cambiar el testamento. Sospechaba que Ed y Amelia habían sacado tajada del estado de Edward. Sin embargo, el notario que había modificado el testamento declaraba que su cliente parecía estar en plena posesión de sus facultades cuando había hecho los cambios y, de hecho, lo había visto contento. Se trataba de una medida práctica, le había dicho Edward padre: había caído en la cuenta de que dividir la finca entre sus siete hijos iba a ser un caos.

Al final, aunque a la policía le intrigaba el asunto y se abrió un caso, no hubo pruebas suficientes para demostrar que hubiera ocurrido algo inapropiado en la habitación de Edward aquella noche.

Así que Ed lo había heredado todo. Había ganado dinero, pero había perdido una familia. ¿No era siempre así?

Amelia y él, sentados en el alféizar de la ventana, observaban ahora a los inspectores.

—Olive era idiota —dijo Amelia rompiendo el silencio—. Nunca me cayó bien.

—¿No? A mí me agradaba su compañía. Al principio.

Ella frunció los labios y se estiró la falda de rayas de color melocotón para taparse bien las rodillas.

—Te halagaba, Ed. Coqueteaba contigo. Pero a mí me espeluznaba. Quería meterse en nuestra vida. Todos esos comentarios sobre sus viajes sola y lo mucho que le gustaría tener con quien ir... Lo único que pretendía era obligarnos a invitarla. Nosotros no teníamos ninguna obligación de hacerle compañía. No era culpa nuestra que no tuviera familia propia. Además, se inventaba cosas.

—¿A qué te refieres?

—Ese viaje del que hablaba siempre, el que había hecho con sus compañeras de trabajo... No paraba de decir que le habían ofrecido que fuera con ellas varias veces después, pero que no había querido porque no era lo suyo. Bueno, a juzgar por lo que contaba, debía de haber sido una completa aguafiestas todo el viaje. ¿Tú te imaginas a esas pobres mujeres pidiéndole que volviera a ir con ellas a alguna parte? ¿Y dónde estaban esas amigas que siempre contaban con ella? Yo nunca las vi.

Ed asintió. Amelia conocía enseguida a la gente. Había sabido cómo reaccionarían sus hermanos cuando muriera su padre. Había predicho hasta la última palabra que dirían y cuándo.

—Pero tú me estás diciendo toda la verdad, ¿no, Ed? —le preguntó ella—. ¿No le pegaste ni hiciste ninguna tontería cuando fuiste a su casa?

—No, le dije que nos íbamos de viaje, que lo habíamos decidido a última hora, pero que en cuanto nos instaláramos nos pondríamos en contacto con ella. Y también le dije que Paul era un mentiroso malintencionado.

—Y le dijiste que esta vez podía venir con nosotros.

—Sí, se lo dije todo, Amelia.

Ella movió la cabeza. Él sabía que estaba pensando que tendría que haberse acercado personalmente, que habría sabido interpretar mejor la reacción de Olive.

—Muy bien. Tengo un montón de ropa por lavar. Por cierto, ¿recogiste todo el correo del buzón? Tienes que echarme una mano, Ed. No puedo hacerlo todo yo.

Ed suspiró.

—Anoche estaba ocupado guardando las compras, Amelia. Hoy tengo que conseguir un coche; recogeré el correo cuando pueda.

Amelia chasqueó la lengua.

¿Por qué nunca lo creía?

De todas formas, a Ed le parecía que había hecho un buen trabajo con Olive. Por lo menos al principio.

Ella se había muerto de vergüenza cuando él le dijo que Paul había llamado para contarles que había hablado con ella cuando había estado en Wicklow aquella vez.

—Ya me imagino lo que te dijo —le comentó Ed—. Lo mismo que les ha dicho a otros. Para mí ha sido algo muy duro descubrir cómo el dinero puede deshacer una familia. Sé que no debería quejarme, a fin de cuentas me hice rico, pero de paso perdí a todos mis hermanos y eso es difícil de digerir, que personas a las que quieres te puedan odiar tanto.

Ella había sonreído y él había pensado que estaba ganando el asalto.

Y entonces ella le replicó, sin abandonar aquel gesto de fingida afabilidad.

—Pero, Ed, cuando vendiste la finca, ¿no se te ocurrió en ningún momento darles a tus hermanos su parte de los beneficios?

Él procuró que no se le notara nada en la cara.

—Bueno, al principio pensé que aquella era precisamente la razón por la que mi padre me lo había dejado todo, por ese tipo de disputas. Me planteé repartirlo cuando la cosa se puso fea, pero, para entonces, ya se había estropeado todo. Se habían dicho demasiadas cosas. No había marcha atrás.

—Ah, claro, claro. Lo entiendo.

No lo entendía.

Ed y Amelia habían elegido el momento perfecto para largarse de Valle Marchito. No es que él pensara que la policía pudiera volver a investigar. El caso de su padre ya estaba cerrado. El juego había terminado. Pero Ed no quería que los rumores de lo que habían hecho los siguieran a Wicklow. Habían vivido allí muchos años, tranquilamente, sin sobresaltos. No tenía ni idea de cómo los había encontrado Paul, pero, cuando se había parado en su último domicilio de Dublín, había armado tal escándalo que Ed había tenido que darle dinero para librarse de él.

Sabía lo que pasaba con los chantajistas. Siempre estabas pagando. Nunca estaban contentos. Lo mismo habría pasado con Olive.

Ed había hecho justo lo que Amelia le había propuesto. Salvo una cosa.

Pero no podía contárselo a su mujer.

Porque lo mataría.

# FRANK

—Igual te parece una perogrullada, a ti que eres inspector y eso, pero sabes que hoy es domingo, ¿verdad?

—Sí, Amira. También sé que, si este fuera cualquier otro laboratorio del país, no habría habido nadie ahí que me respondiera el teléfono. Eres única, ¿lo sabías?

Frank era capaz de detectar por teléfono cuando Amira se ruborizaba.

—Si empiezas con los cumplidos, seguro que andas buscando algo. ¿En qué te puedo ayudar?

—El ADN de la vivienda de Valle Marchito..., ¿has encontrado ya alguna coincidencia con el de los vecinos?

—Me encantaría despotricar un rato, decirte que tengo mucho trabajo y que ya te llamaré cuando haya resultados, pero sí, lo cierto es que sí: llevo toda la mañana encontrando coincidencias.

Frank sonrió a Emma, que deambulaba a la puerta de la casa de los Solanke, esperando a que él terminara de hablar.

—¿Y...?

—Y la colonia entera, más o menos, estuvo en esa casa en algún momento: Lily Solanke, David Solanke, Alison Daly, Holly Daly, Ed Miller, Amelia Miller, Ron Ryan..., el esperma es suyo, por cierto, George Richmond y..., está bien, de los Hennessy no hay nada, fíjate, pero eso no significa mucho. Podrían haber entrado y salido y no haber tocado nada. También hay ADN que no hemos podido identificar, posiblemente de amigos, vendedores, cosas así. Avísame cuando tengas muestras nuevas para analizar y te lo paso todo.

—Parece que a ti no se te ha pasado nada, Amira. Eso es genial. Pero no hay más ADN de la vivienda, ¿no?

—Sería complicado sacarlo del jardín, Frank.

—Ya sabes a lo que me refiero. ¿No es de la puerta de la calle, de los marcos de las ventanas y cosas así?

—No, todas las muestras son del interior. Ahora voy a revisar las huellas, así que es posible que saque algo más en claro según vayamos avanzando. De hecho, creo que tengo algo interesante, pero no te voy a contar más hasta estar segura.

—Cómo te gusta vacilarme.

Frank le dio las gracias y colgó. Se jaló el bigote y sopesó la información.

—¿Y bien...? —dijo Emma.

—George Richmond nos ha mentido. Nos dijo que jamás estuvo en casa de Olive aun teniendo llave. Resulta que se ha encontrado su ADN en el interior.

Emma aplaudió.

—Genial. Vamos.


George Richmond estaba en casa.

Los saludó sin entusiasmo en la puerta.

—Eeeh..., me llamó Ron. Dice que piensan ustedes que a Olive pudo haberle pasado algo. ¿No murió por causas naturales? O sea, ¿es cierto que la asesinaron?

—Murió de un infarto —contestó Frank—, pero aún no sabemos qué se lo provocó. —George lo miró extrañado, como intentando procesar lo que quería decir aquello—. Queremos hablar con usted, George, porque nos dijo que nunca había estado en la vivienda de Olive Collins. ¿Hay algo que quiera aclararnos al respecto? ¿Ha recordado algún otro dato desde que hablamos con usted ayer?

—Yo..., eeeh...

—Porque nunca es demasiado tarde para darnos a conocer todos los hechos. Eso no lo convierte automáticamente en sospechoso. Que nos mienta, en cambio...

—No soy un mentiroso.

—¿Podría haber estado en casa de Olive y haberlo olvidado?

George se puso colorado. Se sentó en el sillón. Frank y Emma se sentaron también. Había llegado el momento de confesar.

—No quería contárselo a ustedes.

Frank se inclinó hacia delante.

—¿Contarnos el qué? ¿Fue a verla el día 3 de marzo, por casualidad?

—Dios, no. Fue..., creo que fue semanas antes. Fui a su casa. No pasé del vestíbulo, no llegué a entrar. La puerta de la calle estaba abierta.

—Ah. Entiendo. Entonces, sí que estuvo en la casa. ¿Por qué no nos lo dijo?

—Yo..., verán, fui a su casa a reclamarle. Me había acusado de una cosa, cuando en realidad había sido ella la que había hecho algo horrible, y quería reclamarle.

Frank soltó un suspiro.

—¿Y qué cosa era esa, George? ¿Había hecho usted algo o lo había hecho ella? ¿De qué lo acusaba ella?

George inspiró hondo.

—Se metió en mi casa cuando yo no estaba y anduvo hurgando en mis cosas. Vio algo, algo de lo que no me siento orgulloso. Tengo... tengo un problema. Ya estoy recibiendo ayuda profesional, pero aún me quedan cosas en casa.

—¿Qué clase de problema? —George miró fijamente al piso. De pronto, Frank lo vio claro. El padre de George era un magnate de la música: sexo, drogas y rocanrol. Drogas, eso era lo que había encontrado Olive. Y por eso George estaba siempre tan nervioso—. Entiendo que le preocupe reconocer algo ilegal —le dijo Frank—, pero no hemos venido aquí a atraparlo. Si Olive vio, por poner un ejemplo, marihuana o algo así..., bueno, salvo que tenga un laboratorio de heroína en el sótano, no es motivo de gran preocupación para nosotros. ¿Me entiende, George? No lo vamos a detener por tenencia de drogas para uso personal. Lo único que nos importa es si ese fue el motivo de su disputa con Olive.

George lo miró espantado.

—No es ilegal. Yo no me drogo. ¡Dios! Ojalá mi problema fuera de drogas.

Frank se quedó sorprendido. ¿Qué podía haber peor que las drogas?

El otro no paraba de mirar inquieto a Emma. Frank tomó una decisión: que le armara un escándalo después si quería.

—Perdona, Emma, estoy seco. ¿No podrías poner a hervir un poco de agua?

Emma lo miró extrañada. Él le devolvió la mirada, firme pero como disculpándose.

—Está bien —contestó ella, y salió de allí a regañadientes.

—Gracias —dijo George—. Hablar de esto delante de mujeres..., bueno, ellas no lo entienden.

—No tengo ni idea de qué me habla, hijo.

George lo miró a los ojos.

—Soy adicto al porno.

Frank procuró no reírse.

—¿Y ya está? ¿No lo somos todos?

George negó con la cabeza.

—No, carajo, me refiero a que soy adicto de verdad. Podría estar sentado delante de una computadora doce horas seguidas y masturbarme unas veinte veces. Me masturbo tanto que me duele. Y, por eso, todas las demás facetas de mi vida son un desastre. No puedo trabajar. Bueno, al menos en algo para lo que haya que usar computadoras, aún no. No puedo tener novia. Algunos días ni siquiera soy capaz de salir de casa. No estoy solo: hay montones de hombres como yo. Se lo juro, no es broma.

Frank se recostó en el asiento y se frotó la mandíbula. George estaba muy serio. Creía que era adicto al porno, pensara lo que pensase Frank.

—Entonces, Olive Collins se metió en su casa, hurgó en sus cosas..., ¿en qué..., revistas?, y, como era más papista que el Papa, ¿qué le dijo para disgustarlo tanto?

—Me... Eso es algo que jamás habría hecho, pero... Me acusó de pedófilo.

El inspector se revolvió en el asiento y se inclinó hacia delante.

—George, no me mienta ahora. Esas cosas se pueden comprobar. ¿Tiene fotos de menores, ellos o ellas, en esta casa o en su computadora?

El otro soltó un gruñido y se agarró la cabeza con ambas manos.

—No, claro que no. Eran imaginaciones suyas. Era una vieja venenosa. Estaba loca. Se inventaba cosas.

—¿Y por qué iba a inventarse cosas?

—No sé. Por eso fui a su casa a reclamarle. Le dije que si volvía a entrar en mi casa la denunciaría a la policía.

—¿Eso fue lo único que le dijo? —George se mordió el labio—. ¿George?

—No. Perdí un poco los estribos. La amenacé.

—¿Con qué? —preguntó Frank.

—Le dije que, si les contaba a los vecinos algo de lo mío..., lo iba a... eeeh... a lamentar.

—Ajá. ¿Y todo eso por unas fotos cochinotas? —George se levantó—. ¿Adónde va? —preguntó Frank.

—Tengo que enseñarle algo.

Frank lo siguió arriba. Oía a Emma en la cocina, cacharreando furiosa. Seguramente estaba escupiendo en el té. Había dos tramos de escaleras que terminaban en un descansillo enorme con alfombra de color crema, ventanales inmensos y habitaciones a ambos lados.

—Ya he empezado a deshacerme de algunas de estas cosas —contó George deteniéndose en la puerta de una de las habitaciones—. Antes había más. Es difícil hacerlo... sin que lo vean los basureros.

Abrió la puerta.

Frank entró.

El hermano de Frank era muy fan de los Beatles. Tenía una habitación como aquella, con estanterías hasta el techo con todos los discos, libros, revistas y coleccionables que la banda había sacado. Un museo dedicado a «los cuatro fantásticos».

George tenía un museo del porno. Aquel era el aspecto que debían de tener los trasteros de la mansión Playboy, se dijo Frank. Filas y filas de videos y revistas para adultos. Todo bien apiladito y almacenadito. Hasta parecía que siguieran algún tipo de orden.

—Y esto es solo el material físico —le explicó George—. Hoy en día, con internet, estas cosas ya no hacen falta. Hace años que no compro nada *online*. Ya sabe lo que dicen, que la mayoría de los adolescentes ni siquiera saben que las mujeres tienen vello púbico, que piensan que el sexo anal es completamente normal... Así de extendido y normalizado está el porno. La línea

316

que separa la realidad de la fantasía se diluye. Eso es lo que le hace a nuestro cerebro.

Frank se había quedado mudo. Estaba allí parado, abriendo y cerrando la boca como un pez. Por fin consiguió recomponerse.

—Eeeh..., ya. Sí. Entiendo que no le gustara que Olive Collins viera todo esto.

George asintió con tristeza.

—¿Llegó a mayores, hijo?

—¿Cómo?

—¿Que si hizo algo más que amenazarla?

El otro negó con la cabeza.

—No. Se lo juro. Yo no le haría daño a una mujer. Sé que el porno puede ser violento, que te desensibiliza. Creo que por eso le grité, por eso no me pareció mal asustarla. Pero, cuando vi lo mucho que se disgustaba, reculé. Lo juro.

George movió los ojos rápidamente a ambos lados. Frank se dio cuenta e intentó decidir lo que significaba. ¿Le había complacido a George asustar a Olive? ¿Había ido más allá?

—Está bien —dijo Frank—. ¿Y está recibiendo tratamiento para esta... adicción? ¿En qué consiste?

—Terapia, sobre todo. Deshacerme de todo, por supuesto, que es algo que estoy procurando hacer. Estaba funcionando antes de..., bueno, antes de pelearme con Olive. Aquello me hizo recaer. Pero me voy a poner a ello otra vez.

—Entiendo. Pues buena suerte. En fin..., más vale que bajemos antes de que mi compañera me denuncie al departamento de recursos humanos.

Frank cerró la puerta de la habitación. Tuvo que resistir la tentación de ofrecerse a librarlo de unos cuantos DVD. A lo mejor no iba a quedar muy bien.

Mientras bajaban la escalera, le miró la nuca al joven. Así por fuera, nadie habría dicho lo que llevaba por dentro. Parecía tan... buen chico.

A George Richmond se le daba muy bien esconder cosas.

317

# EMMA

Emma no estaba contenta con Frank, que ni siquiera había hecho el esfuerzo de beberse el té que le había encargado preparar para quitársela de en medio. Enfiló airada el caminito del jardín por delante de él y no paró hasta llegar a su coche.

—¿En serio, Frank? —espetó cuando él le dio alcance—. ¿Un té? Empezabas a caerme bien, ¿sabes?

—¿Que empezaba a caerte bien? Pensaba que era tu héroe.

—Muy gracioso. Sí, empezabas. Síndrome de Estocolmo, creo que lo llaman.

—¿Qué problema tienes conmigo? —dijo Frank exaltado.

—¿Que qué problema tengo contigo? ¿No será al revés? Mira, vamos a poner las cartas sobre la mesa, Frank. Tú piensas que yo he llegado a donde estoy porque soy joven, por mi cara bonita y porque cumplo todos los requisitos políticamente correctos, ¿verdad que sí? Si me respetaras como tu igual, no me habrías mandado a hacer un puto té delante de un sospechoso, pero no tienes ni idea, Frank. No tienes ni idea de lo que me ha costado, del esfuerzo que he tenido que hacer. Además, yo he detectado cosas en esta investigación de las que tú no te habías percatado, tú mismo lo has dicho.

—Emma, ¿me vas a dejar hablar? Sube al coche, anda.

—Me voy a subir al coche porque me quiero subir al coche, no porque tú me lo digas.

Frank se encogió de hombros y rodeó el vehículo hasta el asiento del copiloto. Por el camino, Emma lo oyó decir por lo bajo «Mientras te subas al puto coche...» y eso la puso de peor humor aún.

—A ver... —dijo él después de cerrar la puerta del copiloto y de que ella diera un portazo con la suya. Emma clavó la vista en el parabrisas, negándose a mirarlo a los ojos. Frank suspiró—. Emma, no me digas que no te diste cuenta ahí dentro de que el pobre quería hablar conmigo a solas. Dice que es adicto al porno. Le daba mucha vergüenza decirlo delante de ti, porque eres joven, por tu cara bonita y todo eso. Y, si te soy completamente sincero, tienes la horrible manía de abrir la boca sin pensar. No me habría extrañado que, en cuanto hubiera mencionado su pene, lo hubieras detenido por exhibicionismo.

Emma se ruborizó.

—Yo no digo las cosas sin pensar.

—No estoy diciendo que lo hagas a propósito, pero sí creo que a veces no eres del todo consciente de tu tono.

—Eso sí que es fuerte, don Hombre Nuevo. ¿Qué crees, que tú eres muy consciente de tus errores? Malinterpretas todo lo que te digo.

Frank suspiró.

—Igual los dos tenemos un poco de razón. El caso es que yo no pretendía fastidiarte ahí dentro. Si se hubiera tratado de un asunto femenino delicado, yo me habría retirado. Sin que tuvieras que pedírmelo, debo añadir.

Emma no dijo nada durante un minuto. Eso sí que se lo creía.

—¿Es verdad? —preguntó.

—¿El qué?

—¿Que es adicto al porno?

—Desde luego, tiene un montón de material en la casa. No sabía que eso existiera, pero, si existe, George lo es, sí.

319

—Claro que existe. Dicen que es la adicción principal de los que solicitan terapia hoy en día. Me cuesta creer que no lo sepas. Y que yo no me haya percatado.

Callaron los dos un momento. Luego Frank resopló.

—Lo siento si he sido injusto contigo —dijo.

—De «si has sido» nada —espetó ella—. La próxima vez te haces tú el té.

—No me refiero solo a ahí dentro. En general. Ya te habrás dado cuenta, Emma, de que estoy casi acabado. Estoy cansado. Quiero largarme. Tú eres la nueva oleada. Estás llena de energía. Yo solo quiero hacer el trabajo de una vez y marcharme a casa. Tú buscas ascensos, elogios y premios. No hacemos buena pareja. Sé que soy un viejo cascarrabias, pero no te lo tomes como algo personal.

—¿Qué te hace pensar que busco todo eso?

—¿El qué?

—Ascensos, premios, elogios.

—Bueno, ya sabes... Por cómo vienes al trabajo, por ejemplo, toda maquillada y eso.

Emma soltó un bufido.

—¿Crees que llevo todo esto porque ando detrás de un puesto de mando? ¿Porque soy una chica buena descerebrada y vanidosa?

—Yo no he dicho que seas una chica buena descerebrada.

Emma alargó la mano por encima de él, sacó de la guantera un paquete de toallitas y extrajo una. Luego se frotó bien la cara, cambiando de toallita cuando era necesario y formando un montoncito café en su regazo. A continuación se volteó hacia Frank. La impresión que le dio a Frank verle la cicatriz que le recorría la cara por una mejilla hasta la mandíbula fue palpable.

—¡Carajo, Emma, nunca lo había notado!

—Como debe ser. De eso se trata. Por supuesto que me gustaría ascender, pero ¿tú tienes idea de la cantidad de maquillaje que gasto en un mes? Me estoy gastando casi una segunda hipoteca en esto.

Frank movió la cabeza.

—¿Qué te pasó? Es... Cuando estábamos hablando con las Daly...

Emma suspiró. Bajó el parasol, levantó el espejo y buscó la base en la bolsa. Solo se había limpiado la mejilla; no le hacía falta volver a pintarse los ojos ni los labios. Lo malo, claro, de cambiar el tono de piel era que había que potenciar el maquillaje del resto de la cara para que no pareciera que no tenías cejas, pestañas o labios. Era un círculo vicioso.

Notó que Frank le agarraba el brazo y paró.

—No hace falta que te pongas esa mierda.

Ella apartó la mirada antes de que él le viera los ojos llorosos.

—Por favor, Frank, no me digas eso ahora, después de lo que me he enojado contigo. —Se volteó de nuevo hacia el espejo y siguió hablando mientras se aplicaba la base con movimientos circulares para distribuirla bien—. Fue un exnovio. Ya había roto con él; lo hice en cuanto vi lo posesivo que era. Fui boba, la verdad. Estaba en el centro de entrenamiento de la Garda, ¡por Dios! Precisamente yo tendría que haber detectado los indicios. Nunca quería salir con mis amigos, cuando lo hacía siempre estaba callado y de mal humor, pero, cuando estábamos solos, era divertidísimo, superatento y supercariñoso. Al principio pensé que era tímido, así de listo era, pero luego la cosa fue a más. Empezó a protestar cuando salía sin él y luego a preguntarme qué hacía y con quién estaba. Después... Carajo, no hace falta que te lo cuente: sabes perfectamente cómo va.

—Cuéntamelo de todas formas —dijo Frank.

Ella lo miró de reojo.

—Te lo resumo. El último fin de semana que estuvimos juntos como pareja, discutimos y yo me fui a la cama sin hablarle. Tenía claro que quería cortar. Supuse que él dormiría en el sillón, pero vino a la recámara y, durante la noche, me desperté y estaba intentando…, ya sabes. Yo estaba más fuerte que él, así que le di una patada en los testículos. Se enojó y se puso como loco, sobre todo cuando le eché en cara que lo que había hecho era una tentativa de violación. Le dije que habíamos terminado y empezó a llorar. Lo eché de casa. Me alivió mucho librarme de él. Solo quería olvidarme del asunto.

—Pero no te libraste de él, ¿no?

—No. Por entonces vivíamos en el oeste, donde me habían dado mi primer destino. Empezó a venir a casa a todas horas, a golpear la puerta; me llamaba constantemente… Los jefes se portaron genial. Me trasladaron a mi casa y me fui a vivir con mis padres. Supuse que no se atrevería a acercarse allí y acerté… por un tiempo. Incluso empecé a salir con otro chico: Graham. Al final nos fuimos a vivir juntos. Resultó ser un completo tonto, pero me vino bien para recuperar mi vida, ya sabes. El caso es que el otro, el muy maldito, me andaba espiando. Yo no tenía ni idea. Me siguió un día a casa de mis padres. Ellos habían salido y él sabía que estaba sola. Y entró en la casa. Me rajó la cara y me dijo que me iba a matar. Me dio una paliza que me dejó inconsciente.

Lo contó con naturalidad. La terapia le había dado la fortaleza necesaria para hacerlo. No es que no la afectara, solo que ya no necesitaba farfullar cada vez que se lo contaba a alguien. Se guardaba las lágrimas para cuando estaba sola en casa por las noches, que era cuando despertaba empapada en sudor, acobardada en la cama y tenía que levantarse a ver si la puerta de la recámara estaba cerrada con llave, comprobar después la de la calle y todas las ventanas, aunque el departamento estuviera en un sexto piso.

—Mis padres tuvieron que vender la casa después de eso. Me dijeron que ya no podían vivir allí sabiendo lo que me había pasado en mi cuarto. El hogar familiar, donde habían vivido toda su vida de casados. Ese desgraciado no solo me destrozó la cara a mí.

Se hizo el silencio en el coche.

Emma esperó un minuto antes de voltearse hacia Frank, que agarraba con fuerza el tablero, con la cara pálida.

—Así que, sí, sabía muy bien de lo que hablaban las Daly.

Frank movió la cabeza.

—Lo siento. No tenía ni idea.

Ella se encogió de hombros.

—Tampoco lo voy proclamando por ahí. No me hace mejor inspectora. En todo caso, igual me resta puntos. ¿Quién va a fiarse de alguien que ni siquiera puede protegerse a sí misma?

—¿Dónde está él ahora?

—En la cárcel. Me gusta pasar por allí de vez en cuando.

—¿Vas a verlo?

—¿Estás loco? Voy a ver a los guardias. Sin maquillaje.

Frank recuperó un poco de color en las mejillas.

—Bien hecho —dijo—. ¿Hay algo que...?

Emma levantó la mano para interrumpirlo.

—No puedo seguir hablando de eso, Frank, de verdad. Es pasado. Me tapo la cicatriz todos los días para que no me lo recuerde. Quizá algún día ya no me haga falta, pero de momento sí. Oye, ¿qué demonios está pasando ahí?

Se inclinó por delante de Frank para ver mejor por la ventanilla. Matt Hennessy había entrado furioso en la finca de Ron Ryan y estaba golpeando la puerta como si la casa estuviera en llamas.

Los inspectores bajaron del coche justo cuando Ron abría; estaban cruzando la calle cuando empezaron los gritos y ya habían entrado en el jardín cuando Matt le dio el primer puñetazo.

—¡Eeeh! —gritó Frank corriendo por el sendero.

Matt le estaba haciendo a Ron una llave de cabeza con la intención de asestarle otro golpe en la cara. Ron forcejeaba para zafarse de Matt y jalaba lo que tenía a la mano, que, en esos momentos, eran los pantalones del otro, que se le empezaban a bajar.

Emma se detuvo a mitad de camino. Ya se encargaba Frank; ella no se iba a meter en la pelea, ni loca. Aquel primer puñetazo tenía que haber dolido, pero la pelea entre los dos hombres de mediana edad ya estaba más igualada. Ambos se estaban haciendo más daño a sí mismos que al rival. Ron estaba tan colorado que parecía que se hubiera provocado una hernia.

Chrissy Hennessy apareció de pronto al lado de Emma. Había salido corriendo de su casa, aterrada a juzgar por los tenis que llevaba, pero, de pronto, se detuvo y se quedó allí parada, con las manos a los costados.

—¡Dios mío! —exclamó—. ¡Míralos!

Emma procuró mantener la compostura y no reírse.

Frank había conseguido separar a Matt de Ron, que, de pronto libre, bailaba en el lugar con los puños en alto.

—Vienes a mi casa y me das puñetazos —le gritó—, pues ¡te vas a enterar!

—Y tú te metiste con mi mujer en mi propia casa, rata asquerosa. ¡Te voy a enterrar!

Emma se volteó hacia Chrissy con una ceja enarcada.

—Me muero de vergüenza, demonios —masculló Chrissy.

—¡Eh! —gritó Frank dándole un toque a Matt en el pecho—. Apártese si no quiere que lo detenga. No me dé esa satisfacción.

—¡Deténgalo! ¡Me ha agredido!

Frank le puso la mano en el pecho a Ron también.

—Lo que yo he visto es que se han pegado los dos. Vamos a

dejarlo en eso, ¿de acuerdo? La cosa se pone fea cuando un hombre que ya ha hecho una declaración formal en el transcurso de una investigación de homicidio de pronto se pelea a golpes con otro vecino, independientemente de quién haya dado el primero.

Ron le lanzó una mirada asesina a Frank.

—Si vuelve a venir a mi casa...

—Vendré yo con una orden de registro para él.

—Bien. ¿Lo has oído, desgraciado? Una orden de registro.

Matt intentó zafarse de Frank.

—¡Métase en su casa! —le gritó Frank a Ron.

El otro hizo lo que le decían y cerró de un portazo.

Chrissy se acercó a su marido. Emma contuvo la respiración al ver a la mujer tomarle la mano a su marido y examinarle los nudillos magullados.

—Le sugiero que se lleve a Lancelot dentro —dijo Frank.

—Gracias, inspector —contestó Chrissy jalándo del brazo a su marido.

—Lo siento, Chrissy; tenía que hacerlo —se excusó Matt sacando pecho—. Le iba a dar una paliza. Menos mal que intervino la policía. La próxima vez no tendrá tanta suerte.

Emma y Frank los vieron irse.

—La batalla de Valle Marchito —espetó Frank—. Hicieron falta diez hombres para apartar a Matt Hennessy de su vecino cuando se enteró de que la honra de su esposa había sido mancillada.

Emma sonrió.

—No tenía ni idea de que fueras un policía corrupto —dijo—. Más te vale que Ron no cambie de opinión y presente una denuncia por agresión.

—Sí, sí. Seguro que Matt podría presentar otra por el destrozo que Ron le ha hecho en los pantalones. ¿Sabes qué es lo más gracioso?

—¿Qué?

—Que tú me acabas de contar que te acosó durante años un hombre violento, mi mujer se ahogó en una zanja y, aun así, dudo que ninguno de los dos quisiera cambiarse por cualquiera de los vecinos de esta colonia. ¡Hay que ver!, ¿eh? El dinero no lo compra todo.

—Cierto —contestó Emma ladeando la cabeza.

—Un momento..., ¿quién me llama ahora? —Frank sacó el celular—. ¿Amira? —contestó—. Ajá. ¿Sí? No, no lo creo. Holly, sí, pero tiene diecisiete. Ya. Eso haremos. Voy a pedir un agente ahora mismo. Gracias.

Emma esperó a que colgara.

—¿Y bien?

—Era Amira.

—Me lo imaginé.

—Está analizando las huellas. Las tuberías de la caldera se limpiaron, pero encontraron algo en el frontal. Una de las huellas de Olive —dijo tragando saliva.

—¿Y...?

Emma presentía que aquello era algo gordo.

—Y encontró otra huella parcial. Al principio pensó que sería también de Olive, pero ahora resulta que no.

—¿De quién es?

—No lo sabe. Pero dice que es pequeña.

—¿Y eso qué signifi...? ¡No!

Estaban justo delante de la casa de los Solanke.

Callaron los dos un instante.

—¿Podrían ser de Cam? —preguntó Frank.

Emma asintió con la cabeza, aunque lo dudaba. Ya le habrían tomado las huellas para cotejarlas con las de la ranura del correo.

Si había huellas de niño en el interior de la casa, lo más probable era que fueran de Wolf.

# LILY Y DAVID
## LOS DEL 2

—Hay un policía en la puerta.

David la ignoró. Estaba sentado en el escalón de la entrada de servicio, mirando al infinito. Lily se lo había encontrado allí cuando se había levantado esa mañana y no parecía haberse movido. Parecía fundido al escalón.

—David, que hay un policía en la puerta.

—Ya te escuché. ¿Qué quieres que haga yo? No le pegaste a nadie más, ¿no?

—Mira, David, igual te sientes superior porque les dije a los inspectores que estabas conmigo la noche en que supuestamente murió Olive, pero no olvides que yo sé que estaba aquí sola, lo que me lleva a preguntarte: ¿dónde estabas tú? A lo mejor eso es lo que quiere saber el policía. —David la miró de reojo, nervioso. Ella suspiró—. Quiere tomarles las huellas a los niños.

David se levantó como un resorte.

—¿Qué has dicho?

Ella lo siguió por el vestíbulo hasta la puerta de la calle.

—¿De qué se trata todo esto, agente? —preguntó David.

—No es más que un trámite —contestó el joven agente, vestido con el uniforme completo y con la gorra en una mano y una caja grande debajo del otro brazo—. Ya les tomamos las huellas a ustedes y a sus vecinos, pero nos gustaría tomárselas también

327

a los niños. Para descartarlos. He traído el material; no hace falta que vayamos a la comisaría.

—¿Para descartarlos de qué? Ya les hemos dicho que tanto Wolf como Lily May estuvieron en casa de Olive Collins.

El policía miró fijamente a David.

—Sí, lo sabemos; por eso hay que descartarlos.

—A lo mejor deberíamos... —empezó a decir Lily.

David levantó la mano para hacerla callar. Lily echó la cabeza hacia atrás, indignada. Vaya grosería.

Y, de pronto, se esfumaron las nubes y lo vio todo claro como el día. Había sufrido una especie de crisis de identidad, o lo que fuera, recientemente, sí, pero ¿no debería habérselo contado a David, haberle dicho que tenía la sensación de estar volviéndose loca? En cambio, había optado por actuar a escondidas como una adolescente que quiere llamar la atención. ¿Por qué? ¿No sería porque David, que era un mojigato empedernido, no le inspiraba confianza? Ella no había criticado su estilo de vida cuando se habían conocido. Había disfrutado de las diferencias que había entre ellos. Aquella necesidad de ser más ella misma... no venía de él, sino de su propio interior. Él había tomado el estilo de vida de ella y lo había convertido en algo que lo hacía sentirse superior a todos los demás. No era un hippie. Se parecía tan poco a un hippie que casi daba risa. Para él no era más que un pasatiempo, uno que se le tenía que dar mejor que a nadie porque a eso se dedicaba, uno que se les tenía que dar mejor que a nadie a los dos, porque él la había incluido en su equipo y su equipo siempre ganaba. Nadie podía desafiarlos jamás.

David tenía instinto asesino.

Lily dio un paso adelante.

—Perdone los modales de mi marido —dijo—. Pase, agente. Voy arriba por los mellizos.

# HOLLY Y ALISON
## LAS DEL 3

Se negaba a hablar con su madre.

Holly estaba convencida de que ahora se iban a dar el batacazo. Por muy buena persona que fuera la inspectora (que, bueno, Holly tampoco podía poner la mano en el fuego por ella, pero parecía entenderlo), el inspector mayor era un dinosaurio. A lo mejor no las delataba intencionadamente, pero se lo imaginaba contándoles a sus colegas policías en el pub que había conocido a dos locas que habían huido de alguien de su propia familia.

Con eso bastaría. Su padre parecía tener la capacidad de oír cosas que se habían susurrado en un continente distinto, para qué hablar de otro condado. Esa era la sensación que tenía a veces.

Su madre no había estado allí el día en que Holly había salido de clase y lo había visto esperándola. Pretendía esconderse entre la multitud de padres de los niños más pequeños y tenía otro aspecto. Se había dejado barba y llevaba el pelo más largo, más ondulado. Siempre había sido un hombre guapo, su padre, alto, fuerte y bien proporcionado. Aquel día le pareció... un fugitivo. Curioso, cuando eran ellas las que se escondían.

Pero lo había visto igual. Era muy buena fisonomista.

Él la había seguido hasta el puerto. Holly continuó avanzando, consciente de que lo tenía detrás, procurando no llevarlo a ningún lugar del centro donde alguien pudiera reconocerla y llamarla Holly.

Se había inscrito en la escuela con su nombre real, Eva Baker, aun cuando, después de que Alison les facilitara una versión condensada de los hechos, los profesores habían accedido a llamarla Holly. Él solo la conocía por Eva; ignoraba su otro nombre. Si se enteraba de que se apellidaba Daly, podría vincular el apellido a la tienda y luego a su domicilio. Conociéndolo, quizá ya la había seguido a casa, pero dudaba que hubiera llegado tan lejos porque, en ese caso, la habría estado esperando allí y no en la puerta de la escuela.

No se detuvo hasta que llegaron a un lugar apartado, cerca del mar. Entonces se volteó y lo miró de frente. A él no le quedó otro remedio que seguir avanzando hacia ella. Holly no le tenía miedo. En el fondo, nunca se lo había tenido. La estupidez de la juventud. Se había reservado todo el miedo para su madre y luego para su hija. Nunca para sí misma. Pero su madre no estaba allí ese día y su hija ya no estaba.

—Eva —dijo él—, ¿cómo estás?

—¿Tú cómo crees que estoy?

Él miró al piso.

—Yo...

—¿Qué quieres?

—Quiero decirte cuánto lo siento, hija. Todo lo ocurrido. Estoy yendo a terapia. Sé que tenía un problema. Era por mi trabajo. Tú no lo entenderías. Veía tanta violencia a todas horas que terminaba calando en mí. Te haces inmune. Además, estaba sometido a muchísima presión. Creo que tenía una especie de depresión. Nunca les habría hecho daño de haber estado en mi sano juicio. Eso lo sabes.

—Una depresión —repitió Holly—. De diez años, ¿no? ¿No era ese el tiempo que llevabas pegándole a mi madre?

—Eso es distinto. Los adultos... La gente discute. Los dos te queríamos. No era por ti.

—Fue por mí cuando me diste una patada en el vientre.

—Estaba fuera de control. Vamos, cielo, dime cómo reaccionaría cualquier padre al enterarse de que su hija de catorce años estaba embarazada... A quien quería matar era al maldito que te había hecho eso. No pensaba con claridad.

—Ah, claro, pero ahora ya estás curado, ¿no?

—Pues claro que sí. No habría venido si no fuera así. No he dejado de buscarte desde que ella huyó contigo.

—¿Ella?

—Me refiero a tu madre.

—¿Estás enojado con ella por escapar conmigo?

Él inspiró hondo, desesperado porque ella no veía lo que estaba pensando.

—Eres mi hija, Eva. Estaba enojado, pero ya no. Ahora solo estoy triste.

Holly soltó una carcajada falsa y horrible.

—Casi te creo —dijo ella—. Resultas muy convincente. Pero dudo que sepas lo que es estar triste.

—Lo sé...

—No. Los únicos sentimientos que entiendes son el odio, la rabia, la ira. Si estuvieras triste, te habrías mantenido alejado. Lo habrías entendido. ¿Qué sentiste cuando asesinaste a mi bebé? Era una niña, ¿lo sabías? La llamé Rose. Sé que yo era una niña y no tenía ni idea de lo que me estaba pasando, en el fondo no, pero en aquella última ecografía oí latir su corazoncito, la vi chuparse el pulgar y me dijeron que era perfecta, que estaba sana y tenía un buen tamaño. Iba a ser preciosa. Era preciosa. Me dejaron tenerla en brazos cuando nació. Era una cosita diminuta, del tamaño de mis manos. Y tú me la arrebataste.

Él se estremeció. Le pareció que se le habían empañado los

331

ojos, pero debió de ser por el viento. Imaginaba que para él había sido facilísimo decirse que no había bebé, solo su hija con un bombo que le decía: «Mira, papá, dejé que un chico me haga esto».

—Ahora ya da igual —continuó—. Nada de eso importa. Lo que pretendieras o no. Me alegro de que hayas venido. Siempre supe que terminarías haciéndolo.

Él titubeó.

—¿Te alegras?

Ella disfrutó viéndole la cara de confusión.

—Sí, porque quería hablar contigo. —Él dio un paso hacia delante esperanzado—. Quería decirte que, como se te ocurra volver a acercarte a mí o a mi madre, más vale que sea para matarnos, porque a lo mejor te libraste la otra vez, pero esta no, esta se lo contaría a todo el mundo.

—¿El qué? —dijo él con una súbita mueca en el rostro.

Holly identificó el gesto, aquella expresión de rabia creciente que tan bien conocía, la misma que había pasado la mayor parte de sus catorce años procurando no provocar. No estaba jugando al reencuentro que él tenía previsto y eso lo estaba irritando.

—Les diré que tú me dejaste embarazada, que me violaste y luego me diste una paliza para que perdiera al bebé y no hubiera pruebas. Nunca dije quién era el padre, pero ahora estoy preparada para hablar.

Su padre se quedó pasmado, horrorizado.

—Jamás te puse la mano encima —declaró—. Eva, ¿cómo puedes decir algo así?

—Fácil —contestó ella—: abro la boca y sale. También puedo fingir el llanto, mira. —Cerró fuerte los ojos y, al abrirlos, empezaron a brotarle las lágrimas—. «Sabía que, si lloraba, le haría daño a mamá, así que hice lo que me pedía.»

—Eres... eres una... —La miraba espantado, con los ojos muy

abiertos—. Jamás te toqué un pelo antes de aquella noche. ¡Estás loca! ¡Loca de remate!

—Tú y yo sabemos que es todo mentira, pero ¿a quién piensas que van a creer? ¿A ti, el hombre que perdió su empleo por mandar a su mujer y a su hija al hospital, o a mí, la pobre adolescente que, por cierto, es lesbiana y, aun así, se embarazó a los trece años?

Pensó que la iba a matar en ese mismo instante. Le daba igual. Él se llevaría su merecido y por lo menos su madre estaría a salvo. De todas formas, Holly había querido morirse desde que le habían arrebatado a Rose de los brazos. Sin embargo, su padre se apartó, mirándola como si fuera extraterrestre. No era capaz de digerir lo que ella le había dicho.

Ese día se había sentido victoriosa, pero la satisfacción no había tardado en transformarse en miedo. Era como si le hubiera lanzado el guante a su padre. Él sabía que ya no podía recuperarlas, así que ¿y si aceptaba la propuesta que ella le había hecho y las mataba a las dos?

Holly no había pensado en eso.

—¿Holly, puedo entrar?

—No.

Su madre entró de todos modos. Holly fingió que leía el libro que había tenido en la mano durante la última hora.

—Acabo de tener dos conversaciones telefónicas rarísimas —dijo Alison. Su hija la ignoró—. Primero me llamó Lily y me dijo que la policía fue a su casa a tomarles las huellas a los mellizos. Entonces llamé yo a Chrissy y me dijo que a Cam ya se las habían tomado. Matt propuso que nos reunamos todos esta noche.

Holly enarcó una ceja.

—¿Dónde? ¿En el salón de actos imaginario? ¿O en la casa del árbol de los Hennessy?

—Yo sugerí que lo hagamos aquí.

—¿Qué? —Holly se incorporó—. ¿Estás completamente loca? ¿Eso es lo que está pasando, que se te está yendo la onda otra vez? ¿No nos habíamos mudado aquí precisamente para no tratar con nadie? Y ahora te emborrachas con los vecinos y ofreces nuestra casa a modo de central de locos. —Alison rio. Holly rio al verla reír. Luego la agarró por los hombros—. Mamá, ¡lo digo en serio!

Holly se puso a llorar. No lo pudo evitar. Lloró desconsoladamente, hipando mucho y sin poder controlarlo. Ni siquiera le dio tiempo a preguntarse cómo afectaría su llanto a su madre, si rompería a llorar ella también. Fue como si la presión de los últimos días le hubiera reventado alguna burbuja en la cabeza. No veía con las lágrimas, pero sintió que su madre la abrazaba fuerte.

—Ay, cariño —le dijo—, estoy aquí. Estoy contigo. Suéltalo todo. Todo.

Alison la tuvo abrazada así hasta que cesó aquel ruidoso llanto y Holly pudo inspirar hondo, con unos espasmos guturales que la sacudían entera. Cuando se calmó, su madre se apartó despacio de ella y la miró a los ojos.

—Esto no puede seguir así. Va a terminar contigo. No puedo permitirte que cargues con esto más tiempo, ¿lo entiendes? Por eso se lo conté a la policía. Y por eso tenemos que contárselo a más gente. La gente tiene que saber lo que es, lo que nos hizo. Tienen que ser conscientes. Y así personas como Olive Collins ya no tendrán poder sobre nosotras si todo el mundo lo sabe.

Holly asintió con la cabeza.

—Lo sé, pero me da mucho miedo. Después de lo de la escuela.

—Pero no ha vuelto a acercarse a nosotras. Ya hace más de un año.

—Tengo que contártelo, mamá. Tengo que contarte lo que le dije el día que me encontró.

Su madre la miró extrañada. Luego escuchó y, cuando Holly terminó, la estudió atónita y después volvió a abrazarla.

—Lo tiene bien merecido —dijo Alison al aire, por encima de la cabeza de Holly, y su voz sonó fría y resuelta—. No sé de dónde lo sacaste, pero funcionó, desde luego.

—¿No estás enojada conmigo?

—¿Enojada contigo? —resopló Alison—. Yo jamás me enojaría contigo, cariño. A veces hay que usar la imaginación. Además, no nos va a encontrar ni nos va a matar, te lo prometo. ¿Me crees? ¿Confías en que te voy a mantener a salvo?

Holly guardó silencio un minuto y luego dijo:

—Sí, confío.

Le había notado algo en la voz a su madre que había percibido otras veces: rotundidad, una vehemencia subyacente que revelaba que mataría por su hija si tenía que hacerlo. Ella haría lo mismo por su madre.

Sabía que se protegerían la una a la otra.

# RON
## EL DEL 7

Ron tenía un ojo a la funerala, un puto ojo morado y estaba convencido de que lo de la bolsa grande de chícharos congelados no era más que un mito descomunal: le estaba entumeciendo ese lado de la cara, pero no le había bajado la inflamación.

Matt Hennessy. Eso sí que no se lo esperaba. La única palabra que habría asociado con Matt era «débil». Desde que había empezado a acostarse con su mujer, así era como veía a su vecino. Chrissy era preciosa, pero era una de las mujeres más tristes que había conocido en su vida. ¿Qué clase de hombre terminaba con una mujer como ella y dejaba que fuera tan desgraciada? Si Ron hubiera tenido más suerte en la vida, si no hubiera pasado tantos años priorizando a Dan, quizá habría sentado cabeza con alguien como Chrissy, alguien que lo habría hecho feliz.

Su vecino no sabía lo afortunado que era.

Ni en un millón de años habría previsto Ron semejante arremetida. Y Chrissy se había quedado ahí mirando, después de todo lo que había dicho de Matt, todas las veces que le había contado a Ron lo mal que la trataba su marido, que siempre la abandonaba cuando más lo necesitaba. Estaba claro que le había contado a él lo que estaba pasando. ¿Cómo había podido?

Ron estaba que echaba humo. Se sentía humillado y estaba enojado.

En otra vida, habría ido derecho a casa de Olive, porque,

dijeran lo que dijeran, Olive (al menos hasta que lo había delatado a sus ex) solía estar de parte de Ron.

Se miró al espejo. No lo podía negar: se daba pena a sí mismo. Más aún: le daba pena Olive. Independientemente de lo que hubiera hecho, no merecía morir. ¿Por qué tenía que irse y estropearlo todo? Durante mucho tiempo, sin darse cuenta siquiera, había sido feliz de tener a dos personas en su vida: a Olive y a Dan. Ella ya no estaba y Dan... Contuvo un sollozo. ¿Dan había estado alguna vez?

Maldición, extrañaba a Olive.

# LILY
## LA DEL 2

Cuando Lily volvió de las compras, David la estaba esperando. Estaba sentado a la mesa de la cocina, con un café delante.

«Esto es otra cosa», se dijo ella.

Observó que él se había cambiado de ropa, se había puesto una camisa y parecía que fuera a trabajar.

—Holly Daly está arriba con los mellizos —dijo mientras Lily soltaba las bolsas de las compras—. Me gustaría ir contigo a esa reunión de vecinos, si te parece bien.

—Me parece fenomenal, David. —Metió la mano en una de las bolsas y sacó dos botellas de vino—. Compré suministros. Veo que tú ya le estás dando a la droga dura.

—Supongo que todos tenemos nuestras debilidades —le contestó él frunciendo los ojos.

—Desde luego —replicó ella—. Exagerar la verdad parece que es una de las tuyas. Igual deberías contarle a la policía lo que estabas haciendo la noche en que murió Olive.

—Es irrelevante.

—Es relevante que no estuvieras aquí —espetó ella.

—Lo único que hice fue ir a dar un paseo. Y lo sabes. Tú habrías venido conmigo si no hubieras estado haciendo el puto huevo de Pascua ese.

—Pero no estaba contigo, David, y tú no eras superamigo de Olive precisamente. Sabías que se reía de ti. Te conozco: eso te ponía nervioso. Es más, te enojaste muchísimo cuando volví de su casa tan disgustada.

—Está bien, Lily: decidí asesinarla porque se reía de mí. En serio, ¿a eso ha quedado reducido lo nuestro? —Ella metió el vino a enfriar en el congelador y sacó las pizzas y las papas fritas, consciente de que él había eludido la última parte de su argumento—. Ya veo que el remedio va a ser peor que la enfermedad —continuó él—: pasamos de una dieta vegetariana a una de porquerías congeladas.

—No «pasamos» a nada. Compré para los niños y para mí. Tú puedes comer toda la quinoa y el trigo sarraceno que te quepan. Es lo alucinante de ser adulto: que puedes tomar decisiones por ti mismo sin que te importe una mierda lo que piensen los demás. Además, la pizza es de queso, ¿ves? Ni un trozo de peperoni a la vista.

—Estás eligiendo por los niños.

—Los vamos a dejar que decidan —repuso ella—. Por una vez. ¿No era eso lo que estaba haciendo Wolf de todas formas? Si damos crédito a lo que dijo Olive, se estará hartando de murciélagos vivos para la Navidad.

—No entiendo lo que nos está pasando —contestó David con la voz quebrada.

Lily se detuvo delante de la barra, de espaldas a su marido.

—David, la cosa es así: yo tengo clarísimo que tenemos problemas fundamentales en nuestro matrimonio y no podemos seguir ignorándolos.

—Pero ¡yo no tengo ni idea de qué problemas son esos!

—¿En serio? —Lily suspiró—. Tú nos controlas, a los niños y a mí. Quise llevar a Wolf al médico hace años e insististe en que no, pero no era solo decisión tuya. ¿Y por qué te has adueñado de todas mis cosas: el vegetarianismo, el huerto...? No hacías nada de eso cuando nos conocimos.

—Demonios, ¿es delito que un hombre quiera compartir cosas con su mujer?

—No —dijo ella levantando la mano para detenerlo—. No sigas por ahí. Eso es lo que yo me he estado diciendo. Has conseguido que me reprochara el que me fastidie que seas como yo, pero eso no es lo que ha pasado, David. Tú le has dado la vuelta para que parezca eso. Te gustaba la vida que yo llevaba y te la apropiaste. Te hacía sentir algo que necesitabas sentir, no sé. No, no me pongas los ojos en blanco.

—No estoy haciendo semejante cosa. Suenas como una chiflada, Lily, de verdad.

—Genial. Di lo que quieras. A lo mejor estoy un poco chiflada, pero entérate de una cosa: si sigues empeñado en que eres el marido perfecto y la que tiene problemas soy yo, la cosa se va a poner muy fea. Ah, por cierto —dijo volteándose hacia él—, le he estado dando muchas vueltas estos dos últimos días y recuerdo perfectamente que te dije que no quería que nuestro hijo se llamara Wolf.

—¿Qué?

—Sí, me acuerdo bien. Cuando di a luz a los mellizos, me dijiste: «Ay, Lily, mira, un niño y una niña. Wolf y Lily May», y yo te dije: «¿Wolf? ¿Qué clase de nombre es Wolf?». Dime, David: ¿qué pasó desde que me sacaron de la sala de partos para que pensaras que había cambiado de opinión?

David rio.

—¿Me lo estás diciendo en serio? Estabas atiborrada de analgésicos. Te acababan de hacer una cesárea. No sabías ni cómo te llamabas. No te puedes acordar de eso. No me acuerdo ni yo.

—Pues resulta que sí me acuerdo. Ese es el problema. Y recuerdo haber pensado que ahí era donde iba a empezar a deprimirme. La enfermera me pasó a aquellos bebés que me habían sacado de mi propio cuerpo rajándome primero, yo ni siquiera les había podido poner nombre y se suponía que debía cuidar de ellos. Ni siquiera los sentía míos. —Dio una palmada en la barra—. Tenía depresión posparto y tú estabas demasiado embobado con el éxito de tu paternidad para que te importara siquiera.

—Acababas de dar a luz —se justificó David—. Era normal. No tenías depresión posparto. Llenaste la ficha que te dio la enfermera diciendo que te encontrabas bien. ¡Qué obsesión con ponerle nombre a todo! La tristeza tiene que ser «depresión». Un niño un poco peculiar tiene que ser «autista». En Nigeria no existe la depresión. En Nigeria, a Wolf lo considerarían un genio.

Lily se acercó a la mesa. Él se estremeció.

—¿Sabes qué es lo que haces tú, David? Minar y centrifugar, crear una nueva realidad a base de mentiras. Eso es lo que hace el director de un fondo de inversión. Tienes que dejar de hacérmelo a mí.

# MATT
## EL DEL 5

Matt había presidido muchas juntas en su despacho de contabilidad. A veces los socios eran algo revoltosos y tenía que sacar el látigo, pero, en general, solía ser capaz de tenerlos bajo control. La reunión en casa de Alison Daly resultó ser un desafío mayor que cualquier junta de las suyas.

Había invitado a todo el mundo menos a Ron Ryan, por razones obvias. Les dijo a los demás que había discutido con él. A nadie pareció importarle. Aunque andaba de simpaticón, por lo visto no era muy popular entre los vecinos.

Matt había sopesado la posibilidad de no invitar a los Miller: aunque tenía una buena relación laboral con Ed, no le gustaba su vecino. Al principio, no había querido trabajar para él. Conocía la empresa de Cork de la que Ed se había ido; de hecho, tenía cierta amistad con uno de los peces gordos de allí. No estaba bien birlarles los clientes a otras empresas con las que tenía contacto. Había trabajo de sobra. Pero la de Cork estaba encantada de librarse de Ed, y el dinero es el dinero. A Matt le había parecido todo un poco raro y, cuando un par de semanas después se había topado con aquel conocido en un congreso, había decidido invitarlo a tomar una cerveza. Mientras bebían, había sacado el tema de los Miller y el otro lo había puesto al día del rumor que corría sobre Ed y Amelia, y de cómo habían conseguido todo su dinero.

Llevarle las cuentas a Ed no era más que un trabajo, eso se decía Matt, pero, la verdad, no le habría gustado tener a ese hombre en su casa.

Al final, les había avisado de la reunión, pero los Miller habían decidido no ir. Matt empezaba a preguntarse si aquello no significaría ya algo.

George Richmond había llegado con un ramo de flores enorme para Alison, como si se disculpara por algo, pero Matt no tenía ni la más remota idea de lo que podía ser y, por lo visto, Alison tampoco.

Los Solanke aparecieron con el aura de una pareja que acababa de discutir. Matt se lo notó enseguida. Además, de repente Lily se había dado a la bebida.

De hecho, en cuanto llegaron todos, Alison descorchó una botella de vino. Matt observó que le temblaban las manos. Al parecer, todos estaban un poco nerviosos.

—Lástima que vayamos a empezar a comportarnos como vecinos justo ahora que estamos a punto de mudarnos —comentó Chrissy.

—¿Qué? —terció Alison—. ¿Se mudan?

—Seguramente no de inmediato, pero sí. Quiero volver a trabajar y...

Matt no oyó el resto, pero, por las miradas raras de pena que le estaban lanzando, supo que Chrissy estaba hablando más de la cuenta. A lo mejor, después de cómo se había comportado él con Ron esa misma mañana, su mujer había decidido que a él no le iba a importar que se supiera.

La iba a matar, carajo.

—¡Mujeres! —espetó David Solanke acercándose a su lado de muy mal humor.

—No sé —terció George. Matt se preguntó a qué habría ido: nunca lo había visto intercambiar más de dos palabras con Oli-

343

ve—. Creo que tienen mucha suerte los dos. Lily y Chrissy son maravillosas.

Matt no supo si darle las gracias o andarse con cuidado. ¿Iría también por su mujer? A ver si iba a tener que vigilarlo.

Miró a Chrissy, al otro lado de la sala. Parecía la menos preocupada de todos los presentes. Estaba preciosa esa noche. Más parecida a la Chrissy de siempre. Llevaba el pelo recogido en una bonita coleta y había vuelto la chispa a sus ojos. Era innegable: la había visto tristísima en los últimos tiempos. Era algo que había observado cuando se pasaba las noches en vela, viéndola dormir. No parecía precisamente satisfecha con su vida de adúltera. Matt se había dicho que, a lo mejor, eso quería decir que aún había la esperanza de resucitar su matrimonio. Y estaba en lo cierto.

Y, aunque le hubiera molestado que él no le hubiera contado que había ido a pelear con Olive, le había dado la impresión de que la emocionaba que lo hubiera hecho. Eso y que se hubiera abalanzado sobre Ron.

—Eeeh, igual habría que poner un poco de orden aquí... —gritó por encima del barullo.

—Uuuy —dijo Chrissy—, más vale que nos portemos bien.

Alison les dijo que se pusieran cómodos en las sillas de mimbre del patio mientras les rellenaba las copas.

—De hecho, antes de que empieces, Matt, ¿puedo comentar una cosa? —dijo.

—No hace falta que pidas permiso al presidente —rio Chrissy.

—Ni caso —le dijo Matt—. Adelante, Alison.

—Quiero que sepan que me alegro de tenerlos a todos aquí esta noche, aunque no sea en las circunstancias ideales. Es la primera vez que hacemos algo así en casa, pero confío en que no sea la última. Holly y yo no lo hemos tenido fácil estos últimos años..., bueno, no, miento, nunca lo hemos tenido fácil, que yo recuerde. Venir a vivir aquí nos ayudó un poco, pero no tratábamos mucho con nadie por razones que entenderán en cuanto se las explique. El caso es que hemos estado muy solas y ahora comprendo que necesitamos a nuestros vecinos. Necesitamos buenos vecinos. Y, si algo de bueno tiene la muerte de Olive, es que quizá todos nos hemos dado cuenta de eso.

—¡Ahí le atinaste! —dijo Lily.

George le susurró a Matt al oído:

—Yo pensaba que lo bueno era que había pagado todo de una maldita vez.

Matt lo miró extrañado.

—¿Qué razones? —preguntó David cayendo en lo que Alison había dicho.

Alison miró fijamente la copa que tenía en la mano. Vaciló, inspiró hondo y se mostró dispuesta a hablar.

—Mi exmarido es un hombre muy violento. Hui de él con Holly hace unos años, después de que termináramos las dos en el hospital. Ella solo tenía catorce años por entonces.

—¡Dios mío! —exclamó Chrissy.

Lily se inclinó hacia delante y le apretó la mano a Alison.

—Alison, lo siento mucho —le dijo Matt—. No tenía ni idea. ¿Hay algo que podamos hacer?

—Bueno, mi esperanza es que si alguna vez ven a un hombre trepar por la reja... —dijo riendo sin ganas, pero nadie más lo hizo.

Curiosamente, fue George el siguiente en hablar.

—Si veo a un hombre trepar por la reja, le doy una paliza descomunal.

—Gracias, George —dijo Alison alzando la copa.

—¡Eh, yo también! —añadió Matt—. ¿Es un tipo grande, tu ex?

—No me digas que te da miedo, después de la paliza que le diste a Ron hoy —bromeó Chrissy.

—¿Qué? —dijo George.

—No fue nada —contestó Matt antes de que Chrissy volviera a intervenir.

—Da igual que sea grande o no —interrumpió David—. Lo que importa es la voluntad común de tirarlo. Nosotros somos tres y él uno. Tiene todas las de perder. La unión hace la fuerza. Además, si le levantó la mano a su mujer es porque es un hombre débil.

Lo miraron todos.

—Eeeh..., sí, eso me tranquiliza —convino Matt—. Por lo menos no propones que le lancemos verduras orgánicas. Creo que prefiero tener de nuestro lado a David el recortasaldos que a David el recortasetos. —Lily se puso como un jitomate. David y ella se miraron un segundo, pero Matt lo detectó. A lo mejor el hielo empezaba a derretirse un poco—. En cualquier caso, la finalidad de esta reunión, más que planificar una eventualidad que podría darse o no, perdona, Alison, te prometo que volveremos sobre el asunto, es hablar de lo que está pasando ahora mismo.

—Lo haremos constar en acta para la próxima junta —dijo Chrissy, y le guiñó un ojo a Matt.

A él le dio la sensación de que ella había decidido algo, sobre él y sobre su matrimonio. Quería que funcionara y lo iba a apoyar, pasara lo que pasara.

—Como iba diciendo —continuó Matt—, el objetivo de esta reunión es hablar de algo que pasó de verdad. Sabemos que la policía vino hoy a tomarles las huellas a los niños de los Solanke. Ya tienen las de Cam y las de Holly. Y ahora podemos imaginar por qué. Ayer hablé con el inspector Frank Brazil cuando vino a casa por unas bolsas de plástico. Me contó que Olive murió de un infarto, pero añadió que creían que se lo había provocado el monóxido de carbono y que es posible que le manipularan la caldera.

—¿Eso es lo único que han averiguado? —preguntó Alison.

—Maldición, ¿te parece poco? —espetó George.

—No dicen que lo hiciera uno de nosotros —prosiguió Matt—, pero todos sabemos que Olive no recibía visitas de afuera de la colonia. Yo he dejado pasar a un montón de personas para... casi todos ustedes. —Miró a George, que tampoco era don Popular—. Pero Olive no tenía amigos —prosiguió—. Ni familia, como bien has señalado tú, Alison. Hemos tenido a dos inspectores interrogándonos todo el fin de semana y eso me ha puesto alerta. ¿Cuántas veces se ha equivocado la policía en este pequeño país nuestro por su torpeza o su inutilidad? Cada dos semanas se lleva a los tribunales algún caso de corrupción policiaca. Ya sabemos cómo son: cuando no encuentran al culpable, se buscan un chivo expiatorio.

—Me preocupa que intenten colgarle el muerto a Wolf. —Las palabras escaparon de la boca de Lily seguidas de un sollozo—. Yo le di un puñetazo en la cara a Olive y Wolf me vio hacerlo. Él iba mucho a su casa. Me parece que van a decir algo así como que me vio pegarle y pensó que estaba bien. Pero Wolf no es así. Él no podría planear algo semejante. Sería incapaz. Solo tiene ocho años.

—Ningún niño podría hacerlo —terció Chrissy inclinándose por delante de Alison para darle una palmada en el brazo a Lily—. Sé que a veces Cam puede ser un poco cabroncito, pero es que lo ha pasado muy mal también. Y, como tú has dicho, Wolf solo tiene ocho años. Ni siquiera la policía sería tan estúpida de imaginarlo capaz de matar a alguien. Ah, y enhorabue-

347

na por soltarle un buen derechazo a Olive. No voy a decir que no se lo mereciera.

—No... no sé —interrumpió Alison—. Creo que Matt tiene razón. No sabemos qué va a ser tan estúpida de pensar la policía. No lo digo por los dos que han estado haciendo preguntas, que parecen agradables, pero tampoco podemos dar por sentado que estamos tratando con individuos racionales solo porque lleven placa. Perdón..., igual no era mi turno de palabra. Es que... he tenido malas experiencias con policías.

Sus vecinos se encogieron de hombros. Ninguno de ellos podía, con la mano en el corazón, manifestar confianza en la policía.

—A ver, seamos sinceros —dijo George—. Desde que murió esa mujer, es evidente que estamos todos superpreocupados. Está bien. Ya que estamos de confesiones, yo también discutí con ella. Era una mujer estúpida y mala, pero ya no está y a lo mejor deberíamos olvidarnos de esa bruja y empezar a apoyarnos unos a otros.

—George tiene razón —terció Matt—. Entonces ¿cómo vamos a solucionar el asunto? Porque estoy viendo venir a la policía. Se proponen conseguir que nos enfrentemos unos a otros, tanto dentro de nuestros propios domicilios como con nuestros vecinos. Y, la verdad, Lily, me preocupa demasiado que les hayan tomado las huellas a nuestros hijos. No sé si podrían creer a Wolf capaz de planear el asesinato de Olive, pero ¿y si lo acusan de manipular la caldera o algo? Yo no sé ni dónde estaba..., ¿dónde la tenía?

—En un armario de la cocina —contestó Alison. La miraron todos. Se puso como un jitomate—. Me dijo que no le funcionaba bien, que la iba a cambiar. Ron la estaba ayudando. ¡Dios!

—¿Ven? Ya estamos otra vez —dijo Matt—. Hay que asegurarse de no proporcionar a la policía sin querer cosas que puedan usar en nuestra contra. Aunque me parece curioso que precisamente Ron le arreglara la caldera.

Alison lo miró a los ojos. Asintieron los dos, despacio, de acuerdo.

—No, me parece que al final se la arreglaron en condiciones —terció Lily—. ¿No se acuerdan de aquella furgoneta que vino? Vinieron a casa a preguntarme si queríamos que revisaran la nuestra ya que estaban allí.

Matt se encogió de hombros.

—Entonces ¿cuál es el plan? —preguntó George—. Necesitamos un plan. Sobre todo para proteger a los niños. Y tendrá que ser más complejo que un simple «¡Todos a una!».

—Eso es —terció Matt—. Se trata de proteger a los niños.

Matt creía tener un plan. Estaba a punto de proponerlo y que todos accedieran y, cuando se estaba felicitando por lo listo que era, no se dio cuenta de que uno de sus vecinos lo observaba atentamente, un vecino que había meditado mucho todo lo que se había dicho aquella noche, un vecino que sabía que, cuando eres muy sincero en algo grande, nadie se imagina jamás que estás mintiendo en algo pequeño.

# OLIVE
## LA DEL 4

En los últimos meses de mi vida fui muy muy infeliz.

Pero no siempre había sido así. Tengo algunos recuerdos maravillosos de mi vida en Valle Marchito. Uno de mis favoritos es el de cuando jugaba a las cartas con Wolf. Jugábamos al póquer y me dejaba sin una pizca de monedas. El niño era un genio de las matemáticas.

—¿Qué te gustaría hacer cuando vayas a la universidad, Wolf? —le pregunté un día—. Espero que sea algo que tenga que ver con números. Programar, esa es muy buena salida ahora, ¿no?

—Quiero crear cosas —contestó él.

—Bueno, programar juegos de computadora es crear algo, y seguro que lo pagan genial, además.

—No, quiero crear cosas útiles.

Remató la jugada ganadora y yo me recosté en el asiento y me dije: «Hagas lo que hagas, tendrás éxito, Wolf».

En una de nuestras partidas más largas, le enseñé a hacer hot dogs. Tan listo para algunas cosas y tan cándido para otras.

—¿Se hierven las salchichas? —preguntó como si fuera la cosa más rara que hubiera oído en su vida.

—Sí, se hierven.

—¿Se hierven? ¿Seguro? Porque normalmente se fríen o se hacen a la plancha. ¿Por qué estas son distintas?

—Esto son fráncforts, no las salchichas a las que tú estás

acostumbrado. ¡Confía en mí, Wolf! Mira, ¿ves que la carne se empieza a abrir? Eso quiere decir que ya están listas. Vigílalas y avísame si se rajan, que voy corriendo por los panecillos. Y la cátsup. ¿Quieres mostaza también?

—¿Por qué no? —contestó con aquella forma tan graciosa de encogerse de hombros que tenía, como diciendo que lo probaría todo al menos una vez.

Adoraba a aquel niño.

Fui a poner la oreja en la ventana de la sala, para asegurarme de que Lily no lo llamaba. Lily no, pero vi que Lily May andaba husmeando en la entrada de mi jardín. Pues ese día no se iba a meter en mi casa para ver si encontraba a su hermano haciendo algo que no debía.

Cuando volví a la cocina, me encontré a Wolf abriendo todos los estantes, buscando los condimentos.

—¿Le puedo poner más cátsup que mostaza? Es que papá dice que la mostaza tiene picante y me podría quemar la boca. Solo esta primera vez, ¿de acuerdo?

—Lo que tú quieras, Wolf —le dije—, pero ahí dentro no vas a encontrar nada. Eso es la caldera.

La tocó, solo una vez. Por abajo, donde llegaba.

—Brilla mucho —dijo—. ¡Ay, quema!

—Es nueva. Ten cuidado, Wolf. Las calderas son muy peligrosas. Aquí tienes la cátsup.

Nos llevamos la merienda a la mesa.

Le dio un mordisco al hot dog y puso una cara rara.

—Esto no sabe a salchicha.

—No, son distintas. Dale una oportunidad. Cuando te acostumbras, saben deliciosas.

—Mmm... —Dio otro mordisco—. Creo que me gusta.

—Bien.

—¿Mañana qué vamos a tomar?

—¡Wolf! No te puedo dar de comer todos los días. Mañana tengo que ir al centro.

—¿Puedo venir aunque no estés? Soy lo bastante mayor para usar la estufa yo solo.

Reí.

—De eso nada, querido. Prométeme que no te vas a acercar a la estufa si no estás con algún adulto.

—Te lo prometo.

Fue una de las muchas tardes agradables que pasé en casa con Wolf.

Una de muchas hasta que sus padres me partieron el corazón prohibiéndome volver a verlo.

Es lo que tienen los niños: los puedes querer, pero, salvo que sean tuyos, al final su mamá siempre es la persona más importante para ellos.

# ALISON
## LA DEL 3

Sus vecinos se habían ido a casa y Holly había vuelto de casa de los Solanke y se había ido derecha a la cama, pero Alison no recogió enseguida. En cambio, agarró otra botella de vino del refrigerador y volvió afuera, se echó la mantita de una de las sillas en los hombros y se instaló en su asiento con una copa en la mano y un ojo en la casita de Olive, al otro lado de la calle.

La reunión había ido bien. Había sido buena idea dejar que sus vecinos entraran un poco más en su vida y en la de su hija. Con el tiempo, se había dado cuenta de que su mala experiencia con Olive no significaba que todos sus vecinos pretendieran fastidiarlas. Ahora eran un grupo, los Valle Marchito. Se defenderían unos a otros, frente a la policía y frente a los demás. Estaba bien saber que, si su exmarido aparecía por la colonia, podría contar con David, Matt y George.

Estaba convencida de que no lo haría.

Se preguntaba por qué, después de haber abordado a Holly a la puerta de la escuela aquel día, su ex no había ido a buscarlas a su casa. No tenía ni idea de lo que le había dicho su hija. No sabía que su hija pudiera ser tan fuerte, tan... despiadada.

Alison estaba convencida de que Lee se iba a parar en la puerta de su casa cualquier día. No porque hubiera seguido a Holly o hubiera tenido suerte. No. Temía que Olive Collins le hubiera dado a Lee Baker su dirección. Había sido tan boba, tan irracional de decirle a Olive el nombre de su exmarido. Eso, junto con el hecho de que había sido agente de policía, le había permitido a Olive localizarlo. Eso era lo que Olive le había contado cuando había ido a la tienda al día siguiente de que Holly la amenazara. «Puedo ponerme en contacto con él. Puedo decirle dónde viven.»

No se lo había contado a su hija. No podía. Holly habría hecho las maletas en cuestión de segundos, pero antes habría ido a casa de Olive y habría hecho alguna tontería.

Alison le había prometido a Holly, y se había prometido a sí misma, que no tendría que volver a huir, que no volvería a pasar miedo.

En los días siguientes, Alison no consiguió quitarse de la cabeza las amenazas de Olive. Había necesitado muchísima fuerza de voluntad para no estrangularla. Si lo hubiera hecho, la habrían metido en la cárcel y Holly, menor de edad, habría quedado desprotegida frente a Lee. Holly no habría esperado a que los tribunales o los servicios sociales o quien fuera tomara su decisión; habría salido corriendo. Conocía a su hija.

Así que Alison tenía dos trabajos: asegurarse de que Olive Collins jamás hablaría con Lee y asegurarse de que, si su ex alguna vez se paraba en su casa, saldría de allí en un ataúd.

Casi se muere cuando aquella inspectora le había preguntado si estaba preparada para la posible aparición de Lee. Estaba convencida, por la forma en que la había mirado, de que Emma Child sabía que Alison tenía un arma.

Desde que la había metido en casa, había sentido una extraña mezcla de pánico y mentalización, una especie de angustia rebosante de adrenalina que, en el fondo, la hacía sentir segura y poderosa.

Lidiar con Olive había sido más complicado.

La misma Olive a la que en su día había considerado una

amiga. Olive, el ser más egoísta, entrometido y horrible con el que Alison se había topado en su vida.

Alison le había mentido a la policía. Incluso le había mentido a Holly, pero solo por protegerla. Había ido a casa de Olive aquel día, antes de salir para el aeropuerto. Se había metido allí con la llave que la propia Olive se había empeñado en darle.

Estaba convencida, desde el primer día, de que la policía iría a buscarla a ella, de que había dejado huellas o alguna otra cosa que la incriminaría. Pero no. Por lo visto estaba libre de sospecha.

—Lo tienes bien merecido —susurró alzando la copa hacia la casita de Olive.

# FRANK

—No hay forma, ¿no? —preguntó Emma mientras abría la puerta del coche de Frank y se subía perpleja.

Él le había mandado un mensaje esa mañana para decirle que la recogía. Ella tenía su coche, él el suyo, no había necesidad, pero Frank tenía la sensación de que aquel era un patrón que se repetiría hasta que se jubilara.

Curiosamente, también tenía la sensación de que, de todas las personas con las que había trabajado en sus años de servicio, durante periodos de tiempo mucho más largos y de forma mucho más estrecha, Emma Child sería a la que más vería cuando se fuera del cuerpo.

La vida era así de rara.

—Cualquier cosa es posible —le dijo—. Ponte el cinturón. El caso es que Amira ha sido categórica. Las huellas coinciden con las del niño. No había ninguna de Cam y solo encontraron una de Lily May, en el control de la televisión. Eso cuadra con lo que nos han contado sus padres. La niña dejó de ir por allí mucho antes que Wolf.

—Entonces, el niño tocó la caldera. Eso no significa que sellara las rejillas de ventilación con cinta adhesiva, soltara los tapones y taponara el tiro. Ella le caía bien, por lo que cuentan, y él le caía bien a ella.

—¿Tú crees que le caía bien? ¿O era solo un arma en su guerra personal contra la madre? A ver, yo no tengo hijos, Emma, y ni siquiera yo tengo claro si me haría gracia tener a un niño en casa todos los días, viendo la televisión y vaciándome la despensa. Sobre todo cuando su madre ya había manifestado su preocupación al respecto.

—Sí, pero tú eres un caso especial, Frank, un cascarrabias. Olive, por lo visto, estaba muy sola. A lo mejor disfrutaba de la compañía. Eso no es menos factible que el que un niño de ocho años supiera cómo envenenar a alguien.

—Los niños de hoy en día ni siquiera saben que las mujeres tienen vello púbico.

—¿¡Qué!?

—Lo escuché por ahí —repuso Frank con una risita—. La cosa es que todo se puede encontrar en internet. Tú estuviste en la casa del árbol con él. ¿Le detectaste alguna tendencia psicopática?

Emma negó con la cabeza.

—No es más que un niño, por Dios. No es capaz de asesinar a nadie.

—Sabes que eso no es cierto, Emma: los niños asesinan. Además, ¿y si la mató sin querer? ¿Y si fue un accidente?

—Eeeh..., ¿y la cinta adhesiva?

—¿Una broma que se le fue de las manos?

—Sigo sin creérlo. Y tú tampoco te lo crees. Estamos sacando las cosas de quicio, Frank.

Habían llegado. Frank pulsó el código de la puerta y esta se abrió.


Los vecinos los estaban esperando, o eso parecía. Los residentes de Valle Marchito habían formado un grupito frente a la puerta de la vivienda de los Solanke. Estaban allí casi todos: los Solanke, las Daly, los Hennessy y George Richmond. Los adultos hablaban; los niños jugaban en la calle. Wolf y Cam se chutaban un balón; Lily May languidecía al lado de su hermano. No había rastro de Ron, el donjuán, ni de los Miller.

—Curioso —dijo Frank estacionando el coche junto al bordillo.

—Mucho —coincidió Emma.

Bajaron del coche y se acercaron al grupito.

—¿Qué tal, inspectores?

Por lo visto, Matt Hennessy se había autoproclamado portavoz del grupo. Una extraña decisión, se dijo Frank. Claro que también le había sorprendido que se peleara a golpes con su vecino el día anterior.

—Buenos días, señor Hennessy. Hola a todos. Hoy hemos venido solo a hablar con los Solanke —dijo señalando con la cabeza a Lily y a David.

—Ya lo sabemos —espetó Matt—. Parece ser que han encontrado huellas de Wolf por toda la vivienda de Olive.

Frank y Emma se miraron.

—Señor Hennessy, esto es algo que debemos hablar en privado con Lily y David. La calle no es lugar para esta conversación.

—No, tranquilos —terció Lily—, es que creemos que podemos ahorrarles tiempo. Hablamos con Wolf esta mañana. Sabemos que estuvo en casa de Olive, eso ya se lo dijimos, pero Matt nos dijo que podría ser que alguien hubiera manipulado la caldera de Olive. Wolf dice que sabía dónde estaba la caldera y que la tocó una vez, así que, si encontraron sus huellas en ella, será por eso.

—Muy bien —respondió Frank—. Aun así, nos gustaría hablar con él.

—El caso es que ninguno de los niños estuvo cerca de casa

de Olive ese día —intervino Matt—. Lily May estaba en casa con su madre, pero Wolf estaba en la nuestra, jugando con Cam en la casita del árbol. Al menos después de clase.

—¿El 3 de marzo? —preguntó Frank—. ¿Recuerda usted la fecha exacta?

—Sí —terció Chrissy—. Hacía bastante frío ese día. Les preparé a los niños un chocolate caliente y se lo subí. Lo recuerdo. Estuve pendiente de ellos. Y luego Wolf entró en casa y jugaron con la computadora un rato. Después Lily vino a buscarlo y se lo llevó a casa.

Frank observó a los adultos reunidos delante de él. Se habían puesto de acuerdo. No tenía ni idea de si decían la verdad o no, y se sentía completamente ridículo queriendo hablar con Wolf, pero no habría cumplido con su deber si hubiera prescindido de aquellas preguntas.

—¡Wolf, Cam...! —los llamó. Los dos niños dejaron el balón y se acercaron despacio—. Wolf, ¿vas mucho a la casa del árbol de los Hennessy?

El niño lo miró a los ojos.

—A todas horas.

—¿Con Cam?

De eso no parecía tan seguro.

—Sí. A veces.

—¿Alguien te pidió que digas eso?

—No.

Frank se volteó hacia Cam.

—Y usted, señorito..., ¿recuerdas haber jugado con Wolf ahí arriba hace unos meses, como el 3 de marzo? Tu madre dice que hubo un día que les hizo chocolate caliente y luego Wolf fue a tu casa a jugar a videojuegos en la computadora.

Cam miró a sus padres y después a Frank.

—Sí, claro. Me acuerdo. Hacía frío. Creo que empezó a llover, una lluvia de esas tan frías, ¿sabe a lo que me refiero? Wolf me dijo que estaba muerto de hambre. Yo le dije que iba a pedirle golosinas a mamá. Llevábamos en la casa del árbol un buen rato. Supuse que ella se sentiría culpable. Siempre me deja ahí fuera un montón de tiempo, sobre todo cuando le está dando a la ginebra. Luego empezamos a hablar de lucha libre. Le dije que John Cena era mi luchador favorito, pero Wolf dijo que él prefería a Kevin Owens. Yo le dije que Cena le podía arrancar la cabeza de cuajo a Owens y tragársela si quería y entonces Wolf me dijo que no si Owens tenía un *kaláshnikov*, que, en teoría...

—¡Cam! —bramó Matt—. Creo que el inspector no necesita saber más detalles. Chrissy no bebe ginebra —añadió con una sonrisa nerviosa. Estaba claro que el niño se había salido del guion y les estaba contando su vida en verso.

Frank inspiró hondo. Le daba pena aquella gente, pero tampoco le gustaba que lo tomaran por imbécil. Emma le puso una mano en el brazo.

—Con eso nos basta —dijo—. Gracias por recopilar todos los datos para nosotros.

Los vecinos se miraron unos a otros, confundidos. A la fría luz del día, su pequeño plan había sonado mucho menos convincente que cuando lo habían urdido. Frank sospechaba que había habido alcohol de por medio.

—Ah, pues genial —repuso Matt—. Eeeh..., oigan, ¿podría hablar con ustedes, inspectores, antes de que se vayan?

Frank se succionó los carrillos por dentro.

—¿Por qué no? Ya que estamos aquí, preferiría no haber perdido el tiempo por completo. —Siguieron a Matt, que los llevó hasta su sala setentera—. ¿Libre hoy? —preguntó Frank mientras tomaban asiento.

—Me tomé unos días de vacaciones. Pensé que no me caería mal pasar un poco de tiempo con mi familia.

—Entiendo. Eso es importante.

—Sí.

—Bueno, ¿quería contarnos algo?

—Sí, sí, verán, ¿saben que soy el contador de Ed, el de al lado?

—Lo sabemos.

—El caso es que..., cuando me contó usted lo que sospechaban de Olive, de cómo había muerto, le estuve dando vueltas y creo que hay algo que deberían saber de Ed y de cómo se hizo rico. Podría resultar pertinente. Se trata del supuesto suicidio de su padre.

Frank miró fijamente a Matt. Le sudaba el labio superior y tenía un tic en el ojo. No era lo bastante estúpido como para mentirles, Matt era un hombre que sabía que podían comprobar fácilmente cualquier cosa que les contara de Ed, pero ¿había algo más en todo aquello, alguna treta disuasoria? ¿Estaba Matt a punto de echar a los leones a su vecino para proteger a otra persona, a alguien más cercano a él? ¿O a sí mismo quizá?

Frank sacó la libreta.

—Adelante —le dijo.

# OLIVE
## LA DEL 4

Cuando Ed vino a verme el día 3, supe enseguida que pasaba algo raro.

Ya me notaba temblorosa esa mañana. Aún no me había recuperado de lo que Ron había hecho la noche anterior, pero había tomado la precaución de colocar en la repisa de la chimenea mi cámara digital y, cuando llamaron a la puerta, la encendí. Pensé que, si Ron venía a amenazarme otra vez, lo tendría grabado y esa vez iría a la policía. Les había mandado a sus ex fotos de él bebiendo champán y conduciendo su bonito coche. Eso no era delito. Pero lo que él me había hecho a mí era una verdadera vergüenza. Necesitaba pruebas.

La cámara estaba grabando cuando entró Ed y se sentó.

Me contó que lo había llamado su hermano Paul para decirle que había hablado conmigo. Luego me dijo todo el asunto de que su hermano era un mentiroso. Lo que no sabía era que Paul había seguido en contacto conmigo. Me había escrito para mandarme más pruebas de sus afirmaciones. Era innecesario. Le había creído la primera vez que nos habíamos visto. Yo ya había accedido a ser su aliada y a tener vigilados a los Miller, pero Paul quería convencerme aún más. Me dijo que el notario que había cambiado el testamento del padre de Ed aseguraba que había intentado volver a ponerse en contacto con Edward padre, pero que Ed y Amelia se habían negado a comunicarlo con él. Era una práctica habitual, cuando alguien cambiaba su testamento a una edad avanzada, hacer una llamada de seguimiento para confirmar que la decisión era definitiva. No lo había mencionado en la investigación porque el forense no se lo había preguntado.

Y luego Paul me contó que había dado con una prueba irrefutable: había empezado a indagar en la historia de Amelia y Ed en Dublín. Resulta que el negocio que Ed dirigía había quebrado poco antes de que su padre enfermara, algo que no les había comentado a sus hermanos. Pero la verdadera revelación era Amelia, que, por lo visto, tenía un récord de pacientes suicidas. Había cuidado de una anciana de Dublín que había muerto de sobredosis unos meses antes de que Ed y Amelia se casaran. El testamento de la anciana no había sufrido modificaciones, pero la familia de la mujer había visto que había desaparecido una suma importante de dinero de los ahorros de la anciana, que tenía guardados en casa.

La policía no sabía todo eso cuando Edward padre había muerto. Paul ni siquiera estaba seguro de que lo supiera su hermano. Era bastante incriminatorio.

Yo tampoco le mencioné nada de eso a Ed. La carta de Paul estaba en una caja en lo alto de mi clóset. Una caja que sigue aún en la sala de pruebas de la policía, sin examinar.

Ese día me limité a escuchar a Ed y, solo una vez, lo advertí de que no le creía. No lo pude remediar. «¿No podías haber compartido la herencia?», le dije en el tono más inocente de que fui capaz.

Casi se atraganta. Vio que yo estaba al tanto de todo.

Pero entonces hizo algo de lo más estúpido. Yo siempre había considerado a Ed y a Amelia mis amigos. Que Dios me perdone por ser tan ingenua. Confiaba en que pudiéramos ser amiguísimos, casi como una familia. Me habría encantado ir de viaje con ellos, pasar más tiempo en su compañía.

Jamás había pensado en Ed de «ese» modo.

Me interpretó mal. Claro que ellos no sabían nada de lo de Ron.

—Nos gustaría que vinieras con nosotros, Olive —me dijo—, cuando nos hayamos instalado. Ya va siendo hora de que pasemos unas vacaciones juntos y vamos a tener un departamento con una habitación libre. —Meses antes, aquella oferta me habría puesto contentísima. Ed fue arrimándose a mí con disimulo en el sillón—. En realidad, me preguntaba, Olive, si te plantearías, quizá, largarte conmigo por ahí un tiempo. Amelia..., bueno, no hablo con ella como hablo contigo —confesó acariciándome la mejilla—. Ella no es tan inteligente como tú. Creo que nos llevaríamos de maravilla si nos escapáramos juntos, los dos solos. Te daría todos los caprichos. La de cosas que podría enseñarte.

Entonces se inclinó para besarme. Le olía el aliento a cebolla y a tabaco, y me dieron arcadas. Lo aparté de un empujón.

—Uy, no, Ed —contesté—, me parece que te estás equivocando. Yo no siento eso por ti. Amelia me importa demasiado para hacerle algo así. Además, la verdad, me horroriza que nos tengas en tan poca estima a tu mujer y a mí como para imaginar que querría fugarme contigo de fin de semana guarro y dejarla a ella en casa. —Los ojos casi se le salían de las órbitas mientras intentaba recular. Vi la luz roja en la cámara por encima de sus hombros. Lo estaba grabando todo—. ¿O me estás insinuando que la dejarías para siempre? —proseguí—. ¿Es eso, Ed? ¿Dejarías a tu mujer por mí? Eso es terrible. ¿Qué diría la pobre Amelia? Será mejor que te vayas. Por favor. Vete ya.

Se levantó, con la cara púrpura.

En cuanto se fue, me senté a escribirle un correo electrónico a su hermano. Le dije que estaba aterrada, que Ed había venido y poco menos que me había amenazado con represalias si yo llegaba a revelar la verdad de lo que le había hecho a su padre. Le conté que me había invitado a ir de vacaciones con Amelia y con él y que tenía el terrible presentimiento de que me había librado de algo malo, porque seguramente me habrían tirado por algún precipicio o algo así.

Me contestó enseguida y le aseguré que estaba bien.

Obviamente, no he contestado a ninguno de los correos que me ha enviado en los tres meses que hace de eso. Seis correos sin contestar y un remitente muy preocupado.

Después de escribir a Paul, saqué la tarjeta de la cámara y la metí en un sobre. Cuando me pareció que ya no había nadie por la colonia, me escapé a casa de los Miller y metí el sobre en su buzón, dirigido a Amelia.

Siempre se me había dado muy bien vengarme de quienes me hacían daño.

Solo me ausenté de mi domicilio unos minutos, lo que tardó Alison Daly en meterse en mi casa. Yo no la vi. La última persona de la colonia a la que vi fue a Lily May. Supongo que andaba buscando a su hermano. No tenía ni idea de dónde estaba. Desde luego, en la casita del árbol de Cam no, seguro. Se estaría escondiendo en su cuarto, debajo de la cama, donde ella no pudiera encontrarlo. Pero eso no se le ocurrió. Se figuró que estaría en mi casa, así que se escapó antes de que sus padres la obligaran a acostarse.

Aunque estaba oscuro, consiguió meterse en mi jardín. Golpeó la puerta. No abrió nadie, pero eso no la detuvo. Al ver que tenía corridas las cortinas, se acercó al extremo de la ventana, pisoteándome las flores de debajo del alféizar. Justo por el borde, pudo curiosear en el interior. Si la policía hubiera hecho lo mismo cuando los llamé, me habrían encontrado antes. Por lo menos aún habría seguido pareciendo yo.

Estaba allí sentada, paralizada y angustiada, en pleno infarto, cuando mis ojos se encontraron con los suyos. Le dirigí una súplica muda, desesperada, a esa niña que se asomaba a mi ventana.

Quizá no entendió lo que pasaba. O quizá sí.

Se fue.

No me tenía mucho cariño, la pequeña Lily May. Seguramente me lo merecía.

# FRANK

*Seis meses después*

Las calles de la capital estaban desiertas; la ventisca obligaba a los residentes a permanecer en la comodidad de sus hogares o a buscar refugio en restaurantes y bares acogedores y bien iluminados.

A Frank le gustaba la soledad. Le estaba gustando sentirse el dueño y señor de la ciudad aquella noche fría de invierno.

Hizo un giro no permitido a la derecha para salir de la carretera principal. Más adelante, tomó el desvío a la izquierda que lo llevó hasta el estacionamiento de detrás de la cárcel más grande de Dublín.

Lo esperaban en la administración del presidio. Frank se había jubilado en septiembre y su despedida había sido mayor de lo habitual. El cascarrabias, terco y a veces misántropo de Frank era, a pesar de todo, un compañero muy apreciado. Era uno de los mejores y más veteranos inspectores del país y seguiría ostentando ese honor un par de años más, al menos hasta que se olvidaran de su nombre.

—Lo tenemos en la sala de visitas —le dijo la joven guardia que le dio acceso a la prisión—. No sabe quién viene a verlo. Lo acompaño abajo.

—Estamos teniendo un tiempo excelente, ¿eh?

—Increíble. Nuestro turno termina dentro de una hora. Vamos a subir a Darby's. Véngase si quiere.

—Lo siento. Tengo una cita luego.

La guardia se ruborizó.

Recorrieron los silenciosos pasillos de la cárcel y cruzaron la zona de tramitación hasta las dependencias públicas, donde estaba situada la sala de visitas.

Estaba sentado a una de las mesas de plástico azules, encorvado, con la cabeza gacha. El chándal gris se le ceñía al cuerpo como diciendo «invierto mi tiempo aquí en cosas productivas». Levantó la cabeza cuando se abrió la puerta y entró Frank. La guardia entró también, pero se quedó apartada, pegada a la pared.

—Bueno, bueno, ¿qué tal? —dijo Frank sentándose al otro lado de la mesa.

El hombre lo miró.

—¿Quién es usted? —preguntó.

—Ah, soy Frank. Antes inspector Frank Brazil del departamento de Delitos Mayores, ahora Frank a secas.

El hombre ladeó la cabeza confundido.

—¿Qué quiere de mí? No he hecho nada. Estoy a punto de salir.

—Eso me han dicho. Parece increíble, ¿verdad, Anthony? Cinco años por acoso, allanamiento de morada y agresión grave. A una policía, nada menos. Me hace perder la fe en nuestro sistema judicial. Claro que me sorprende que llegara a haber acusación siquiera. Las condenas por violencia contra las mujeres son pocas y como usted era el exnovio y todo eso... Supongo que fue porque llevaba encima un cuchillo para rajarle la cara. Si se hubiera contenido un poquitín, igual hasta se habría librado de la sentencia condenatoria.

El tipo miró a Frank con los ojos entornados y se revolvió

nervioso en el asiento. Los años que Anthony había pasado en la cárcel por intento de asesinato no le habían dejado la huella que merecía. No se lo veía derrotado ni doblegado. Seguía estando guapo, conservaba todos los dientes. Continuaba siendo un miserable. Frank se lo vio todo en la cara.

—Ah, usted es amigo de ella. Conozco mis derechos. He cumplido mi condena. Soy un hombre nuevo. No me pueden acosar, cabrones. Ya me han jodido bastante aquí dentro estos años. Mi abogado me aconseja que demande al Estado. Dice que ganaré una fortuna.

—Perdona, ¿qué cabrones ya no te pueden acosar?

—Los suyos, la policía.

—Déjame que insista en lo que te he dicho al entrar, Anthony. Soy expolicía. Jubilado. Ya no sirvo en el cuerpo.

El agresor de Emma lo procesó. Se recostó en el asiento, pasó un brazo por el respaldo.

—Entonces ¿qué quiere?

—He venido a advertirte. A advertirte de que no se te ocurra acercarte a esa chica cuando salgas de aquí. Ahora que ya no estoy en el cuerpo, dispongo de libertad. Puedo hacer lo que me plazca. Ya no voy a desacreditar a los míos. Y, por si piensas que te estoy bromeando, te voy a dejar algunas cositas claras. Vivo solo. Tengo un puñado de buenos amigos a los que aprecio de verdad. Soy de la vieja escuela: para mí la amistad es sinónimo de lealtad, lo que significa que su guerra es mi guerra. Y la guerra de Emma Child contigo también es la mía.

—No se atreverá a ponerme un dedo encima —dijo Anthony con sorna—. ¿Un antiguo inspector? Ni de broma se arriesgaría a terminar en la cárcel por enfrentarse a alguien que ya ha cumplido condena. Las cosas no son así.

Frank rio.

—¿Terminar en la cárcel? ¿Eres lerdo? Uno no pasa treinta

años trabajando para el sistema sin saber cómo esquivarlo. Te haga lo que te haga, niñito, jamás iré a la cárcel. Lo bueno de estar jubilado es que tienes todo el tiempo del mundo para ponerte creativo. Y no hay nadie más creativo que un guardabosques que se convierte en cazador furtivo.

Anthony miró fijamente a Frank. Calló un minuto. Luego sonrió.

—Muy bien, abuelo. No me das miedo. Adelante, vuelve a casa y dile a ella que viniste a amenazarme y que puede estar tranquila. No tengo intención de acercarme a Emma Child. Ya me ha robado un montón de años de vida. Me voy de aquí para empezar a vivir el resto.

Frank se levantó, encajó la silla debajo de la mesa y se acercó al oído de Anthony. Cuando le dijo lo que quería decirle, se irguió de nuevo y le dio una palmada en el hombro. El otro se quedó rígido.


Una capa fina de nieve había cubierto el coche de Frank. Giró la llave del contacto y dejó que se calentara el motor mientras llamaba a Emma.

—Hola, ¿dónde estás? —le preguntó ella.

—Haciendo las compras, unas lonchas de pavo para esta noche.

—¿Lonchas de pavo? ¿Me tomas el pelo?

—A ver, no voy a cocinar un pavo entero en las próximas dos horas, Emma.

—Pues compra una corona de pavo, Frank, por Dios. No le vas a poner a Amira un sándwich de pavo en su primera cita oficial.

—No es una cita. Es una cena en mi casa a la que van a venir Ben y tú también.

—Nosotros nos consideramos sus chaperones.

—¿No será al revés?

—Tú compra la maldita corona de pavo, Frank. A las siete estoy allí y te ayudo a cocinarla. Podemos..., no sé..., comprar nachos de aperitivo o algo así. De todas formas, ¿por qué te has empeñado en cenar pavo? ¿Porque es la semana de Navidad? El pavo no le gusta a nadie.

Frank rio.

—Tengo pollo al curri, boba. Te veo luego.

Sonrió. Yvonne, la vecina de al lado, le había hecho un pollo al curri esa mañana y le había dado instrucciones de cuándo calentarlo esa noche.

—Te lo advierto: no lo metas en el puto microondas, Frank —le dijo parada en el vestíbulo después de entregárselo—. Vamos, ¿ya sabe Mona que vas a traer a tu novia a casa? La estoy viendo sonreír ahí arriba.

Frank se volteó a mirar la foto de la pared.

—No es mi novia. Pero, sí, Mona sabe que voy a tener compañía femenina. Hemos hablado.

—Buen chico. No te lo tomes a mal, pero ella y yo también hemos hablado.

—Ah, ¿sí? Sabes que Mona está muerta, ¿verdad, Yvonne?

—Sí. Me habló desde la tumba. A nosotras no nos hace falta una foto para comunicarnos. El caso es que me dijo que está saliendo con alguien en el cielo y que por qué no quitas el puto santuario de una vez, que la estás dejando en mal lugar. —Frank enarcó una ceja—. Ah, y otra cosa... —Frank suspiró. Aquello ya era demasiado pedir por ahorrarse unos peniques en comida a domicilio—. Vi en el periódico lo de esos dos de Valle Marchito, Ed y Amelia Miller. Ya hay fecha para el juicio por el asesinato del padre. Cuenta, Frank, ¿mataron también a la tuya, a la vecina?

—Yvonne, sabes que no puedo...

—¡Vamos ya! Ahora estás jubilado, ¿no? Sigues siendo amigo de esa chica, la inspectora al mando del caso. Seguro que lo sabes todo. —Al ver que Frank no accedía a dar información, Yvonne echó su última carta—. Te hago un merengue de limón de postre. Con eso seguro te la ganas. Me funciona hasta a mí, y eso que me lo hago yo misma.

—Yvonne, deberías vender coches. Vamos, va, pero yo no te lo conté y más te vale no contárselo a nadie. —La vecina se pasó los dedos por los labios como si corriera un cierre. Tendría la boca cerrada, al menos hasta que llegara a su casa—. Sí —continuó Frank—, estoy casi convencido de que asesinaron a Olive, pero no había pruebas suficientes para ir por ellos por ese homicidio. Los hemos sorprendido con lo del padre de Ed, eso sí. Encontramos una carta que el hermano de Ed le había escrito a Olive, con lo que sabemos que ella estaba al tanto de lo que habían hecho los Miller, y posiblemente eso fue lo que terminó con ella. Aunque, por lo visto, había hecho enojar a casi todos los vecinos.

»En cualquier caso, Paul Miller había averiguado lo suficiente sobre Amelia para que se reabriera el caso del padre de Ed y poner a esos dos en el banquillo de los acusados. Ya verás cuando declaren el uno contra el otro. Ya estaban hablando de más en la comisaría. Se ve que Ed intentó seducir a Olive y, no sé cómo, antes de morir, Olive se aseguró de que Amelia se enterara. Ed se mantuvo fiel a su mujer al principio, pero, en cuanto se enteró de que Amelia estaba cantando lo de Olive y él, empezó a acusarla de asesinar a su padre.

—¡Jesús, si es como *Dallas*!

—Peor. El caso es que no sé si llegará a hacerse justicia con Olive Collins en algún momento, salvo que lo consideremos justicia indirecta.

—¡Ay, Dios, qué horror! —exclamó Yvonne espantada—. Bueno, por lo menos esos dos ya están en el punto de mira. ¡Animales! ¡Asesinar así a tu propio padre! De todas formas, yo siempre he pensado que tendrían que haber detenido a toda la colonia.

—¿Y eso?

—Por dejar a esa pobre mujer muerta en su casa tanto tiempo. ¿Qué clase de vecinos harían algo así? ¡Vaya banda de desalmados!

Frank sonrió.

—Pues eran de lo más normalito.

Yvonne no lo había creído.

A él le había dado igual. Era fácil juzgar.

Salió del estacionamiento de la cárcel, retirando con los limpiaparabrisas los últimos restos de nieve del parabrisas ya caliente.

Todo el mundo daba siempre por sentado que era mejor que las personas de las que oían hablar en las noticias.

# OLIVE
## LA DEL 4

Cuando mueres, hay un momento en que te dices: «¿Ya está? ¿Aquí se acaba todo?».

Toda esa esperanza y esa expectación, esa angustia y ese empeño.

Toda esa... vida.

Felicidad de calendario: cumpleaños, Navidad, Año Nuevo... Ah, y que no se nos olvide San Valentín, la broma más cruel que nos han hecho jamás los dioses de Hallmark. No todos somos una media naranja; algunos, lo crean o no, somos la naranja entera.

Toda esa espera. La interminable y maldita espera a que todo encaje en su glorioso lugar como habías supuesto de niño que ocurriría.

La vida. He oído decir que algunos la ven como lo que es. Son los que disfrutan del presente, en paz con su insignificante anonimato en este vasto mundo, capaces de hallar magia en las cosas pequeñas, como la lluvia una mañana de verano o la nieve una tarde de invierno.

Lo entiendo. Todos deberíamos estar agradecidos de continuar vivos. El problema es que, para muchos de nosotros, la vida acaba siendo poco más que un fiasco. Vamos, ya lo dije. Estoy muy filosófica ahora que ya ha terminado todo. Muy sabia. Y sorprendentemente resignada.

No estoy aquí por gusto. Eso lo decidieron mis padres recién casados cuando, una noche de Navidad, achispados de beber whisky caliente, se propusieron romper los muelles de la cama de su casa nueva.

Yo no pedí vivir, pero fui la que tuvo que hacerlo casi todo, unir todos los puntos y bailar como un mono de feria.

Estudios, trabajo, sexo, matrimonio, niños, avaricia, caridad, indignación, resignación, muerte.

Y a dar vueltas como una cobaya por la rueda de las expectativas.

Nunca di la talla.

Nunca fui feliz, no como debería haberlo sido.

Y aun así, por mundanas y corrientes que sean nuestras vidas, al final casi todos nos quedamos colgando de las uñas. Una broma de mal gusto.

Tememos a la muerte, a lo desconocido, pero, en serio, cuando llega, es un verdadero alivio. Un momento curioso en el que piensas: «Hola, siempre he sabido que tú y yo nos encontraríamos, y aquí estás».

Es como ir a Nueva York: has visto el perfil de la ciudad tantas veces en la televisión y en películas que te parece que ya has estado allí.

La muerte es así. Te resulta familiar.

Así me sentí yo, por lo menos, cuando me llegó, inesperadamente, sin previo aviso.

Ni siquiera era consciente de lo mucho que me preocupaba hasta que me pasó. Luego casi me alegré, porque, una vez que había ocurrido, ya no tenía que preocuparme más por ella. Ya no tenía que preocuparme de nada. Aunque hubiera sido prematura. Aunque no me tocara aún.

Se había acabado todo y podía empezar la verdadera diversión.

A menudo me preguntaba, después de haber fastidiado a tantas personas en la colonia, si alguna de ellas tendría las agallas de asesinarme.

Ninguna de ellas lo hizo.

Hasta Alison Daly, con su única bala y la notita que dejó... Uy, sí, sabía que había sido ella. Cuando le dije que podía ponerme en contacto con su marido, primero se puso completamente blanca y luego me dijo que, si él llegaba a aparecer, le metería un tiro en la cabeza.

«Sigue entrometiéndote en la vida de los demás y te meto una como esta en la cabeza.» Ni siquiera se había molestado en cambiar el lenguaje de la nota. De verdad, cuando se me pasó el susto, me dio la risa.

Y, aun así, de todas las disputas que tuve en la colonia, mi encontronazo con las Daly fue el único del que sabía que no saldría cubierta de gloria.

Y cuando la policía investigó quién había intentado asesinarme, yo no quería que saliera a la luz el hecho de que había amenazado a Alison Daly. Con ver el miedo crudo y primario en el rostro de Alison cuando se lo dije en la tienda me bastó para entender que me había equivocado muchísimo al juzgar la situación.

Así que quemé la nota y enterré la bala.

Lo malo es que ella no tenía ni idea de lo fatídica que resultaría la fecha y no me cabe duda de que lo ha pasado mal todo este tiempo pensando en la nota y en qué sería de ella. Me pregunto si, cuando desaparecí tanto tiempo, se llegaría a convencer de que de verdad me había asustado lo suficiente para que huyera.

Pero no. Yo tenía mi plan y las amenazas de Alison Daly no formaban parte de él.

Fue el hecho de que Lily Solanke me prohibiera ver a Wolf lo que me precipitó al abismo.

Bueno, está bien, no fue lo único.

Llevaba un tiempo pensándolo.

Habían ocurrido tantas cosas horribles. Había hecho todo lo posible por caerle bien a la gente, por ser buena vecina. Nada me salía bien.

Me sentía sola. Estaba triste. Deprimida, supongo. Debía hacer algo.

No, suicidarme no.

No soy tan idiota.

Ya me daba igual caerles bien a los vecinos. Ser agradable no me había llevado a ninguna parte.

¡Los iba a castigar!

Se lo iba a hacer pagar a todos.

Mi plan era que pareciera que uno de ellos había intentado hacerme daño, bueno, no solo daño, que uno de ellos había querido asesinarme.

¡Ja, qué paradoja! La policía los interrogaría a todos.

Todos mis vecinos perfectísimos y superrespetables verían cómo abrían sus vidas en canal y las examinaban, quién me había dicho qué, quién había discutido conmigo, quién me había amenazado y por qué.

Sus oscuros secretitos saldrían a la luz.

Yo tenía mi plan, pero no sabía exactamente cuándo iba a ponerlo en marcha.

Entonces vino Ron a verme el día 2. Al principio, pensé que todo se iba a arreglar. Casi me puse a llorar de alivio. Hasta que me hizo el numerito de la cámara. Me destrozó lo que hizo. Me dejó hecha polvo. Quería que se disculpara. Quería que me suplicara que lo perdonara y me dijera que me perdonaba él también.

Y entonces pensé, un plus, que, si estaba a punto de morir, él ya no podría seguir enojado conmigo, ¿no? Seguro que se sentiría culpable. Estar a punto de morir lo supera todo, ¿verdad?

Lo pondría todo en marcha al día siguiente.

La visita de Ed lo remató. Saber que los Miller se iban aquella noche me dio un impulso añadido. De todas las personas que quería que se sintieran culpables y a las que pretendía que la policía investigara, esos dos eran los que más. Asesinar a alguien y que pareciera un suicidio..., bueno, ese era su *modus operandi*, ¿no?

Está bien, sé que todo esto me hace parecer un poco desequilibrada. Desesperada, incluso. Pero veámoslo desde mi perspectiva. No veía salida. Estaba atrapada en aquel lugar, conviviendo con esa gente, sintiéndome amenazada, asustada y aislada, y no veía forma de avanzar. No quería mudarme. Había sido mi hogar mucho antes de que llegara alguno de ellos. Me lo habían estropeado. Habían conseguido que odiara un lugar que antes adoraba.

Tenía que ocurrir algo drástico.

En cuanto Ed se fue, tapé con cinta adhesiva todas las rejillas de ventilación. Me puse guantes, pero, aun así, procuré limpiar bien la cinta adhesiva. Eso es lo que haría un asesino. Había leído libros de sobra para saberlo.

Esa tarde, le di un buen repaso a la caldera.

Luego me aseguré de que perdía.

Más tarde, me senté en la sala con mi té, la televisión y el celular. Corrí las cortinas, algo inusual en mí, pero quería aislarme del mundo exterior un rato. Otra cosa con la que me salió el tiro por la culata; era el día.

En cuanto el monóxido de carbono empezara a irritarme los ojos y a producirme náuseas, tenía pensado llamar a la policía. Lo había investigado, en el centro, no en la computadora de casa. Sabía cuánto monóxido de carbono podía inhalar antes de que resultara peligroso.

Vendrían los servicios de emergencia. Seguramente me medio

derrumbaría en el jardín y me llevarían de allí en una ambulancia. Alison, muy probablemente, vendría corriendo.

Se descubriría el sabotaje y todos se mostrarían horrorizados.

La policía tomaría cartas en el asunto.

Y, mientras mis vecinos estaban en el punto de mira, siendo interrogados e interrogándose unos a otros, yo estaría tan cómoda en la cama, atiborrándome de uvas y viendo telenovelas.

Solo que ignoraba que tuviera una cardiopatía.

No noté que nada fuera mal, tan mal, quiero decir. Me dolía el pecho y me lloraban los ojos. Esperaba tener algún síntoma, pero entonces empecé a notar que no podía moverme. Pensé que lo mejor era llamar a la policía cuanto antes.

Apenas había podido darles mi dirección y decirles que «me estaba pasando algo horrible» cuando me sobrevino el dolor más intenso que había sentido en toda mi vida. Me aferré al teléfono y al sillón mientras mi cuerpo convulsionaba. El corazón me iba a estallar en el pecho.

Y allí estaba Lily May, mirándome fijamente, como una muñeca rencorosa e inútil. Cuánto lamenté en aquel momento no haber sido más agradable con ella, no haberla favorecido, aunque solo fuera una vez, en lugar de a Wolf. Entonces a lo mejor habría corrido a buscar a sus padres o gritado o hecho algo, en vez de quedarse mirándome para después largarse a casa pensando «lo tiene bien merecido».

Yo no tenía ni idea de que iba a morir.

¿Cómo iba a saberlo?

Y encima no sirvió de nada. Fracasé estrepitosamente. Las personas que yo quería que se enfrentaran unas a otras, las personas que quería que sufrieran ahora son más fuertes y están más unidas que nunca. Y las personas cuyo afecto buscaba por fin se habían dado cuenta de que, en el fondo, me tenían aprecio, pero ahora ya da igual.

Cuando me enterraron, vino toda la colonia, salvo los Miller. Ron no se puso con los vecinos, pero me trajo una rosa. Esperó a que empezaran a dispersarse todos y me la tiró sobre el ataúd, con los ojos empañados.

Wolf volvió y se quedaron los dos allí un minuto.

—¿Tú también la extrañas? —le preguntó Wolf.

Ron vaciló.

—Curiosamente sí, hombrecito. No habría querido que nadie le hiciera daño, no tanto. Aunque no se lo dijera. Tú eras como su colega, ¿no?

—Era mi mejor amiga —contestó Wolf.

Ron le puso la mano en el hombro a Wolf.

Y se fueron los dos.

# AGRADECIMIENTOS

Y otra historia que me sale de la cabeza se convierte en novela, ¡una novela maravillosa!, que no se habría materializado sin los consejos y la orientación extraordinarios de algunas personas muy especiales que paso a mencionar.

Mi agente, Nicola Barr; mi editora, Stef Bierwerth; mi directora editorial, Rachel Neely (¡llega un momento en que me limito a hacer lo que me digas, Rachel!); y todos los equipos fabulosos de Quercus y Hachette Ireland.

Mis primeros lectores, que toman esos disparatados borradores y me dicen que funciona y que..., bueno, no nos preocupemos por eso. Esta vez, sobre todo, Jane Gogan. Gracias, Jane, por dedicarme tanto tiempo y apoyo, en todo.

Mi familia y mis amigos, que saben que la escritura se ha apoderado de mi vida, pero siguen ahí, equipo Jo. Los quiero a todos. Y también te extraño a ti, Willie, el mejor padrastro que se puede tener.

Los blogueros y reseñadores que, sobre todo con mis últimas novelas, me han respaldado de verdad y han promocionado mis historias. Muchísimas gracias.

Chris Whitaker, llegará el día. Gracias por la lectura. Que alguien nos haga ricos y famosos, por Dios.

Martin y mis cuatro pequeños (cada vez más grandes). Estoy escribiendo estos agradecimientos con el peor tiempo que he visto desde que nací. Estamos enterrados en la nieve, pero ¿en qué otro lugar y con quién más iba a querer yo estar? En ningún lado y con nadie más.

Y mis lectores. A los cuatro años leí mi primera novela de Enid Blyton. La palabra escrita me cautivó. El nuestro ha sido un romance de toda una vida. Si yo puedo regalarle a alguien una buena historia, algo que yo aún atesoro cuando me acurruco en el sillón con un libro por las noches, daré por cumplida mi labor. Gracias por ofrecerme la oportunidad.